아스라한 해바라기 밭

아스라한 해바라기 밭 —————

리 쥐 안 산 문 집

김 혜 경 옮김

더라인북스

차례

흉년

동에서 서로 흐르는 우룬구강은 아러타이산맥 남쪽 기슭의 광활한 고비사막의 들판을 따라 흐르는 짙은 초록색 물줄기다.

대지의 모든 경작지는 이 강을 끼고 생겨났으며, 길 역시 강기슭에서 출발했다. 마을이야 더 말할 것도 없이 강 가까이에 붙어 있는데, 그 모습이 꼭 자석에 달라붙은 철가루, 추운 밤 불가에 옹기종기 둘러앉은 사람들의 모습처럼 보였다.

물 없이 살 수 있는 건 아무것도 없다. 우룬구강은 양안의 마을과 경작지에 계속해서 물을 대주는 유일한 강이다 보니 우리 집이 있는 아커하라촌을 지날 때쯤이면 물줄기는 아주 가늘어져 있었다. 연초에 눈이 적게 내린 따뜻한 겨울에는 그마저도 끊기기 일쑤였다. 북쪽 변방의 모든 강줄기는 녹아내리는 눈의 양에 달렸기 때문이다. 올해는 흔치 않은 가뭄이 들었다. 작년 겨울 강설량이 평년의 3분의 1도 못 미쳤다고 한다. 지역 방송국에서는 봄이 오기도 전에 올해 가뭄을 기정사실화했다.

전답에 물 대는 시기가 되면서 여기저기서 물 쟁탈전이 벌어졌다. 사람들은 대수로 밸브 주변을 밤낮으로 지키고 서 있어야 했다. 이렇듯 따뜻한 겨울은 가뭄의 원인이기도 했지만, 메뚜기 떼 출몰과 다른 병충해의 원흉이기도 했다. 겨울이 따뜻하면 곤충알이 얼어 죽을 일이 없기 때문이다.

날씨가 가무니 척박한 고비사막은 더더욱 메말라 풀 한 포기 나지 않는 불모지로 변했다. 남쪽 사막에 사는 초식동물은 사람들이 모여 사는 북쪽 우룬구강 주변 마을로 이동해 농작물을 훔쳐 먹을 수밖에 없었다. 이 또한 심각한 농업 재해였다.

그런데 바로 그해에 엄마는 혼자서 우룬구강 남쪽 강기슭의 광활한 고지대에 해바라기를 심었다. 그 이듬해, 엄마가 심은 해바라기 싹이 10센티미터 정도 올라왔을 때 가젤의 습격을 받았다. 하룻밤 새에 2만 평이 조금 안 되는 땅에 솟아난 모든 싹이 깨끗하게 먹히고 말았다.

가젤 떼는 그 일대 200만 평에 달하는 해바라기 밭을 완전히 짓밟았는데 엄마보다 더 큰 손해를 본 사람은 없었다. 엄마 땅이 200만 평 농지에서 들판으로 이어지는 맨 끄트머리에 있어서 가장 먼저 습격을 받았기 때문이다. 2만 평이 채 안 되는 작은 규모의 땅은 가젤 떼가 한번 휩쓸고 가면 남는 게 없었다. 반면 20만 평에 달하는 부자들의 땅에는 유난히 먹을 게 많았다. 가젤들도 그 넓은 땅을 다 뒤지지 못하고 그냥 지나쳤을 것이다. 물론 이렇게만 비교하긴 좀 그렇지만….

엄마는 기가 찼지만 씨를 사다 덧파종을 할 수밖에 없었다. 날씨는 따뜻했고 비가 한 차례 쏟아진 덕에 적당히 습기를 머금은 토양에선 곧바로 두 번째 새싹이 올라왔다. 하지만 물오른 땅이 푸릇푸릇해졌을 무렵 또다시 가젤 떼의 습격을 받아 하룻밤 새에 모조리 먹히고 말았다. 엄마는 이를 악물고 세 번째 파종을 했지만 앞의 두 차례 파종과 같은 운명을 맞았다. 엄마의 상심은 이만저만이 아니었지만 호소할 곳도 없었다.

야생동물과 관련된 일은 임업국 소관이라는 정보를 얻은 엄마는 곧장 시내에 있는 임업국으로 달려가 탄원했다. 임업국 직원은 보상해 주겠다는 의외의 답변과 함께 질문을 던졌다.

"증거를 가지고 계세요?"

엄마는 잠시 멍해 있다가 되물었다.

"증거? 무슨 말이에요?"

직원은 미소를 띤 채로 답했다.

"사진요. 가젤들이 밭을 휩쓰는 장면을 사진으로 찍었어야죠."

엄마는 화가 치밀었다. 농사짓는 사람이 기껏해야 삽이나 메고 있지, 카메라 들고 다니는 사람이 어디 있다고. 게다가 그 조그만 놈들은 눈치도 빠른 데다, 다리는 네 개씩이나 달렸겠다, 조그만 낌새만 있어도 냅다 도망칠 판인데 그 장면을 찍으라고? 어디 천체망원경으로 찍어 봐라, 찍을 수 있는지.

결국 그해는 우울한 해가 되고 말았다. 그럼에도 엄마는 네 번째 씨앗을 뿌렸다. '희망'은 완전히 포기하지 않고 노력할 때 더 강한 힘을 발휘한다.

가젤 역시 불쌍하기는 매한가지였다. 녀석들도 배가 고파서 그런 것뿐이었다. 가젤에게 대지의 경계란 없으며, 그 위에서 나고 자라는 것은 누구의 소유도 아니다. 가젤은 낮에는 주린 배로 배회하며 멀리서 북쪽의 유일한 녹색지대를 살펴보았고, 밤이 되면 살금살금 다가가 잽싸게 배를 채우면서도 경계심을 늦추지 않았다.

녀석들도 참 고생이었다. 볏모들은 야생초만 못해서 드문드문 자란 탓에 2만 평이라지만 하룻밤 꼬박 먹어도 배를 채우기엔 역부족이었다. 날이 밝을 때까지도 그곳을 떠나지 못하다가 분노한 농부들에게 발각되어 쫓기는 가젤도 있었다. 녀석들은 놀라서 장기가 파열되도록 달리다가 결국은 차에 치여 죽고 말았다.

그렇다고 인간의 삶이 가젤보다 낫다고 할 수 있을까? 봄은 이미 완전히 지나갔는데 이 200만 평 땅은 여전히 텅 비어 있었다. 네 번째 파종의 운명은 그나마 나은 편이었다. 7월에 들어서자마자 가젤들이 종적을 감춰 버렸다. 녀석들은 어디로 갔을까? 물풀이 무성한 곳으로 갔을까? 어느 아름다운 땅에 몰래 숨어들었을까? 아무것도 없는 이 광활한 대지 역시 무성한 삼림처럼 무언가를 잔뜩 감추었다. 어찌됐든 네 번째 파종으로 돋아난 새싹들은 아무것도 모른다는 듯 유난히 왕성하게 자랐다. 마침내 처음으로 이 세상에 온 것이다.

쵸우쵸우와 싸이후

큰 개 쵸우쵸우 역시 처음으로 이 세상에 왔다. 엄마가 태어난 지 세 달 된 쵸우쵸우를 입양해서 이 적막하고 드넓은 들판으로 데려왔다. 쵸우쵸우가 매일 보는 거라곤 엄마, 싸이후, 닭, 오리, 토끼 그리고 날로 무성해지는 해바라기 밭 말고는 아무것도 없었다. 그러니 가젤의 출현이 쵸우쵸우의 세상에 몰고 온 충격이 얼마나 강렬했을지 쉽게 상상할 수 있었다. 쵸우쵸우가 가젤을 쫓아 미친 듯이 짖어 대며 달리는 통에 녀석이 밟고 지나간 땅에는 남아나는 새싹이 없었다. 그렇게 쵸우쵸우와 가젤이 서로 앞다투어 쫓고 쫓기며 일으키는 뿌연 먼지가 하늘로 솟아올랐다.

현지 사람들은 가젤을 '황양黃羊'이라고 불렀다. 이름에 '양羊'이라는 글자가 있지만 양보다는 훨씬 컸다. 사슴 같은 생김새에 다리가 길고 앙상하게 말랐는데도 힘이 세고 민첩하며 난폭했다. 가젤이 달리는 기세를 보면 그야말로 '쏜살같이 내달린다'는 표현이 딱 맞았다.

그러나 쵸우쵸우도 절대 밀리지 않았다. 전속력으로 바짝 뒤쫓아 달리는 그 기세 또한 아주 사납고 무서웠다. 사람들은 그 모습을 보고서야 비로소 개도 야생동물임을 깨달았다. 대부분의 시간을 늘 사람 옆에서 꼬리 치며 보내긴 하지만 말이다.

엄마가 말했다.

"한번은 말이지. 쵸우쵸우가 가젤을 따라잡더라니까. 가젤과 나란히 달리다가 확 덮치니까 가젤이 그만 나동그라지는 걸 내 눈으로 봤다고. 쵸우쵸우는 속도를 줄이지 못해 곤두박질쳤고, 가젤은 그 사이에 몸을 일으켜서 도망치는 거 있지."

그 가젤은 새끼인 데다 체력도 약해서 빨리 달리진 못했을 것이다. 당시 쵸우쵸우도 겨우 5개월 된 강아지였지만 말이다.

쵸우쵸우는 '못생겼다'는 뜻의 이름과 달리 전혀 못생기지 않았다. 곱슬곱슬한 털로 덮인 몸통에 눈동자는 아주 맑고 초롱초롱한 카자흐스탄 셰퍼드 순종이었다. 겨우 4, 5개월 된 강아지였지만 생김새는 성견과 다름없었다. 엄마는 어딜 가든 늘 쵸우쵸우를 데리고 다녔다. 한 사람과 개 한 마리가 끝없는 대지 위를 거닐며 점점 작아지다가 이내 아스라이 멀어졌다.

"쵸우쵸우, 양이 있어? 없어?"

엄마가 갑자기 걸음을 멈추고 물으면 쵸우쵸우는 바짝 긴장한 채 앞으로 몇 발짝 나가서 예리한 눈으로 사방을 살폈다. 쵸우쵸우는 가젤의 존재를 인지할 뿐 아니라 '양'이라는 말도 알아들었다.

쵸우쵸우보다 몇 살 더 먹은 작은 개 싸이후는 토끼, 닭, 오리 등 알아듣는 단어가 훨씬 많았다. "토끼는?" 하고 물으면 곧바로 엉덩이를 흔들며 토끼장 쪽으로 달려가 한 바퀴 둘러봤다. "오리는?" 하면 오리 쪽으로 고개를 돌렸고, "닭은?" 하면 여기저기 쏘다니며 닭을 쫓았다.

우리 집에서는 개를 많이도 키웠다. '쵸우쵸우'라고 불렀지만 전혀 못생기지 않았고, '멍충이'라고 불렀지만 절대 멍청하지 않았으며, '멍이'라고 불렀지만 결코 멍 때리는 법이 없었던 그런 개들 말이다. '호랑이와 겨루다'라는 뜻의 이름을 가진 '싸이후' 얘기만 나왔다 하면 엄마는 늘 후회했다. 고양이와도 겨루지 못하는 개한테 왜 이런 이름을 지었을까, 개도 이런 이름을 원했을까 하고 말이다.

싸이후는 온순하고 겁이 많은데 가끔 사람을 우습게 본다. 녀석의 최대 장점은 탁월한 소통 능력이고, 최대 단점은 툭하면 더러워진다는 것이다. 싸이후는 백구다. 쵸우쵸우의 관할 구역은 들판과 해바라기 밭이고, 싸이후의 관할 구역은 게르(몽골족의 이동식 집-옮긴이)를 중심으로 100미터 반경이다. 싸이후는 그때까지 실제로 가젤을 본 적은 없었지만, 이 침입자 얘기만 나왔다 하면 즉각 분노로 반응했다. 단 한 번도 가젤 추격 작전에 동참한 적은 없었지만 쵸우쵸우가 전선에 나갈 때면 지지와 성원을 보냈다. 말 그대로 '성원'이었다. 문 앞에 서서 먼 곳을 바라보며 힘껏 으르렁대는 게 다였으니 말이다. 그 울부짖는 소리만큼은 쵸우쵸우보다 사나워서 가젤 떼를 쫓아 버리고 나면 쵸우쵸우보다 더 지쳐 버리곤 했다.

한여름에 들어서자 가젤 무리는 자취를 감췄다. 쵸우쵸우는 적적해하면서도 멀리서 뭔가가 나타날 것에 대비해 경계를 늦추지 않았다. 엄마가 "양 있니?" 물으면 신속하게 비상 체제로 돌입하곤 했다. 그때쯤 녀석의 키와 몸집은 상당히 커져서 더욱 위엄 있어 보였고, 훨씬 용감해졌다.

반면 싸이후의 관심사는 바로 다른 데로 옮겨 갔다. 녀석은 인근 밭에서 쥐구멍 하나를 발견한 뒤로 온종일 쥐를 잡느라 바빴다. 우리 게르 100미터 반경 내에 있는 쥐구멍은 죄다 파헤쳤다. 쉬지 않고 앞발 두 개가 온통 피범벅이 될 때까지. 왜 그랬냐고? 부끄럽게도 엄마가 싸이후에게 주는 밥이 너무 형편없었다.

게르

우리 집 개 두 마리는 엄마를 따라 해바라기 밭에서 반년 동안 채식을 했다. 쵸우쵸우는 유맥채를, 싸이후는 당근을 제일 좋아했다. 두 녀석 모두 닭 모이를 좋아해서 닭들과 모이 쟁탈전을 벌이느라 하루 종일 이리 뛰고 저리 뛰고 난장판이 따로 없었다. 닭 모이가 뭐가 맛있다는 건지. 거친 밀기울에 옥수수 가루를 넣고 비빈 다음 물 붓고 저은 게 다인데.

들판에서의 생활은 먹는 것도 소박했지만 그 외 다른 것도 그저 아쉬운 대로 맞춰 가는 삶이었다. 그럼에도 200만 평에 달하는 해바라기 밭 일대의 농가 중에서 우리 집이 그나마 제대로 갖추고 사는 편이었다. 엄마가 처음 농사를 짓기로 결정했을 때는 집이 마을에서 100여 킬로미터나 떨어져 있었다. 오가기도 불편하고 다른 사람한테 밭을 맡기자니 마음이 편치 않았던 엄마는 아예 집을 이 들판으로 옮기기로 결정해 버렸다. 닭과 토끼, 쵸우쵸우와 싸이후를 데리고서 말이다.

엄마는 밭 가까이에 위치한 수로를 염두에 두고 이사할 때 오리 열 마리와 거위 두 마리를 샀는데 실수였다. 집을 옮기고 나서야 그 수로가 당분간은 개방되지 않으리라는 사실을 알았다. 덕분에 여름 내내 맥을 못 추던 우리 집 오리와 거위들의 몰골은 말이 아니었다.

엄마는 해바라기 밭 가장자리 공터에 게르를 쳤다. 쵸우쵸우는 게르 밖에서 자고 싸이후는 게르 안에서 잤다. 무슨 낌새라도 느끼면 쵸우쵸우는 밖에서 미친 듯이 짖어 댔고 싸이후는 실내에서 사납게 짖었다. 그 소리만 들으면 우리 집에서 기르는 개가 스무 마리는 되어 보였다. 실제로 어떤 상황이 발생하면 쵸우쵸우는 돌진해서 필사적으로 대응했으며, 싸이후는 문 뒤에 숨어 계속해서 짖어 대며 힘을 보탰다. 쵸우쵸우가 상황을 다 정리하고 나서야 싸이후는 뛰어나가서 아주 표독스럽게 주변을 둘러봤다. 여기서 '상황'이란 가젤의 출현과 누군가의 방문이다.

방문자래야 인근의 농사짓는 농부들뿐이었다. 그들은 용수 시간대를 상의하거나 수분시기의 양봉 작업 고용 문제를 의논하거나 새로운 병충해가 발견됐다는 소식과 함께 예방에 신경 써 달라는 말을 전하러 오곤 했다. 인근 농가 중에서 우리 집만 농기구를 종류별로 갖췄기에 농기구를 빌리러 오기도 했다. 톱이면 톱, 도끼면 도끼 거의 모든 비상사태에 대한 만반의 준비가 되어 있었던 것이다.

그뿐인가. 대야가 필요하다면 대야를 빌려주고 항아리가 필요하다면 항아리를 내주었다. 탁자를 원하면 탁자를 내주고 의자를 달라면 의자를 내주었다. 엄마가 "기다리다 보면 곧 꽃이 피니까"라는 이유로 가져 온 녹색식물 화분까지도….

그러면 다른 농가의 형편은 어떤가. 한 가족당 침대 하나에 솥 하나뿐이었다. 언제라도 철수할 채비를 하고 있는 것이다. 우리 게르를 방문한 사람들은 하나같이 감탄을 연발하다가 마지막에는 꼭 이렇게 말했다.

"담장만 하나 쌓으면 2020년까지도 충분히 살겠는데요."

참, 닭을 사러 오는 사람도 있었지만 엄마는 팔지 않았다. 엄마는 늘 이렇게 말하곤 했다.

"닭 이게 다야. 팔고 나면 없다고."

그러면 상대방은 의아해하며 물었다.

"안 팔 거면 뭐하러 키워요?"

참으로 어려운 문제였다. 엄마도 얼른 대답을 할 수가 없었다. 어쨌든 이렇게나 다양한 목적을 가진 손님들이 일주일에 한 번씩은 방문했다.

현재 대략 200만여 평에 달하는 경작지를 열 몇 농가가 나눠서 소작하고 있다. 소작농들은 각자의 토지를 지키며 서로 멀리 떨어진 채 흩어져 살고 있다. 우리 집을 제외한 다른 농가들은 땅에 구멍을 파고 지붕을 덮은 뒤 땅 밑에서 사는데, 그런 집을 '땅집'이라고 부른다.

해바라기 싹이 나기 전에는 게르 앞에 서면 하늘 아래 사방으로 끝없이 펼쳐진 텅 빈 대지가 보였다. 광활한 대지 위에 우리 집만이 꼿꼿하게 솟아 있었다. 하루하루 해바라기 줄기가 자라고 잎이 점점 무성해지면서 우리 게르는 초록 바다 한가운데서 파도에 따라 흔들렸다. 해바라기가 앞다투어 자라고 황금빛 해바라기 꽃이 흐드러질 때쯤 우리 게르는 깊은 바다 속으로 침잠했다.

사실 우리 집이 농사짓기 시작한 첫해에 살았던 곳도 땅집이었는데, 엄마가 불편해서 싫다며 올해 거금 2,000위안을 들여 게르를 샀다. 농사는 제일 적게 지으면서 가장 참담한 재해를 당한 우리 집 체면을 이 게르가 세워 주었다.

우리 집 체면을 세워 주는 두 번째 구조물은 나무로 만든 사람 키 절반 정도의 닭장이다. 그다음은 나무 막대기를 못으로 박아서 만든 토끼집으로 그것 역시 크고 넓다. 오리와 거위는 우리가 따로 없다. 엄마는 폐가 한쪽 공터를 둘러쳐서 오리와 거위가 편안하게 밤을 보내도록 해 주었다. 녀석들은 패딩을 걸치고 있으니 추위는 안 탈 것이다.

매일 새벽 찬란한 아침 해가 지평선에서 얼굴을 내밀면 수탉은 닭장 지붕 위로 뛰어올라 장엄하게 울기 시작했다. 밤새 길을 잃고 헤매던 토끼들은 닭 울음소리를 듣고는 들판 깊숙한 곳에서 집을 향해 달렸다. 곧 오리들도 따라서 꽥꽥 요란하게 울어 댔다. 집 안 분위기가 생생하게 활기를 띨수록 토끼들의 발걸음도 빨라졌다. 시끄러운 소리에 잠이 깬 엄마가 하품을 하며 대문으로 나와 보면 토끼들은 어느새 토끼장 속에 조용히 누워 있었고, 한 마리도 빠짐없이 눈은 더 빨개져 있었다.

토끼들은 왜 길을 잃는 것인가? 엄마는 토끼들은 키가 작아서 뛰어가다가 뒤를 돌아보면 집이 안 보여서 그런 거라고 했다. 싸이후였다면 앞발을 들고 일어서서 멀리 바라봤을 게다. 녀석은 아주 오랫동안 두 발로 서 있을 수 있으니 말이다. 나는 싸이후가 직립보행 하게 될 날을 고대한다. 쵸우쵸우는 서지 못했다. 설 필요도 없었다. 아주 사납고 거대한 셰퍼드인 쵸우쵸우는 그 위엄이 대단했다. 멀리 지평선 위의 아주 자그마한 움직임도 녀석의 눈을 피해 갈 수 없었다.

닭들도 키는 작았지만 한 번도 길을 잃은 적이 없었다. 녀석들은 들판에서 한가로이 산책하며 여유를 부리다가 해가 기울면 집으로 돌아왔다. 내 생각에 닭은 어떤 이정표나 기억력이 아니라 본능에 의지해 길을 찾는 것 같다. 나는 집에 돌아오기 전에 이쪽저쪽 두리번거리는 닭을 본 적이 없다.

오리들은 함께 집으로 돌아오거나 함께 길을 잃거나 했다. 온종일 함께 어우러져 크고 작은 일에 꽥꽥거리며 시끌벅적하게 몰려다니다가 해 질 녘이면 집으로 돌아왔다.

엄마는 밭일이 끝나면 급히 집안일을 시작했다. 엄마가 그릇에 닭 모이를 담아 게르 밖으로 가지고 나오면, 닭들이 환호하며 엄마 발 아래에 둥그렇게 모여들었다. 엄마는 닭장 바닥에 그릇을 내려놓고는 닭장 문을 쇠고리로 걸면서 혼잣말을 했다(작가 루쉰은 쇠고리를 두고 "개들을 열받게 하는 것"이라고 했는데, 나는 '싸이후를 열받게 하는 것'이라고 부른다).

"뭣 때문에 닭을 기르냐고? 흥, 내가 못 할 게 뭐야. 나는 그저 얘네들을 보면서 즐겁고 싶은 거라고."

엄마가 꼬박꼬박 모이를 주니 닭들은 열심히 알을 낳아서 자신들을 죽이지 않는 은혜에 보답하고자 노력했다. 엄마는 달걀을 삶아서 개들에게 주었다. 개들은 집 지키는 일에 더더욱 온 책임을 다했다.

물 대기

　제 몫을 그런대로 하고 있는 보안요원 개 두 마리를 키우고
는 있지만 이곳은 귀신도 지나다니지 않는 들판이었다. 우리
게르 안에는 누군가 문을 부수고 들어올 정도로 값나가는 물건
은 없었지만 엄마는 마음을 놓지 못했다. 게르에서 반걸음이라
도 떨어질라치면 꼭 크고 무겁고 번쩍번쩍 빛나는 자물쇠로 문
고리를 잠갔고, 문틀 위를 낡은 철사로 한 번 더 동여맸다.

　엄마는 문을 잠그고 오토바이 시동을 켠 다음 동물들에게
업무를 지시했다.

　"싸이후는 집 잘 보고, 쵸우쵸우는 정원 잘 지키렴. 닭들은
알 잘 낳고."

　집 안에 갇힌 싸이후는 문틈으로 주둥이를 내밀고는 엄마의
뒷모습을 바라보며 분노로 짖어 댔다. 흥분한 쵸우쵸우는 오토
바이를 뒤쫓으며 짖었고 1킬로미터 정도를 따라가다가 엄마에
게 욕을 얻어먹고 나서야 되돌아왔다.

　엄마는 물을 길으러 갔다. 밭 가장자리의 수로는 관개하는
며칠 동안만 물을 개방하므로 평소에 용수는 몇 킬로미터나

떨어져 있는 알칼리 성분을 빼낸 수로(신장 지역의 물은 알칼리성이 강해서 알칼리 성분을 제거한 수로를 따로 만들어 식수로 사용한다-옮긴이)에서 길어 와야 했다. 그렇게나 먼 길을 가야 하다니. 오토바이 같이 편리한 수단이 있으니 다행이다.

엄마는 매일 아침 오토바이를 타고 나가서 20리터 플라스틱 병에 물을 가득 길어 왔다. 내가 "기름 값 얼마나 들었어? 정말 비싼 물이다."라고 말하면 엄마는 하나하나 계산을 해 봤다.

"안 비싸. 일반 생수보다 훨씬 싼 거야."

그렇다 해도 어떻게 생수와 비교할 수 있겠나? 수로에서 알칼리 성분을 없앤 물은 짠데다 쓰기까지 한데. 그래도 물이 아예 없는 것보다야 나았다.

이렇게 귀한 물은 주로 밥을 짓고 설거지하는 데 쓰였다. 그릇을 닦은 물로 닭과 오리의 모이를 반죽하고, 나머지 물은 식수로 사용했다. 그래도 물이 남으면 엄마는 세수를 했다. 빨랫감은 따로 모아 두었는데, 수로가 개방되는 날이면 그동안 밀린 빨래를 시원하게 할 수 있어서 기분까지 상쾌해졌다. 그럼 빨래할 옷은 얼마나 쌓아 뒀을까? 사실 엄마는 평소에⋯ 옷을 거의 걸치지 않는다.

엄마는 말했다.

"날씨가 건조하고 더워서 잠시만 일해도 금세 땀범벅이 된단 말이지. 김맬 때만 해도 그래. 밭 한 고랑 매고 나면 옷 하나 벗고, 반쯤 매고 나면 완전히 다 벗어 버려. 다행히 날이 더워지자마자 해바라기 키가 자라서 옷을 입든 안 입든 아무한테도 안 보여.”

나는 깜짝 놀라서 한마디 했다.

“누구랑 마주치기라도 하면 어쩌려고.”

“누가 밭에 온다고? 농사 짓는 사람들은 자기 집 일하느라 다른 집은 들여다볼 새도 없어. 진짜 누가 온다 쳐도 거리가 상당한데 무슨 걱정이야. 싸이후랑 쵸우쵸우가 짖어 댈 텐데.”

온종일 벗은 채로 해바라기 밭을 돌아다니느라 햇볕에 새까맣게 그을린 엄마의 몸과 만물의 경계가 모호해졌다. 이파리 사이로 햇빛이 쏟아지고, 바닥의 흙은 발바닥을 은근하게 간질였다. 엄마가 해바라기 밭 한가운데를 걷는 모습은 물속에서 둥둥 뜨지 않도록 노력하며 강을 건너는 것처럼 보였다.

대지의 가장 웅장하고 힘찬 기운은 지진이 아니라 만물의 생장에서 느껴진다. 엄마는 옷이 없었고, 숨을 곳도 의지할 곳도 없었다. 금방이라도 길을 잃을 것만 같았다. 그때 엄마의 눈길이 머문 우듬지는 잎사귀를 활짝 펼친 채로 꽃망울을 품고 있었다. 엄마는 멈추어 서서 기다렸지만 꽃망울은 터지지 않았다. 그건 마치 규방에서 몸단장을 마치고 마지막 결정을 내리지 못하는 여인의 모습 같았다. 엄마는 순수한 마음으로 진지하게 꽃망울을 보살폈다. 그 순간을 위해 온종일 김을 매고 풀을 솎아 내고 가지치기하고 약을 뿌리며 끝없이 인내했던 것이다.

밭에 물을 대는 날이면 하루가 유난히 길게 느껴졌다. 수문을 열자마자 밭 가장자리로 콸콸 쏟아지던 물은 지면의 수로를 따라 도미노처럼 밭고랑으로 흘러 들어갔다. 물살의 속도는 점점 느려졌다. 엄마는 물길을 따라 천천히 걸어가며 고인 곳이 나오면 삽으로 파고 물이 새는 틈새는 흙으로 메웠다. 그토록 광활한 대지 위에 흐르는 물줄기는 가늘고 길었다. 엄마는 해바라기 하나하나가 물을 충분히 머금는지 지켜보았다. 땅 속 깊은 곳의 굵은 뿌리들은 쑥쑥 소리를 내며 물을 빨아들였고, 땅 위의 흙은 점점 가라앉았다.

엄마는 고개를 들어 사방을 둘러보았다. 하늘과 땅은 텅 비었다. 바람 한 점 불지 않았고 옷도 한 벌 걸치지 않았다. 세상에는 오직 식물만이 남았고 식물에는 길만이 남았다. 모든 길은 시원하게 트였으며 모든 문은 활짝 열려 있었다. 물은 빛 가운데서 힘겹게 걸음을 떼며 나아가다 어둠 속에서 청신호를 내며 꼭대기를 향해 달려갔다. 물이 이 대지 위에서 가닿을 수 있는 가장 높은 곳, 바로 해바라기의 꼭대기였다.

이 해바라기 밭은 물이 지구를 돌고 난 뒤에 다다르는 마지막 정거장이었다. 장장 사흘 동안 밤낮 없이 해바라기 밭에 물이 골고루 스며들었다. 온 세상이 촉촉하게 젖었다. 꽃망울 깊숙한 곳에 있던 여인은 드디어 세상으로 나갈 때 입을 화려하고 아름다운 옷을 선택했다.

이제 막이 열릴 차례였다. 대지는 전에 없던 적막에 둘러싸였다. 엄마는 유일한 관객이었다. 천 한 조각 걸치지 않고 장화 하나만 달랑 신은 엄마는 촉촉하게 젖은 채로 빛나고 있었다. 그 누구도 엄마를 보지 못했다. 엄마는 가장 큰 식물이었고, 삽은 소중한 권력의 지팡이였다. 장화를 신은 엄마가 다다르지 못할 곳은 없었다. 엄마는 여왕처럼 자유롭고 당당했다.

아주 오랜 시간이 흐르고 나서 엄마에게 이때의 일을 전해 들을 때, 엄마의 눈동자에서 찬연한 빛을 느낄 수 있었다. 엄마가 온몸으로 광합성하는 광경이 그려졌고, 엄마 삶 전체를 관통하던 인내와 희망이 고스란히 전해졌다.

물

수로가 개방되는 며칠간은 새해 명절처럼 느껴졌다. 해바라기들을 배불리 먹이는 건 물론이거니와 옷을 깨끗하게 빨고, 개들까지 깨끗하게 씻기는 날이었다. 대야, 항아리, 큰 솥, 작은 솥 할 것 없이 집 안에 있는 그릇이란 그릇엔 물이 그득그득 채워졌다. 다행히도 우리 집엔 그릇이 많아서 물 길으러 가는 데 드는 기름 값을 상당히 절약할 수 있었다.

이 시기에 수영을 열심히 한 오리들은 모두 깨끗한 새 오리로 변신했다. 저 멀리 하늘에는 흰 구름이, 땅 위에는 흰 오리가 있었다. 두 존재만으로도 온 천지가 번쩍번쩍 빛났다.

쵸우쵸우는 매일같이 수로에 들어가서 하마인 척도 하고 죽은 척 수면 위를 둥둥 떠다니기도 하면서 싸이후를 혼비백산하게 만들었다. 싸이후는 언덕 위에 서서 쵸우쵸우를 향해 미친 듯이 짖다가 안 되겠다 싶으면 엄마 쪽을 보며 짖어 댔다. 하지만 엄마가 못 들은 척 쵸우쵸우를 구할 생각을 하지 않자 싸이후는 직접 나설 수밖에 없었다. 물론 싸이후는 발을 물에 갖다 대기만 할 뿐 물속에는 감히 들어가지도 못했지만.

수로가 지나는 곳은 물이 충분한 데다 날이 점점 따뜻해지면서 2차 개방 때는 수로 양쪽에 잡초가 무성하게 올라왔다. 수로 주변과 작물이 자라나는 농경지를 제외하면 땅은 여전히 황량하고 거칠었다.

닭들은 풀밭을 가장 좋아했다. 하루 종일 지칠 줄 모르고 발길 가는 대로 돌아다녔다. 세상의 풀숲을 펼쳐 본다면 아마 우주와 다름없을 것이다. 닭은 그 재미에 빠져 여기를 기웃거리고 저기를 톡톡 쪼면서 돌아다녔다. 때로는 갑자기 고개를 갸우뚱거리며 한참 생각에 잠기기도 하고, 한쪽 발로 땅을 짚고 나무처럼 멍하게 서 있기도 했다. 닭은 뭘 보더라도 절대 말하는 법이 없었다.

하늘은 시리도록 푸르고 들판은 아득한데 바람이 불어와 풀이 누우면 갈대꽃 사이로 닭이 나타났다. 개 두 마리는 수로변에 나란히 누워 있고 오리들은 부리로 깃털을 솎아 내고 있었다.

들판 위의 가느다란 한 줄기 수로가 만들어 내는 이 작고 소박한 생동감은 세상 그 어떤 강이나 호수, 바다의 절경보다 부족할 것이 없었다.

이 모든 풍경 앞에서 유일하게 토끼들만이 조금의 동요도 없었다. 매일 아침 배식이 끝나면 녀석들은 엄마 뒤를 따라 해바라기 밭으로 들어갔다. 종종 해가 넘어가도 집에 돌아오지 않았던 걸 보면 틀림없이 엄마보다도 더 바쁜 모양이었다. 엄마가 "토끼야, 이것 봐! 물 나온다." 하며 불러도 토끼는 귀를 기울이지 않았다.

물은 상류의 물탱크에서 왔다. 물탱크라고는 하지만 실은 조금 큰 저수지였다. 들판에서 동쪽으로 2킬로미터 정도 떨어진 곳에 있는데, 저수지 한쪽에는 댐과 밸브가 설치되어 있었다. 그 모습은 초라하기 그지없었다. 하지만 오랫동안 텅 빈 대지를 걸어온 사람에게는 뜻밖의 만남이었을 것이다.

나도 한참을 걷다가 갑자기 저수지와 맞닥뜨린 적이 있다. 엄청난 양의 물이 눈앞에 있는 것을 보니 마치 세상의 끝을 마주한 느낌이었다. 새 한 마리 날아다니지 않고, 식물 하나 자라지 않는 텅 빈 들판 위에 물만 있었다. 반짝이는 물이 대지 위에 거울처럼 평평하게 펼쳐진 채 하늘을 비추고 있었다. 하늘 아래 펼쳐진 또 하나의 심연 같았다.

이 저수지의 물이 드넓은 대지의 작물을 키우고 수많은 생명을 길러 냈다. 하지만 눈앞에 펼쳐진 광경을 보고 있노라면 저수지는 해바라기, 싸이후, 쵸우쵸우, 오리와 닭에게 자신이 어떤 의미가 있는지 전혀 아랑곳하지 않는 듯 보였다.

저수지는 더없이 완벽하고 영원히 변하지 않을 것이다. 이 땅은 적막했고 우리와 우리의 해바라기 밭을 곤혹스럽게 했다. 우리가 이곳에서 쏟아부은 모든 노고가 그야말로 의미 없는 일처럼 느껴졌다.

　나는 물가를 따라 천천히 거닐었다. 반대편 저 멀리에는 하얀 집이 있었다. 저수지가 세상의 끝이라면 하얀 집은 세상의 반대편에 자리 잡고 있는 것이다. 그곳에는 어떤 사람이 살고 있을까? 그곳으로 가 보고 싶었지만, 물가를 따라 한참을 걸어도 다다를 수 없었다.

　해바라기 밭을 떠난 뒤에 나는 몇 번이나 그 들판의 저수지 꿈을 꿨다. 남쪽에서 온 백조가 오래도록 수면 위를 맴돌거나 물 한가운데에 갈대가 서 있는 꿈을. 아스라한 하얀 집에 사는 사람의 꿈을 꾼 적은 단 한 번도 없다.

　가을이 오면서 해바라기 밭의 찬란한 황금빛과 끊이지 않는 소란이 나를 꿈에서 깨웠지만, 단 한 번도 꿈속에서 그를 만나지는 못했다.

나의 꿈

　나는 여전히 진정으로 대지와 연결되는 삶을 꿈꾼다. 그 꿈 속에서 나는 땅과 튼튼한 집을 가지고 있다. 말하고 보니 엄마의 일상과 별반 다르지 않은 것 같다. 물론 다르다. 나의 삶은 더 안정적이고 단순하다. 그 꿈은 내게서 멀어졌다 가까워졌다 한다.

　벌써 몇 번이나 결심을 했는지 모르겠다. 처음에는 엄마가 사는 마을에서 적당한 택지를 물색하고 설계도를 그리기 시작했다. 거처를 도시로 옮긴 뒤에도 이 계획에 여전히 미련이 남았다. 나는 생계를 위해 늘 바쁜 일상을 살았고, 피로하고 지쳐서 쉬이 잠들지 못했다. 그럴 때면 눈을 감고 베개를 품에 안은 채 어둠 속에서 그 원대한 계획을 펼쳐 보곤 했다. 깊은 잠에 들 때까지 구상을 이리저리 바꿔도 보고, 무수히 많은 세부 사항들에 빠져들기도 하면서….

　나는 아주 많은 곳을 다녀 봤고, 여러 집에서 살아도 봤고, 온갖 침대에서 잠도 자 봤다. 이 모든 것이 다 일시적인 일처럼 느껴졌기 때문에 생활의 변화와 부침을 두려워해 본 적이 없다.

외할머니와 함께 지냈을 때는 강아지 싸이후와 안정된 직업과 수입이 있었다. 몸은 바쁘지만 마음은 편안했다. 물론 그때도 마음속으로는 벽돌 하나, 기와 하나 신중하게 고르면서 대지 위에 집을 짓고 있었지만.

나는 도통 마음의 안정을 찾을 수 없었고 늘 초조하고 심란했다. 그럴 때면 '잠깐일 뿐이야. 집이 생기면 괜찮아질 거야.' 나 자신을 위로하곤 했다. 하지만 나는 내가 꿈꾸는 집과 점점 더 멀어지고 있음을 알았다.

어렸을 때 군대 사단이 있는 목장에서 살았는데, 그곳의 집들은 생김새가 다 똑같았다. 한 가지 다른 점이 있다면 다른 집의 바닥에는 붉은 벽돌이 깔려 있지만, 우리 집 바닥은 아무것도 깔리지 않은 진흙땅이었다. 그래서 나는 붉은 벽돌을 가장 고급진 바닥재로 여긴다. 벽은 실리콘 벽지니 뭐니 해도 석회를 바른 하얀 벽이 최고다. 오랫동안 낡은 신문지를 벽지로 바른 집에서 살아 본 사람들에겐 다 그렇다. 회벽과 붉은 벽돌이 깔린 바닥이 내가 생각하는 '드림 하우스'의 모든 것이다. 얼마나 단순한가? 그럼에도 영원히 실현되지 못했다.

집 근처의 작은 채소밭, 채소밭 옆에 서 있는 나무 두 그루, 담벼락 아래 닭장과 한 떨기 꽃은 언제까지나 그저 내 마음속에만 존재할 뿐이었다. 나는 이런 집을 왜 가지려고 하는가?

이제부터 마음 편히 살아 보려고? 아니다. 이제부터 마음 놓고 기다리기 위해서다.

그런데 지금의 내가 할 수 있는 거라곤 마음 놓고 이별하는 일뿐….

찾아오는 사람과 떠나보내는 사람

나는 떠나보내는 것을 잘하고, 엄마는 찾아오는 것을 잘한다. 엄마는 늘 궂은 날씨에 엄청난 짐을 챙겨 들고 나를 찾아왔다. 눈을 헤치고 온 엄마의 등에는 큰 가방이, 양 어깨에는 큼지막한 보따리가 매달려 있었는데, 그 모습이 꼭 보따리에 납치된 사람 같았다. 엄마는 나를 보자마자 다른 데 신경 쓸 새도 없다는 듯 보따리들 속에서 필사적으로 빠져나왔다. 그러고는 숨을 채 돌리기도 전에, 어서 나머지 짐을 마저 가지고 오자고 성화를 부렸다. 엄마 뒤를 따라 아래층으로 내려가면 현관문 밖에 엄마가 들고 온 것의 배가 넘는 짐이 있었다.

엄마는 나를 위해 다양한 물건을 가지고 왔다. 그중에서 꼭 이야기하고 싶은 건 기다란 막대기 두 개다. 정확히는 작은 소나무 가지 두 개다. 아주 곧고 가늘고 긴 막대기였는데 굵은 쪽은 테니스채보다 약간 더 굵고, 가는 쪽은 탁구채보다 약간 더 가늘었다. 대략 3미터 남짓 되려나. 엄마가 어떻게 이 장대 두 개를 들고 차를 탔는지 상상이 안 됐다. 당시에는 모든 버스 지붕에 짐 싣는 것이 금지였다. 아래 짐칸에 넣고 왔을까? 불가능하다. 좌석과 좌석 사이 통로에 놓고 왔을까? 그럴 가능성은 없다. 하물며 엄마는 차를 세 번이나 갈아타고 오지 않았던가. 결국 그것은 풀리지 않는 수수께끼로 남았다.

엄마는 이 장대 두 개를 베란다 천장 쪽에 걸치고는… 옷을 말리는 데 쓰라면서 의기양양하게 말했다.

"봐라. 가늘지? 이것 봐. 길지? 길고 가늘고 또 아주 곧잖아. 내가 얼마나 오랫동안 공들여 이렇게 좋은 막대기를 찾아낸 줄 아니? 이리 좋은 건 본 적이 없어. 길지, 가늘지, 또 곧지."

그렇다. 엄마는 이 3미터나 되는 장대를 나에게 주려고 엄청난 짐을 지고 차를 세 번이나 갈아타고 아러타이까지 온 것이다.

대기실도 화로도 없었다. 엄마는 고속도로와 국도 입구를 오가며 버스를 기다렸다. 마을도, 머무를 여관도 하나 없는 인적이 드문 곳에서 엄마는 짐을 지키며 하염없이 눈보라 속에 서 있었다. 버스가 언제 올지도 모른 채 말이다. 첫날에는 그 입구에서 반나절을 기다렸다. 추위와 배고픔으로 지쳐 가는데 지나가던 한 농부가 버스가 고장나서 하루 동안 운행하지 않는다고 알려 주었단다.

그 이튿날에도 엄마는 어김없이 차를 기다렸다. 마음속에 한 가닥 희망을 안고서. 세상에서 가장 강렬한 희망은 바로 '한 가닥 희망'이지 않던가?

뒤늦게 차가 왔다. 운전사는 온통 눈으로 덮인 새하얀 세상에서 끝없는 눈보라를 뚫고 달리던 중 전방에 크고 검은 물체가 서 있는 것을 발견했을 것이다. 그의 경험상 그 정도 크기면 차를 기다리는 사람 네댓 명이었을 텐데, 가까이 도착해 보니 사람 한 명에 네댓 명이 들 만한 짐이 기다리고 있어 놀라지 않았을까.

어쨌든 엄마는 그 고생을 마다 않고 장대 두 개를 나에게 주려고 가지고 왔다. 길고 곧고 굵기가 고른 가느다란 막대기였다. 엄마가 보기에 이렇게 좋은 물건은 도시 사람에게 딱 필요한 것이었다. 도시 사람은 옷을 아무 데나 걸쳐서 말린다고는 생각하지 못한 것이다.

몇 년 뒤 이사를 하게 되었을 때, 그 장대들은 도저히 옮길 방법이 없어서 집주인에게 주고 왔다. 당시에는 조금도 아깝다는 생각이 들지 않았다. 그 뒤로 몇 년의 시간이 흐르고, 몇 번의 이사를 하고, 결국 직장을 그만두기로 결심했을 때 엄마가 말했다.

"너 아러타이 떠날 때, 내가 가져다 준 그 장대 가지고 오는 거 잊지 마라."

엄마의 말을 듣고 나서야 양심의 가책을 느꼈다.

나는 엄마에게 그건 진작부터 없었다고 털어놨다. 엄마는 속상해했다.

"그렇게 좋은 나무를, 그렇게 곧고 길고 무엇보다 그렇게 가는 나무를, 넌 어떻게 그걸 버릴 수 있냐!"

그런데도 장대 두 개를 아러타이로 가져오느라 고생한 얘기는 단 한마디도 꺼내지 않았다.

그때가 2003년 즈음이었는데, 나는 아러타이에서 직장을 다니며 거동이 불편한 외할머니를 모시며 살고 있었다. 월급은 600위안 정도 됐는데 200위안은 집세로 나가고 200위안은 겨울철 난방비로 저축해 놓고 나머지 200위안을 생활비로 충당했다. 이 말인즉슨 사는 게 빠듯했다는 얘기다.

엄마는 내 월세 집에 처음 찾아온 날, 제일 먼저 모든 방의 30와트짜리 전구를 15와트짜리로 갈아 끼웠다. 그다음으로는 바퀴벌레를 잡았다. 그동안 차마 살생을 할 수 없어서 내버려 뒀더니 그 건물 전체 다른 이웃집까지 바퀴벌레가 퍼졌다. 엄마는 팔팔 끓는 물 한 주전자를 난방기 뒤쪽에 끼얹었다. 시커먼 바퀴벌레들이 폭발하듯이 사방으로 달아났고, 그보다 더 많은 벌레들이 뜨거운 물에 튀어 오르다 온 집안 바닥에 널브러졌다.

그다음에는 쇼핑을 했다. 촌사람이 모처럼 도시 구경에 나섰으니 엄마의 쇼핑 목록은 그야말로 엄청났다. 하지만 모든 물건이 하나같이 다 비쌌다. 엄마가 산 거라곤 고작 채소뿐이었다. 채소 안 파는 데가 어디 있다고. 그러나 아러타이 채소가 엄마가 사는 푸윈현보다 더 쌌다.

엄마는 뿌리 달린 꽃모종도 샀다. 날씨가 추워서 집으로 돌아가는 도중에 꽃모종이 얼어 죽지 않을까 걱정이 되어 조심스럽게 보온병 안에 집어넣고 살살 뚜껑을 닫았다.

엄마는 아러타이에 오면 기껏해야 하룻밤을 머물렀다. 그 하루 동안 엄마는 열흘 치 일을 끝냈다. 엄마가 떠나고 나면 늘 집안에서 군부대가 철수한 느낌이었다.

떠나기 전에 엄마는 귀한 꽃모종 하나를 나에게 주었다. 플라스틱 석유 드럼통을 주워 와서 통 입구를 잘라 내고 깨끗이 씻은 다음, 어디서 퍼 왔는지 모를 흙을 담고 거기에 꽃모종을 심어서 베란다 위에 올려놓았다. 투명한 드럼통이 햇빛을 직접 받으면 흙이 너무 뜨거워져 뿌리에 좋지 않다고 염려하며 내 책을 가져다가 가림막으로 썼다. 엄마가 떠난 뒤에는 화분과 그 뒤에 세워진 책 한 권만이 엄마가 왔다 갔음을 증명해 주었다.

그렇다. 내가 가장 잘하는 것은 이별이었다. 지금까지 나는 아주 다양한 이별을 원만하게 완수해 왔다. 엄마를 보낼 때는 터미널에 모시고 가서 표를 사고 엄마의 짐을 짐칸에 싣고 차에 올라 좌석을 찾아 드렸다. 마지막 순간에 우리 둘 사이에는 침묵이 흘렀다. 차가 출발할 시간이 되기만을 기다렸다.

문득 오래전의 또 다른 이별이 떠올랐다. 그때의 상처와 무력감이 물밀 듯이 밀려왔다. 갑자기 그 일에 대해 말하고 싶어졌고, 당시 엄마의 감정이 어땠는지 알고 싶다는 욕구가 강렬하게 솟구쳤다. 하지만 결국 한마디도 하지 못했다. 그 순간 우리 사이가 너무 낯설게 느껴졌고 조금 멋쩍기까지 했다.

사람의 기억은 시간이 흐르면서 무뎌지는 걸까? …그렇지 않다. 사람은 숱한 이별을 하면서 점점 무뎌져 가는 것이다.

그때 버스의 시동이 걸렸다. 나는 서둘러 차에서 내려 차창 아래쪽으로 가 엄마에게 손을 흔들었다. 그렇게 또 한 번의 이별이 무사히 끝을 맺고 있었다. 마지막 의식은 엄마를 태운 그 특별할 것 없는 버스를 눈으로 배웅하는 것이었다. 그런데 차가 터미널을 빠져나가다 멈춰 섰다. 러시아워에 걸린 것이다. 이별의 마지막 의식이 미뤄지고 있었다. 나는 그토록 평범하기 그지없는 모습을 타박하면서 차를 바라볼 수밖에 없었다.

버스가 멈춰 서 있는 모습을 지켜보다가 몇 번이나 앞으로 달려가고 싶은 강렬한 충동에 사로잡혔는지 모르겠다. 얼마나 간절하게 엄마가 있는 창 아래로 달려가서 까치발을 딛고 차창을 두드려 엄마와 다시 한번 이별하고 싶었는지 모른다. 하지만 결국 하지 않았다.

운명

　나는 지금까지 엄마가 내린 선택을 인정해 본 적이 없다. 마찬가지로 엄마 역시 내 인생에 늘 회의적이었다. 우리 둘은 함께 살 수가 없었다. 두 달만 지나면 바로 문제가 생겼으니까.

　하지만 농사 문제에서만큼은 우리 둘 다 이 일은 충분히 해 볼 가치가 있다는 데 동의하여 뜻밖의 연대를 이뤘다.

　엄마는 잡화점을 열었고 재봉일도 겸했다. 겨우 몇십 가구뿐인 마을에 동종업계에 종사하는 가구가 대여섯이나 되었다. 1년 내내 일해 봤자 굶어 죽지 않을 만큼만 벌었지, 여윳돈은 모을 수가 없었다. 이 지경이 되자 엄마는 다른 방법이 없음을 절감했다.

　가을과 겨울은 그나마 나았다. 유목민이 양 떼를 몰고 지나다가 이 마을에 머무르게 되면서 갑자기 시끌벅적해졌다. 게다가 그들 모두 소와 양을 판 지가 얼마 안 되어 수중에 자금이 있는 편이다 보니 엄마 가게도 상황이 나아졌다.

　여름이 되면서 소 떼와 양 떼가 북쪽으로 가고 나면 마을 전체가 텅 비었다. 엄마 가게는 온종일 열려 있는데, 찾아오는 손님은 한 명도 없었다. 예전에는 엄마도 유목 행렬을 따라 움직였다. 소와 양이 가는 곳에 장막을 치고 가게를 열었다.

하지만 엄마도 나이가 들다 보니 여기저기 돌아다니는 유랑 생활이 감당도 안 되고 힘도 들었다. 농사도 물론 힘든 일이고, 몸이 매여 밖으로 잘 돌아다니지도 못하게 되지만 집과는 가까웠다. 하물며 엄마에겐 농사야말로 천직이라는 자부심이 있었다. 왕년에 생산대(농업건설군단의 가장 작은 단위로, 하나의 마을에 해당한다-옮긴이)에서 농업기술요원으로 일했던 엄마에게 2만여 평 땅에 농사짓기는 전혀 문제가 아니었다. 그에 비해 나는 사는 게 너무 따분했다. 종종 땅을 일구는 일에 문학적 상상력을 덧붙여 한없이 동경했다.

엄마가 농사를 짓기로 결심한 그해에 나는 직장을 그만두기로 결심했다. 기관에서 5년간 일하면서 5,000위안 정도는 모아두었기에 자신감이 충만했다. 나는 모든 것을 충분히 변화시킬 수 있으리라 생각했고, 안 되면 엄마와 농사나 지어야겠다는 심산이었다. 하지만 결국에는 유목민을 따라 북쪽으로 가서 아러타이산 목장에서 여름을 나기로 했다. 그곳이 문학적 상상력이 더 충분한 곳이었으므로… 엄마가 나를 멸시하는 것은 어쩌면 당연한 일이었다.

엄마가 농사를 짓기 시작한 그 이듬해에 나는 직장을 그만두고 남쪽으로 갔다. 왁자지껄한 남방의 거리를 걷다가 고독과 피로를 느낄 때면 이런 생각을 하곤 했다. 내 뒤에는 장장 2만 여 평에 달하는 대지가 있다고. 이 생각은 내가 진정으로 남쪽으로 가지 못하게 만들었다.

　여름에 나는 아커하라의 우리 집으로 돌아왔다.

　그 두 해 동안 나와 엄마의 삶은 약속이나 한 듯이 변화를 맞았다. 그러나 대지는 언제나 변함이 없었다. 비옥한 삼림이 벌목되고 훼손되어서는 안 되었다. 척박하고 메마른 땅 역시 강제로 개간되고 녹지로 바뀌어서는 안 되었다. 인간의 운명과 자연의 운명은 완전히 상반된 것이다. 해바라기 밭에 도착했을 때 나는 그 거대한 차이에 놀랐고 또 두려워졌다. 문득 나는 끊임없이 표류하는 중이고, 앞으로 더 많이 흔들리며 가야 하리라는 것을 느꼈다.

번성

100여 년 전, 이곳에 정착하기로 결정한 농민들은 분명 더이상 갈 곳이 없었던 것이리라. 그들은 북쪽으로 이동하며 끝없이 펼쳐진 사막을 밤낮없이 걷고 또 걸었을 것이다. 그러다 고지대에 올라 지평선 끝에서 푸르른 하곡을 보았을 때 그들은 감격에 겨워 눈물을 흘렸으리라.

그들이 지닌 씨앗은 오랜 유랑 생활 중에도 포기한 적 없는 유일한 것이었다. 그들은 낡디 낡은 수평계로 땅을 측량하고 개간하고 꼬불꼬불한 강물을 끌어와 수로를 냈다. 첫 번째 봄 관개 시기에는 밤낮으로 수로변을 지키다가 물살이 약해지면 관을 막는 고기 떼를 삽으로 건져 올렸다.

물고기는 강이 열렸다는 것을 알지 못했다. 농경지가 무엇인지는 더더욱 알지 못했다. 물고기는 뚱뚱하고 멍청했으며 아무런 근심걱정이 없었다. 녀석들은 앞다투어 수로로 밀려들었고 볏모가 돋아나는 논물 위를 떠다녔다. 적막한 세상에서 볏모의 존재는 너무도 보잘것없었다. 말라 죽은 물고기가 햇빛 아래에서 은빛으로 빛났다. 마치 이 땅 위에서 유일하게 번성

한 존재였던 것처럼.

겨울이 되자 강물이 얼어붙었다. 사람들은 얼음을 뚫어 구멍을 내고 기다란 붉은 줄을 물속에 던졌다. 미끼도 낚시 바늘도 없었지만 금세 물고기가 줄을 물고 수면 위로 끌려 나왔다. 물고기의 이빨은 가늘고 날카로웠다. 사람들이 손으로 잡고 있는데도 붉은 줄을 꽉 물고는 절대 놓으려 하지 않았다. 녀석들은 분노했지만 어찌할 줄 몰라 혼란스러워했다. 세상은 변했다.

봄이 오자 물고기는 산란을 준비했다. 치어들의 왕성한 번식력 덕분에 수심이 얕은 곳은 보석이 쌓인 듯 반짝반짝 빛났다. 여기서 물을 뜨면 양동이에 물고기 반, 물 반 담겼으리라. 사람들은 이 작은 물고기를 잡아다 그늘에 말려 가축에게 먹였다. 가축의 몸에서는 생선 비린내가 진동했다. 겨울에 이 가축을 잡아서 끓이면 그 국물도 비렸다. 세상은 변했다.

물고기는 갈수록 줄고 사람은 갈수록 늘었다. 농지는 하나뿐인 강을 따라 양안 위아래로 줄기차게 생겨났다. 처음에 농지는 젖을 빨 듯 강물을 빨아들이더니 나중에는 피를 빨 듯 강물을 빨아들였다. 나중에는 강물을 들판 깊은 곳으로 끌어갔다. 그곳에는 새로 개척된 땅이 끝도 없이 아득하게 펼쳐졌다. 씨앗을 뿌리고 나서든 풍작을 이룬 농작물을 거두고 나서든 그 땅은 언제나 텅 비어 황량하기 그지없었다. 수원을 잃은 하류 지역의 호수는 금방 말라 버렸으며, 짧은 몇 년 새에 담

수호가 염수호로 변해 버렸다. 물고기는 더 이상 살지 못했다.

아주 많은 시간이 흐르고 나서야 우리 집이 이곳으로 이사 왔다. 우리가 마주한 것은 200만 평이 넘는 새로운 개척지였다. 이 땅에선 그 어떤 일도 일어난 적이 없는 것 같았다. 새로 만든 길에는 두 갈래의 바퀴 자국이 평행으로 이어져 있었다. 수로 역시 새 것이었고 콘크리트로 만든 수로변에는 풀한 포기 나지 않았다. 모든 것이 이제 막 시작되고 있었다.

유일하게 저 멀리 수 킬로미터 밖에서 시작된 강줄기만이 오래전부터 이곳에 있었다. 강바닥은 널직했지만 물줄기는 가늘고 약했다. 시간이 지나고 물고기들이 돌아왔다. 기나긴 시간과 고독과 험난한 길을 뚫고 온 것이다. 물고기들은 이미 그 수가 너무 많이 줄어 버렸는데, 그마저도 물속 깊은 곳에 숨어 버렸다.

이 대지에서 생활하는 다른 농민처럼 우리도 소작하는 땅에 해바라기를 가득 심었다. 땅은 무척 척박했다. 해바라기는 기름이 많아서 지력을 손상키기 때문에 이런 땅에 심기에 적합하지 않은 식물인지도 모른다. 그러나 이런 땅에서 자랄 수 있는 몇 안 되는 다른 농작물과 비교했을 때 해바라기의 수익률이 가장 컸다.

이렇게 보면 우리는 100여 년 전에 처음으로 이곳에 와서 땅을 개척하고 정착했던 사람들과 별반 다르지 않았다. 약탈 빼고는 그 무엇도 개의치 않는 것처럼 보였으니까.

내 기억에 첫해에는 가족 모두가 생활 전선에 나섰고, 나도 집에 돌아오면 일을 도왔다. 엄마는 대형 트럭을 빌려서 집을 구성하는 거의 모든 것을 옮겼다. 아흔의 외할머니는 물론 개 두 마리, 닭과 오리, 심지어 화분까지도.

도착한 첫째 날 밤에는 달도 별도 뜨지 않았다. 우리는 한밤 중까지 씨앗을 정리했다. 엄마와 아저씨는 쉬지 않고 붉은 농약물에 씨앗을 골고루 적셨고, 나는 그 옆에 손전등을 들고 서 있었다. 밤새도록 침묵과 긴장만이 흘렀다.

손전등 불빛은 위아래로 오르락내리락하는 붉은 씨앗을 감싸고 있었다. 이 씨앗은 하루 지나면 땅속 깊이 묻힐 것이었다. 붉은 씨앗 군단이 땅속에 장엄하게 정렬하면 엄마와 아저씨는 병사를 소집한 왕이자 검열하는 수장이자 수호신이 되어 삽을 들고 밭 가장자리를 지켰다.

기나긴 겨울을 버텨 낸 들쥐들은 땅속 깊은 곳에서 이 붉은 씨앗과 마주쳤다. 들쥐들은 씨앗 주변을 맴돌며 굶주림과 두려움에 떨었고, 그 굶주림과 두려움은 이내 붉은빛 속으로 침투했다. 그 순간 엄마와 아저씨의 긴장과 걱정 역시 그 붉은빛 가운데로 스며들었다.

외할머니는 집을 떠나기 싫다고 악담을 퍼부어 댔지만 달리 방도가 없었다. 당신은 나이도 많고 쇠약해져서 우리를 떠나 홀로 살아갈 수 없었다. 외할머니의 고통과 분노 역시도 그 붉은빛 속으로 배어들었다.

그 붉은빛은 나의 슬픔과 피로도 흡수해 버렸다. 내가 밤새 꼼짝도 않고 손전등을 들고 서 있을 때, 손전등 불빛은 끝없는 어둠 속에 아주 자그마한 틈새를 만들었다. 들판 곳곳에서 유랑하는 것들은 다 이 한 줄기 불빛에 의지했다.

100년 전에 죽은 농부들도 왔다. 그들은 여전히 몸에 씨앗을 지니고 있었다. 그들 역시 이 신기한 붉은빛을 갈망했던 것이다. 사라졌던 물고기들도 차례차례 그 붉은빛 속으로 헤엄쳐 들어갔다.

나는 활짝 핀 해바라기를 보는 듯했다. 온 누리가 황금빛으로 물든 가운데, 붉은빛만이 어둠처럼 흔들림이 없었다. 물이 가득 채워진 그릇을 들고 심연에 걸린 가느다란 줄 위에 서 있는 것처럼 아슬아슬했다. 지금 이 불빛이 세상에서 가장 부서지기 쉬운 용기라도 되는 것인 양 손전등을 들고 있는 나는 감히 미동조차 할 수 없었다.

나는 첫해에 밭으로 따라 나가 파종을 마친 후 바로 집을 떠났다. 그해 농사는 순탄치 않았다. 주된 이유는 물 부족이었다. 평소에는 농민들 간에 서로 예의도 차리고 돕기도 했지만, 물 대는 시기가 되자 무섭게 물 쟁탈전이 벌어졌다. 다들 여차하면 삽까지 들 기세로 필사적으로 싸웠다.

항상 한밤중이나 되어서야 우리 집 차례가 왔다. 엄마는 밤새도록 잠을 잘 수가 없었다. 수시로 나가서 누군가 물을 가로채 가지는 않는지 살폈다. 나중에는 아예 수로 밸브 옆에 이불을 깔고 밤을 지새웠다. 그럼에도 우리 집에서 소작하는 4만 평 땅 중 몇천 평의 땅에서 자라는 작물들은 말라 죽었다.

병충해도 끊이지 않았다. 200만 평에 달하는 해바라기 밭이 모조리 피해를 입었다. 밭 가장자리에는 알록달록한 농약병만 가득 쌓였다. 엄마의 걱정이 끊이지 않았다. 재산 손실뿐 아니라 생명체 자체가 사라질 위기에 처해 있었다. 두 눈으로 직접 조금씩 자라나는 생명체를 확인했다가, 그렇게 말라 버리는 것을 보는 일은 농민들이 지난 몇천 년간 겪어 온 고통이었다.

8월이 되어서야 병충해와 가뭄을 견뎌 내 몇천 평의 해바라기 밭에서 꽃이 피었고, 그제야 엄마는 조금이나마 숨을 돌렸다. 그러나 우리 집을 포함해 겨우 두세 집만 위기를 면했고, 다른 농민들은 농사를 포기해 버렸다. 강 하류 지역 60여만 평의 경작지 주인은 자살했다. 들리는 말에 의하면 그가 날린 돈이 100만 위안을 웃돈다고 했다.

나는 그해 겨울에 집으로 돌아왔다. 엄마에게 얼마나 손해를 봤느냐고 물었다. 엄마가 대답했다.

"조상님 덕인가. 우리 집은 가난해서 다행이었지. 적게 심었으니 손해도 적고. 잘라 낸 해바라기들이 씨라도 충분히 남겼으니 내년에 다시 심으면 되지 않겠어? 엄마는 믿기지가 않아. 어디 이렇게 해마다 재수 없을 수가 있냐?"

외할머니는 외려 신이 나서 나에게 말씀하셨다.

"꽃이 필 때 정말 예뻤어. 사방에 황금빛이 반짝반짝 빛나는 게 정말 예뻤지. 쥐안아, 네가 그걸 못 봐서 무척 아쉽구나."

싸이후는 말없이 외할머니 발 아래에 기대어 있었다. 아무것도 신경 쓰지 않는다는 듯이.

겨우내 자그마한 마을 아커하라는 새하얗고 적막했다. 나는 그 붉은빛과 황금빛을 마음에 품고 혼자 집에서 북쪽의 하곡으로 걸어갔다. 눈이 수북이 쌓인 강의 수면에서 까마귀 떼가 날아올랐다. 소 떼는 줄지어 좁은 눈길을 지나 하얀 안개를 뚫고 강 위의 얼음 구멍으로 물을 마시러 가고 있었다. 나는 소 떼를 따라가다가 문득 물고기들이 떠올랐다. 얼음 구멍 옆에 서서 주변을 둘러보았다. 칠흑 같던 수면이 미세하게 흔들렸다. 고개를 드니 또 눈이 내리고 있었다.

나는 그 눈 속을 뚫고 오는 100년 전의 사람을 보았다. 세상의 모든 어머니들이 하듯 그를 위로해 주고 싶었다. 딸처럼 그에게 달려가 울고도 싶었다.

9일 동안

해바라기를 심은 첫해의 첫날에 나는 밭 가장자리의 수로에서 물을 길어다 밥을 지었다. 수문을 개방하고 상류의 물이 한 차례 쏟아진 뒤 수문 틈새로 흘러나온 물줄기는 가늘고 혼탁했다. 그릇으로 한참을 퍼부어야 솥 절반가량의 물을 채울 수 있었다. 물을 깨끗하게 정수해서 사용하고 싶었지만 도저히 기다릴 수가 없어 바로 쌀을 안쳤다.

어느새 찾아든 어슬녘에도 우리 가족은 짐을 옮기느라 분주했다. 아침부터 밥 먹을 엄두도 내지 못했다. 외할머니가 가장 힘들었을 것이다. 우리는 배가 고프면 말린 주전부리라도 씹으면서 허기를 달랬지만 이가 없는 외할머니가 드실 수 있는 건 죽뿐이었다. 위장도 안 좋아서 펄펄 끓인 음식만 드셔야 했다.

나는 내 무능함 때문에 괴로웠다. 수로에서 물을 긷는 순간에도 밥을 먹을 때도 그로부터 몇 해가 지난 뒤에도 괴로웠다. 몇 년 뒤 외할머니가 돌아가셨다. 그로부터 시간이 꽤 흐른 뒤에도 나는 여전히 외할머니가 밥 때문에 돌아가신 것 같다는 생각에 괴로웠다. 정신없이 바빴던 그 황혼녘부터 외할머니는 매일매일 죽음 속으로 걸어가고 있었던 게 아닐까.

할 수 있는 게 아무것도 없었다. 나에겐 그저 허약함을 감출 만큼의 힘밖에 없었다. 내 최대 강점은 계속해서 본색을 드러내지 않으면서 사람들 사이에서 살아가는 것이었다.

그날 우리는 날이 밝자마자 짐을 챙겨 차에 실었다. 우여곡절 끝에 100킬로미터 정도 떨어진 밭에 도착하니 어느새 정오가 지났다. 온 가족이 짐을 부리고 나니 태양은 아름다운 노을에 둘러싸인 채 서쪽으로 미끄러지고 있었다. 트럭이 떠나자 사방이 막힘없이 트인 새로운 풍경이 펼쳐졌다. 우리와 우리 집이 바람에 실려 이곳까지 날아온 한낱 미물처럼 느껴졌다.

나는 인근에서 돌멩이 몇 개를 주워 와 날림으로 삼각아궁이를 쌓고 마른 풀을 모아 불을 붙였다. 바람이 세서 한참 만에야 간신히 불이 붙었다. 아저씨는 우리가 머무를 곳을 찾아 나섰다. 이 근처 농가에서 멀지 않은 곳에 버려진 땅집이 있는데 손 좀 보고 지붕만 다시 올리면 들어가 살 수 있다는 말을 전해 들었던 것이다. 엄마는 눈앞에 작은 산처럼 쌓인 한 무더기의 물건을 서둘러 정리했다. 씨앗, 식량, 사료, 석탄, 땔감, 닭장, 오리장, 이불, 침대판, 수십 개의 원목 등등… 분주하게 정리하느라 고개를 들 새도 없었다.

돌 아궁이를 지키며 땔감을 집어넣던 내 눈에선 연기 때문에 눈물이 폭포처럼 흘렀다. 고개를 돌리니 외할머니와 싸이후가 온 바닥에 널린 세간살이 사이에서 묵묵히 뭔가를 응시하며 서 있는 모습이 보였다. 하늘에 커다란 구름뭉치가 떠 있었다.

대지는 거칠고 사방의 지평선은 또렷하고 날카로웠다. 허름하고 초라한 집은 우리가 대충 짐 정리를 마무리한 사이에 갑작스럽지만 당당하게 그 존재를 드러냈다.

밥이 되자마자 서둘러 외할머니에게 한 그릇 퍼 드렸다. 진즉부터 배가 고팠던 할머니는 바람 속에 앉아 밥이 뜨거운 줄도 모르고 드셨다. 반찬도 없는 그저 흰 쌀죽 한 그릇이었다. 엄마는 정신없이 분주해서 밥 먹을 틈도 내지 못했다.

석양이 내려앉으니 공기마저 황금빛으로 느껴졌다. 이 황혼은 오래오래 계속되었다. 그날의 모든 시간이 황혼에 물들고 있었다. 싸이후는 외할머니 발 아래에 조용히 누워 있었다.

그날 밤, 우리는 이불을 깔고 별빛 쏟아지는 밤하늘을 바라보며 잠이 들었다. 이튿날 정오 즈음 인근 농가에 사는 몇몇 분의 도움으로 우리가 살 땅집의 기본적인 것들이 만들어졌다. 모든 가재도구를 하나하나 지하로 옮겼다.

셋째 날에 모든 정리가 끝났다. 갑자기 외할머니가 집으로 돌아가자고 하셨다. 외할머니는 지팡이를 짚고 땅집 한쪽 통로를 따라 힘겹게 지상으로 올라와서는 금방이라도 울 듯한 표정으로 사방을 둘러보셨다. 평생을 여기저기 떠돌아다니며 삶을 꾸려 온 할머니이지만 아흔이 넘은 나이에 다시 마주한 이 황량함을 받아들이기가 쉽지 않으셨던가 보다. 외할머니는 지팡이로 '탁탁' 땅바닥을 쳤다. 아직 개간되지 않은 대지는 아주 단단했다. 외할머니가 물었다.

"자랄 수 있을까? 이런 곳에서 뭐가 자랄 수 있겠냐?"

거위와 오리는 어떤 변화도 느끼지 못했다. 녀석들은 금세 근방의 수로를 찾아내서는 가느디 가는 물살을 쪼아 대며 목욕을 했다. 이사할 때 녀석들이 석탄 더미 위에 앉아 있었기 때문이다.

넷째 날, 닭들이 알을 낳기 시작했다. 싸이후와 누렁이는 땅집 근처 밭에서 쥐구멍을 하나 발견하고는 신나서 몇 날 며칠을 파댔다. 너무 파서 발톱이 문드러지고 피가 나는데도 그만두려 하지 않았다. 외할머니는 비로소 현실을 받아들이고 더 이상 원망하지 않았다. 외할머니는 매일 시도 때도 없이 닭을 세고 오리를 세고 개를 부르고 거위를 불러 댔다. 넓디넓은 황량한 들판에서 녀석들이 달아날까 늘 노심초사하셨다.

엄마는 땅집 정리가 마무리되자마자 땅 가는 일을 계획했다. 인근의 농가와 공동으로 마력이 높은 트랙터를 임대했다. 셋째 날에 땅을 다 갈아서 넷째 날에는 파종을 할 수 있었다. 그런데 이 시기에는 땅에 직접 씨앗을 뿌릴 사람을 구해야 했다. 계절에 맞춰 서둘러 파종을 끝내려고 엄마는 오토바이를 타고 몇십 킬로미터 떨어진 두러 마을로 달려가 단숨에 20여 명의 인부를 구했다.

광활한 대지에 들어선 인부들은 저 멀리로 시선을 돌렸다.

이렇게 처량하고 서글픈 곳이 또 있을까. 그들은 씨앗이 가득 담긴 주머니를 들고 한 걸음씩 걷다 멈춰 서서 씨를 뿌렸다. 그들이 더 멀리 갈수록 다시는 돌아올 수 없을 것처럼 아득하게 느껴졌다.

여섯째 날에 파종이 다 끝났고 대지는 눈을 감았다. 나는 지하에서 지상으로 올라올 때마다 눈앞에 끝없이 펼쳐진 텅 빈 대지를 바라보며 외할머니처럼 작은 소리로 되뇌곤 했다.

"이런 곳에서 뭐가 자랄 수 있겠어?"

일곱째 날, 밭일을 마치고 집으로 돌아온 엄마가 마술을 부리듯 품속에서 들꽃 한 다발을 꺼냈다. 어디서 꺾어 왔을까. 나는 꽃을 들고 지상으로 올라와 사방을 둘러보았다. 이 메마르고 끝없는 대지에서 유일하게 내 손바닥만이 물기로 촉촉했다.

나는 생수병에 물을 담고 꽃을 꽂아 땅속으로 쏟아지는 유일한 한 줄기 햇빛 아래 놓아 두었다. 2, 3일이 지나도 꽃이 시들지 않았다. 산책을 하며 아무리 멀리 걸어가도 그 어디에서도 꽃을 볼 수 없었다. 엄마가 집에 돌아오면서 꺾은 꽃이 그 봄날에 핀 유일한 꽃이었던 것처럼 말이다.

아홉째 날에 나는 집을 떠났다. 엄마와 외할머니와 강아지를 들판 깊숙한 곳에 버려 두고 왔다. 여름날을 송두리째 버려 두고 왔다. 지금까지도 엄마와 외할머니를 거기에 버려 둔 것만 같다. 여전히 엄마와 외할머니가 그 광활한 하늘 아래에서

외롭고 고단하게 일을 하고 있는 것만 같다. 그리고 씨앗들도
여전히 그 텅 빈 대지 아래 잠들어 있는 것만 같다.

두러 마을

　나는 해바라기 밭을 떠나 두러 마을로 가서 차를 타고 푸윈 현으로 돌아왔다. '두러杜熱'라는 이름은 몇십 년 전에 '용훙공 사永红公社'(문화대혁명 시기에 나온 '인민공사'에서 유래한 용어. 공 사公社는 행정 구역 단위로 현县과 향乡 아래 속한다-옮긴이)로 바뀌 었다가 나중에 다시 '두러'가 되었다. 하지만 사람들은 단번에 바꿔 부르기가 쉽지 않았다. 이곳에서는 '농촌'을 '공사公社'라 부르고 촌사람들은 스스로를 '공사 사람'이라고 불렀다. 음식 점은 '식당食堂'으로 상점은 '점방间市部'으로 여관은 '초대소招待 所'라고 불렀다.

　두러 마을은 세상으로 나가기 전의 가장 마지막 단계였다. 이곳 농촌이나 목장 지역에서 흔히 볼 수 있는 성인 남성의 정 장 재킷은 80년대 이전에 유행한 군복이었다. 인민복과 비슷 하게 생겼는데 유일한 차이는 인민복 호주머니 덮개가 붓꽃을 뒤집은 모양이라면, 군복은 직사각형이라는 점이었다.

　용훙공사는 행정구역상 '향'으로 구분되지만 면적은 굉장히

넓다. 북쪽으로는 삼림과 강이 종횡으로 교차하고 남쪽으로는 고비사막이 끝없이 펼쳐져 있다. 남에서 북까지 장장 400킬로미터나 되는 지역이다. 그러나 향 정부 건물이 있는 번화가는 아주 짧게 형성돼 있다.

나는 이웃의 오토바이를 타고 밭에서 출발해 고비사막을 통과하고 나서야 시내 도로변에 도착했다. 도로를 따라 몇 킬로미터를 걸어가니 도로 양옆에 드문드문 작은 묘목들이 나타났다. 앞으로 나아갈수록 더 튼튼한 나무들이 밀집되어 있었다. 마을에 거의 다다르자 그곳엔 가로수길이 조성되어 있었다. 마을 안에는 나무가 훨씬 더 많았다.

내가 어린 시절을 보낸 푸윈현도 비슷한 모습이었던 걸로 기억한다. 나무들은 키가 크고 튼실했으며 집들은 낮고 작았다. 끝없이 펼쳐진 들판에서 소박하고 조용하게 살아가는 사람들에게 나무야말로 그들이 누릴 수 있는 유일한 호사다.

마을에서 좀 규모가 있는 몇몇 가게만이 그나마 제대로 된 간판을 달아 놓았다. 다른 작은 상점들은 페인트만 사용해서 문 옆 담벼락에 상호명을 큼지막하게 써 놓았다. '왕군 기름집'도 보이고 '아이쟝 식당'도 보이고 '행복 상회'도 보였다.

용훙공사의 버스터미널도 정말 작았다. 버스 운행 노선도 몇 개 없을 것 같았다. 나는 이 터미널에서 20년 전에나 유행했을 법한 구식 차표를 샀다. 매표소 직원은 차표의 공백에 운행 시간과 버스 번호 등의 정보를 적은 다음 묶음책에서 쭈욱 찢어서 내게 주었다. 표가 찢어지는 순간 이 모든 것이 갑자기 사라질까 봐 두려워졌다.

나는 한참 동안 차표를 들여다보았다. 이제 곧 시간 여행의 여정에 오르게 될 것이었다. 내 뒤에 줄 선 사람은 남루한 옷차림의 카자흐스탄 노인이었다. 그는 표를 받아 들고는 매표소 직원에게 정중하게 감사 인사를 했고, 다시 한번 표에 적힌 정보를 확인하고서야 만족스러운 듯 옷 안쪽 호주머니에 표를 집어넣었다. 그는 출구를 향해 걸어갔고, 이내 사라졌다.

나는 대합실에 오래오래 앉아 있었다. 더 이상 차표를 사러 오는 사람은 없었다. 아주 작은 대기실에는 의자 두 줄이 놓여 있었다. 문득 푸윈현에 있는 터미널 대합실 역시 이런 구조였다는 생각이 떠올랐다.

그해 겨울, 승객들은 좁고 밀폐된 방 안에 따닥따닥 붙어 버스를 기다리면서 얘기도 나누고 불도 쬐고 있었다. 방 한가운데에 놓인 작은 양철 난로의 연통은 창 쪽으로 나 있었다. 창유리에는 수증기가 가득 서려 있어서 누가 들어오고 나가는지 보이지 않았다. 터미널에서 일하는 직원이 불시에 비집고 들어와 석탄을 채웠다. 그럴 때면 모든 사람이 직원에게 길을 내주었으며 대화도 잠시 중단되었다. 사람들의 시선은 직원이 철사 고리로 난로 입구를 열고 부지깽이로 석탄을 집어 넣는 모습으로 향했다.

대합실에는 나 말고 한 여성도 차를 기다리고 있었다. 30분쯤 지나서 나는 비스킷을 꺼내 그녀와 나눠 먹었다. 만약 내가 아주 넓고 시끌벅적한 공간에 있었다면 아무렇지 않게 혼자서 먹었을 것이다. 하지만 상대방을 무시하기엔 이곳은 너무 비좁고 조용했다. 비스킷 반 봉지를 먹고 난 후에 그녀가 사과를 꺼내 내게 건넸다.

곧이어 대화가 시작되었다. 무슨 이유인지는 몰라도 그녀는 자신의 어린 시절 얘기를 시작했다. 그녀는 예전에 용흥공사에서 가장 번화했던 곳이 어디였는지를 알려 주었고, 초등학교 졸업식 뒤풀이 공연에 대해 얘기해 주었다. 한 마을에 사는 두 아이의 다툼, 예뻤던 작은 언니의 죽음 등에 대해 얘기를 듣고 있자니 어느새 이곳이 친숙하게 느껴졌다.

농업에 종사하는 카자흐스탄 사람들은 유목민에 비해 중국어를 잘했다. 하지만 그녀는 중국어로 말하는 게 힘든지 천천히, 우회적으로 표현했다. 그런데도 편안하게 느껴졌다. 그녀의 추억이 나의 추억을 소환했고, 그녀의 어린 시절이 나의 어린 시절 같았다. 우리가 함께 침묵할 때는 과거의 기억이 밀물처럼 밀려들었다.

과거의 푸윈현은 지금의 용흥공사 마을보다 얼마나 더 컸을까? 푸윈현은 세상의 끝자락처럼 조용했다. 우물 정#자로 교차하는 네 개의 도로를 제외하면 시내는 온통 나무로 우거진 곳이었다. 내가 책가방을 메고 학교와 집 사이의 그 반듯하고 조용한 가로수길을 걸을 때면 나뭇가지들이 빽빽하게 서로 맞

물리며 아케이드처럼 그늘을 만들어 주었다. 내 앞에 펼쳐졌던 그 오래된 풍경은 지금까지도 여전히 내 마음을 사로잡고 있다.

그 길의 끝자락에 다다를 때쯤이면 책가방은 훨씬 무거워져 있었다. 책가방 안에는 낙엽, 알록달록 빛나는 돌멩이, 완벽한 대칭을 이루는 동물의 뼈, 빈 향수병, 시럽을 담았던 종이팩 등이 가득 담겨 있었다. 어렸을 때 나는 세상 모든 것을 좋아했다. 어른이 되고 난 뒤에는 내가 무엇이든 좋아했다는 사실을 다 잊어버렸지만.

나도 그녀에게 나에 대해서 이야기하고 싶었지만 그녀만큼 잘 표현하지 못한 것 같다. 그때 그녀가 출발할 시간이 되었다며 표를 들고 나에게 작별 인사를 건넸다. 나는 그녀가 버스에 오르는 모습을 지켜보았다. 버스에 승객은 그녀뿐이었다. 곧 그녀가 떠났다. 세상에 남은 마지막 사람이 떠난 듯했다.

아직 시간이 일러서 나는 대합실에서 나와 주변을 둘러보았다. 정거장 입구에는 어미닭과 병아리들이 공터에서 흙을 쪼고 있었다. 소 한 마리가 미동도 않고 나무 그늘 아래 조용히 누워 있었다. 찢어진 슬리퍼를 신은 남자가 도로 맞은편에서 나를 뚫어져라 쳐다보았다. 나도 잠시 그를 쳐다보았다. 그러나 우리 둘 중 누구도 상대방을 알아보지 못했다. 도로를 따라 걷다가 마을의 번화가에서 벗어났고 집집마다 대문이 활짝 열려 있는 조용한 동네에 들어섰다.

한 남자아이가 자기 집 대문 앞 공터에 쭈그리고 앉아 뭔가를 가지고 노는 모습이 눈에 들어왔다. 아이 뒤에는 낡아 빠진 자전거 한 대가 뒤집어져 있었다. 가까이 가서 보니 자전거를 수리하는 중이었다. 정확히 말하면 펑크 난 타이어를 때우고 있었다. 아이의 손놀림이 아주 능숙해서 나는 적잖이 놀랐다. 기껏해야 열 살 정도의 어린 사내아이 아닌가.

그 애가 사용하는 도구는 초라하기 짝이 없었다. 병뚜껑 끝의 홈이 난 부분을 작디작은 고무 조각에 문질러 댔다. 그렇게 표면을 거칠게 만들어 마찰력을 높여 공기가 새는 곳에 단단하고 촘촘하게 접착시켰다. 아이 옆에는 낡은 타이어 벨트와 타이어 구멍을 때울 고무 조각들이 놓여 있었다. 오랜 시간 동안 아이는 수도 없이 자기 자전거를 수리했겠구나. 한참을 보다 보니 놀라움도 금세 사라져 버렸다. 만약 나라면 능숙하게 이런 일을 할 수 있었을까?

어린 시절, 온종일 골목 어귀 자전거 수리점에서 아저씨가 자전거 고치는 모습을 지켜본 내게 그 모든 순서는 아주 익숙했다. 아이는 곧 문지른 조각에 아교풀을 고루 발라서 타이어의 구멍에 붙일 것이다. 그다음에는 타이어에 바람을 넣고 물이 담긴 대야에 집어넣어서 새는 곳이 있는지 없는지 확인할 것이다. 나는 그 아이가 타이어에서 다시 한번 바람을 빼고, 빠진 튜브를 타이어 가장자리 틈에 끼워 넣고, 조심스럽게 공기

주입 밸브를 빼낼 것임을 알았다. 마지막에는 타이어를 끼우고 나사를 죄고 다시 바람을 넣을 것이다. 그러고 나서 아이는 자전거를 타고 종횡무진 달릴 것이다. 그러나 그 전 과정을 다 볼 수는 없었다. 시간이 되었다.

나는 터미널 쪽으로 걸어갔다. 어린 시절에서 방금 막 돌아와 또다시 서둘러 다음 여정으로 떠나는 것 같았다. 더욱 기나긴 여정이 나를 기다리고 있었다.

버스가 이리저리 흔들리며 이 자그마한 세상을 떠나 들판으로 나아가고 있었다. 창밖을 내다보니 용흥공사가 점점 대지의 깊숙한 곳으로 사라지고 있었다. 이제 용흥공사는 없다. 세상에는 두러 마을만이 있을 뿐이다. 아스팔트 도로는 많이 닳아서 곳곳에 크고 작은 구멍이 나 있었다. 차는 노면 위에서 좌우로 흔들리며 천천히 움직였다. 차 안의 승객들은 묵묵히 나와 함께 세상의 끝을 향해 가고 있었다.

전화 걸기

첫해에 엄마는 남쪽 들판에 해바라기를 심었고 나는 북쪽 목장에서 생활했다. 우리는 200킬로미터나 멀리 떨어져 지냈다. 전화를 걸어도 엄마 쪽 통신 상태가 안 좋거나 내 쪽 신호가 안 잡혀서 연결이 어려웠다. 양쪽 신호가 다 좋을 때면 엄마 휴대폰 배터리가 나가든가 내 휴대폰 배터리가 나가든가 했다.

간신히 전화가 연결되면 할 말이 없었다. 귀한 통화 시간이 되면 엄마가 먼저 외할머니의 건강 상태와 싸이후의 근황을 알려 주었다. 그런 다음엔 밭일을 하며 겪은 재수 없었던 일 몇 가지를 전했다. 마지막에 엄마가 물었다.

"너는 어떻게 지내니?"

나는 대답했다.

"그냥저냥 지내지, 뭐."

우리는 말이 없었고 그럴 때면 나는 고개를 들어 하늘을 보았다. 서로의 호흡 소리가 귓가에 맴돌았다. 200킬로미터라는 거리는 우리가 서로를 낯설게 느끼도록 만들었다. 통화 끝에 엄마가 말했다.

"아직도 비가 안 온다. 날씨가 대체 왜 이런다니?"

5월 초, 황사가 아러타이 지역의 대지를 휩쓸었다. 내가 사는 치엔산 구릉지대가 큰 영향을 받았기에 남쪽 해바라기 밭에 사는 가족들이 절로 걱정됐다. 당시 내가 지내던 목장에서는 통신 신호가 잡히지 않았다. 며칠 후에 이동하는 양 떼를 따라 도로에서 가까운 목장 쪽으로 옮겨 가니 드디어 신호가 잡혔다. 급히 엄마에게 전화를 걸었지만 어찌된 일인지 받질 않았다.

이틀이 지났다. 또다시 양 떼와 이동하기 전에 드디어 엄마와 전화 연결이 됐다. 엄마한테서 걸려 온 것이었다. 전화 너머로 바람 소리가 들려왔다. 엄마는 분명 강풍 한가운데에 서 있는 것이리라.

"내가 지금 제일 높은 곳에 서 있어. 아주 많이 걸어서 와야 해. 겨우 찾았네. 이렇게 높은 데를."

전화기 저편에서 엄마는 바람을 맞으며 고함을 지르고 있었다. 엄마는 뿌듯함을 감추지 못하고 아주 세세하게 지금 있는 곳이 얼마나 오기 힘든 곳인지, 엄마가 사는 곳에서 얼마나 멀리 떨어진 곳인지, 얼마나 깊숙이 숨겨져 있는데 당신이 그곳을 결국 찾아내고야 말았는지를 설명했다.

나는 엄마의 말을 끊었다.

"며칠 전에 황사 왔잖아. 거기 괜찮은 거지?"

엄마는 정신을 가다듬고는 목소리를 한껏 높여 말했다.

"맞다. 엄마가 전화한 게 바로 그 얘기하려던 건데, 조상님이 도와주셨어. 내가 이렇게 먼 길을 온 것도 이 말을 하고 싶어서야. 이틀 만에 간신히 신호가 잡히는 곳을 찾았지 뭐니. 그저께는 동쪽으로, 어제는 서쪽으로 갔었어. 그러다 오늘 북쪽으로 가야겠다는 생각이 드는 거야. 북쪽은 온통 농지지만 하곡을 바라보고 있고 그 맞은편이 용흥공사 마을이잖아…."

나는 다시 엄마의 말을 끊었다.

"황사, 황사 얘기 좀 하라고."

내 휴대폰 배터리가 간당간당했다. 엄마 쪽 상황은 괜찮은 편이었다. 게다가 며칠에 한 번씩 강변 마을에 가서 배터리를 충전할 수 있었다. 나는 배터리가 오래가는 휴대폰을 사용했지만 배터리를 아끼려고 대부분의 시간에는 전원을 꺼 놓았다. 목장 지역이다 보니 충전할 방법이 아예 없었기 때문이다. 앞으로 더 깊은 산속으로 들어가게 되면 더더욱 세상과 단절되고 말 것이었다. 어쩌면 이번 통화가 올 여름 우리의 마지막 통화가 될지도 몰랐다.

"맞다. 황사."

저 너머에서 또 한 번 정신 차리는 소리가 들려왔다.

"아이고, 엄마가 얼마나 놀랐는지. 하늘 저 멀리서 황토 담장처럼 밀려오는데 그 끝이 안 보일 정도로 높았다니까. 그때 '끝났다. 이번엔 완전히 끝났어. 우리 가족이 지하에 묻히겠구나'

생각했다니까."

엄마는 평생 그렇게 무서웠던 적이 없었단다.

"조상님이 도우사…."

갑자기 바람 소리가 갑자기 커졌고 말소리가 끊기며 잘 들리지 않았다. 나는 고함을 질렀다.

"여보세요, 여보세요!"

몇십 초 뒤에 신호가 다시 잡히면서 엄마의 목소리가 들려왔다.

"…해바라기는 막 새싹이 올라왔어. 엄마는 또 그런 생각이 들더라. '끝났어. 이번엔 새싹도 다 쓸려 갈 거야. 바람에 쓸려가지 않으면 흙에 묻혀 버릴 거야.' 사방이 캄캄해지는데 꼭 해질 무렵 같더라니까. 우리는 담요로 땅집 입구를 꼭꼭 막았는데 그래도 안으로 날아든 흙바람 때문에 목이 간지러워 기침이 얼마나 나던지. 온 천지가 흙이었다니까. 제기랄, 조상님도 너무하시지…."

갑자기 엄마가 말을 멈췄다.

"여보세요? 들려? 신호 있어?"

"들려."

엄마는 조바심이 나서 소리를 질러 댔다.

"들려? 왜 소리가 안 나는 거야?"

"들린다고."

"말해?"

"들린다니까."

"여보세요? 여보세요?"

엄마는 계속 소리쳤다. 나는 외로운 대답만 하고 있을 뿐이었다.

"괜찮아. 나 들린다고. 엄마가 말해. 계속해 봐⋯."

우주의 깊은 곳, 몇 광년 떨어져 있는 사물에 대고 고독하게 대답하고 있는 듯했다. 곧 신호가 안정되었다. 통화 상태가 정상으로 돌아왔다. 엄마는 이어서 말했다.

"⋯나 참, 너 그날 상황이 어땠는지 못 봤잖아. 엄마는 정말 놀라 죽는 줄 알았다니까. 제기랄, 조상님도 참 너무하시지."

"욕 좀 그만하고. 그다음 얘기 좀 해 봐. 그래서 어떻게 됐는데?"

"나중에 말이지, 아이고. 그다음에 어찌됐는지 한번 맞혀 봐라. 새싹들은 무사해."

"내가 궁금한 건 사람이라고!"

"뚜⋯." 전화가 끊어졌다. 전원이 나간 것이다.

나는 또다시 몇 광년 떨어진 우주 저 멀리 깊숙한 곳으로 돌아왔다. 전화 너머로 사라진 엄마는 어떻게 됐을까? 전화가 끊길 때마다 엄마가 심연 속으로 사라지는 것 같았다. 그러다 전화가 다시 연결되면 엄마는 강풍을 뚫고 대지의 심장부에 섰다. 들판에서 유일하게 도드라져 올라온 지점에서, 유일하게 휴대폰 신호를 받을 수 있는 그 작은 둔덕 위에서 계속해서 쉿

소리를 내며 고함치고 있었다.

황사는 이미 며칠 전에 끝났고 공포도 일찌감치 사라졌다. 그러나 엄마의 마음속에서는 여전히 흥분이 가라앉지 않았다. 엄마는 하소연할 사람이 없었다. 매일 짬만 났다 하면 그 먼 길을 걸어서 휴대폰 신호가 잡히는 곳을 찾았고, 그날 드디어 전화가 연결된 것이었다.

하지만 아무 말도 할 수 없었다. 엄마는 "여보세요"를 연발하고 몇 번을 다시 걸어 보고서야 실망하며 휴대폰을 귀에서 뗐다.

엄마가 고개를 드니 광활한 대지가 사방에서 흔들리고 있었다. 사방으로 펼쳐진 지평선이 드넓은 하늘을 가지런히 가르고 있었다. 지평선의 경계는 맑고 투명했다. 엄마는 생각했다.

'날이 이리 맑으니 비 오기는 글렀네.'

땅집

첫해 우리가 살았던 곳은 땅집(몽골 지역의 땅을 파고 지은 단층짜리 집-옮긴이)이었다. 그 이듬해부터 엄마는 말끝마다 게르를 사고야 말겠다고 벼르곤 했다. 안 되면 장막이라도 치겠다고 아저씨는 엄마가 호강에 겨운 소리를 한다고 욕을 해 댔다. 그럼 엄마는 네 복을 가져가는 것도 아닌데 왜 그러느냐고 대꾸했다. 아저씨는 큰돈을 벌려면 고생은 감수해야 한다고 생각했고, 엄마는 돈 버는 것과 고생하는 건 별개의 문제라고 생각했다. 둘은 같이 살기 어려운 사람들이었다. 하루가 멀다 하고 싸우다가 결국 그 이듬해에 갈라서고 말았다. 이혼을 한 건 아니고 각자의 땅을 소작하기로 했다. 땅과 땅은 몇십 킬로미터 떨어져 있었다. 보지 않으면 싸울 일도 없는 법이다.

엄마는 땅집을 질색했다.

"온 천지가 다 흙이야. 바람이라도 불어 봐. 머리카락이고 눈썹이고 죄다 하얗게 돼. 밥 먹을 때 보면 한 입 떠먹을 땐 하얗던 죽이 다음 한 입 먹으려고 보면 거뭇거뭇한 게 밥 위에 수북이 쌓여 있다니까."

외할머니는 아무런 의견도 없었다. 나이가 드셔서 앞이 잘 안 보이시는 게다. 할머니는 매일 대부분의 시간을 잠을 자며 보냈다. 나는 그 땅집에서 며칠 지냈던 적이 있는데, 내 기억에 할머니는 땅집 한쪽 구석에 놓인 야전침대 위에 늘상 누워만 계셨다. 주무시고 또 주무시고 게다가 언제나 입을 크게 벌린 채로 주무셨다. 흙먼지가 펄펄 날릴 때면 할머니의 입에 마스크를 씌워 주고 싶었다.

이 땅집은 작년에 다른 농사꾼이 파 놓은 것이다. 깊이는 150센티미터, 넓이는 서너 평 정도의 정갈한 공간이다. 우리는 이리 좋은 집을 왜 버린 건지 도통 이해되지 않았지만 일단 입주부터 했다.

우리는 사방의 무너져 내린 구멍을 보수하고 지붕을 올렸다. 지하굴이 너무 넓어서 우리가 가져온 나무는 턱없이 부족했다. 이 지하굴 상단을 가로질러 얹을 수 있는 나무가 없었다. 어쩔 수 없이 땅집에 기둥을 세우고 나무 두 개를 병렬로 눕혀 대들보를 만들었다. 나무의 한쪽 끝은 구멍 가장자리에 기대어 놓고, 다른 쪽은 기둥 위에 걸쳐 놓은 다음 접합 부분에 굵은 거멀못을 박았다. 그런 다음 짧은 막대기들을 가로세로로 잇대어 억지로 지붕 하나를 올려놓은 셈 쳤다. 마지막으로 엄마는 종이 상자를 찢어서 나무 위쪽에 깔고 비닐천으로 씌웠다. 그러고는 바람이 불어도 비닐천이 날아가지 않도록 흙을 퍼와서 두툼하게 쌓아 올렸다.

우리에게 비바람을 피할 수 있는 안식처가 생겼다 해도 너무 누추했다. 매번 개나 닭이나 거위가 지붕 위로 지나다녔고 비닐천의 구멍 난 곳으로 흙이 뚝뚝 떨어졌다. 게다가 통풍도 안 됐다. 엄마가 말했다.

"7월이 되고 하루가 다르게 날씨가 더워지네. 바람도 이제 더운 바람이 분다. 이 땅집 안은 찜통이나 진배없어. 나는 더워서 꼼짝도 못 하고 흙바닥 위에 누워 있단다. 온몸에 땀이 줄줄 흘러. 누가 땅집이 겨울엔 따뜻하고 여름에 시원하대? 누가 그래? 내 보기만 해 봐라 가만두나."

아저씨는 땅집을 드나드는 경사진 길을 파서 계단을 만들고, 어디서 가져온 건지 낡은 건물에서 벗겨 온 얇은 스레트판을 계단 위에 깔았다. 덕분에 할머니가 집을 드나드는 게 훨씬 수월해졌다. 그 근방에 있는 땅집 중에서 우리 집에만 생긴 이 사치품 때문에 몇몇 이웃은 입을 모아 오성급 호텔이라고 평했다.

이 땅집의 최대 단점은 환기가 안 되는 아궁이의 연통이었다. 밥을 지을 때면 땅집 안은 온통 연기로 자욱해져서 목이 따끔거렸다. 싸이후도 기침을 할 정도였다. 아궁이는 엄마가 진흙을 바르고 섬돌을 쌓아 만든 것이었다. 엄마는 쌓고 다시 헐고 또다시 쌓고 또다시 헐기를 수없이 반복했지만 갈수록 이전만 못했다. 엄마는 이 모든 것을 연통이 너무 낮은 탓으로 돌

71

렸다. 그러고는 친히 오토바이를 타고 두러 마을까지 가서 새로운 양철 연통을 사 왔지만 전혀 나아지지 않았다.

지붕에 천창을 내지 않아서 땅집 내부는 항상 어두침침했다. 하지만 바로 그 어두움 덕에 안정감이 느껴지기도 했다. 사실 바깥세상은 너무 밝았다. 밤조차도 그렇게 밝을 수가 없었다. 만물이 빛 속에 노출되어 있는데 오로지 땅집만이 두 손으로 우리를 가려 주었다.

새벽에 이 지역을 거쳐 이동하는 낙타들은 우리 땅집을 지날 때면 계단 아래쪽에 잠긴 어둠을 한 번씩 엿보곤 했다. 녀석들은 입구에 서서 목을 늘어뜨리고 머리를 숙인 채 호기심에 찬 얼굴로 집 안을 들여다봤다. 녀석들의 덩치가 크지 않았다면 곧장 안으로 들어오고도 남았으리라. 싸이후는 화가 났지만 그저 바닥에서 쉬지 않고 으르렁거릴 뿐이었다.

황사가 왔을 때 땅집은 노아의 방주처럼 망망대해를 표류했다. 온 세상이 진동하며 포효할 때 유일하게 조용하던 곳이 바로 이 자그마한 어둠 속이었다. 모두가 이 어둠 가운데서 숨을 죽이고 기다렸다. 대지 깊숙한 곳에 묻힌 것처럼, 지금 막 조금씩 뿌리내리고 싹을 틔우는 것처럼. 황사가 지나고 난 뒤 엄마는 조심스럽게 통로를 막았던 담요를 벗겨 내고는 신대륙에 첫발을 내딛는 양 대지를 향해 걸어 나갔다.

나는 땅집이 완성되고 며칠이 지난 뒤에 그곳을 도망치듯 떠났다. 떠나던 날, 카자흐스탄 남자 둘이 이곳을 지나다가 우리 땅집을 보더니 감탄하며 말했다.

"정리를 참 잘 해 놨군요."

그러면서 자기들도 농사꾼인데 작년에 여기서 살았노라고 알려 주었다. 이 땅집은 바로 그들이 파 놓은 거였다. 순간 나는 그들이 땅을 빼앗으러 온 건가 싶어 당황했다. 그들이 이어서 말했다.

"조심하세요. 여기는 수로에서 너무 가깝잖아요."

그제야 그들이 왜 일부러 여기까지 와서 우리에게 주의를 주는지 알 것 같았다.

작년에 수로의 물을 개방하자마자 땅집으로 물이 흘러들어 왔단다. 어느 날 밤에는 물이 무릎까지 차올라 신발도 둥둥 뜨고, 동쪽 담장도 무너지고, 위쪽에 걸쳐 놓은 도리목도 헐거워져서 함몰되었다고 한다. 그 바람에 하마터면 땅집이 붕괴될 뻔했다고. 그들은 어쩔 수 없이 들보를 치우고 굴을 버리고 도망갔던 것이다.

그 뒤로 그들은 수로에서 아주 멀리 떨어진 곳에 지금 살고 있는 땅집을 팠다고 한다. 나는 그 얘기를 듣고는 걱정이 되었다. 우리 거처가 이제야 막 제대로 정리되었고, 봄 파종기인 농번기에 들어섰기 때문이었다. 이런 때에 다시 이사하려면 모든 일이 미뤄질 터였다.

엄마랑 아저씨가 돌아오자마자 나는 자초지종을 설명했다. 아저씨는 곧바로 땅집 주변을 살폈다. 엄마는 하루 종일 일을 하고 온 터라 녹초가 되어 있었다. 잠시 긴장하는 듯하더니 옜다 모르겠다 싶었나 보다.

"물에 잠기면 그때 다시 고민하자."

엄마는 몸을 누이고 싶은 생각밖에 없었던 것이다.

결과적으로는 그해에 심한 가뭄이 들어 관개할 물이 턱없이 부족했다. 엄마는 우리 땅집이 물에 잠기고 무너질지언정 이러한 상황은 원치 않았다. 엄마와 아저씨는 하루가 멀다 하고 물을 확보하기 위해 사람들과 필사적으로 싸웠다. 집이 잠길지도 모른다는 경고는 전혀 걱정할 필요가 없었다.

그럼에도 나는 땅집이 걱정되었다. 내 꿈속에서는 땅집이 수도 없이 물에 잠겨 무너지고 말았다. 할머니는 집에 물이 들어온 줄도 모르고 침대에서 입을 크게 벌리고 주무시고 계셨다. 입안에 이가 하나도 없으니 그 모습이 유난히 유약해 보였다.

외할머니의 세상

　나는 엄마가 해바라기를 심기 시작한 그해에 직장을 그만두기로 결심했다. 그동안 외할머니는 아러타이에서 생활하며 대부분의 시간을 나와 함께 보냈다. 나는 외할머니를 먼저 시골로 보내 엄마가 보살피도록 했다. 한번은 엄마가 나에게 전화를 걸어 겁에 질린 목소리로 말했다.

　"쥐안아, 너 어서 집으로 돌아와야겠다. 상황이 좋지 않아."

　"혹시 할머니가….?"

　"네 할머니가 갈수록 상태가 안 좋아진다. 할머니 모습을 보면 너도 많이 놀랄 거야. 세상에, 새까맣게 뼈만 남았어. 내 이제껏 할머니가 그리 까만 것을 본 적이 없어. 이제 시간이 다 된 게 아닌가 싶어. 어서 돌아와라. 나 정말 무섭다."

　나는 서둘러 집으로 돌아갔다. 차를 두 번 갈아타고 길바닥에서 하루 온종일 시간을 보내며 집으로 향하던 내 속이 얼마나 초조하게 타들어 가던지. 집에 도착해 보니 할머니 얼굴색이 정말로 새까맣게 변해 있었다. 까맣기가 마치 솥 바닥 같았다. 뭔가 이상하다 싶어 할머니의 얼굴을 꼼꼼하게 살펴보면서 엄마에게 물었다.

"엄마, 할머니 얼굴 제대로 씻겨 드리긴 한 거야?"

한참을 생각하던 엄마가 말했다.

"씻긴 적 없는 것 같네…."

할머니가 나와 함께 지낼 때는 늘 뽀얗고 살도 조금 올라 인자해 보였다. 엄마와 함께 살 때는 온종일 고단하고 원망이 가득한 모습이었다. 하지만 어떻게 엄마를 탓할 수 있으랴. 엄마에게는 딸린 식솔이 많아서 일도 많았다. 엄마는 닭과 개도 챙겨야 하고, 해바라기 밭에 오는 소 떼도 쫓아내야 했다. 하루 종일 정신없이 바쁜 엄마가 할머니를 세심하게 보살피기란 무리였다.

아러타이에서 지낼 때는 내가 출근하면 할머니는 혼자 집에 계셨다. 매일 퇴근하고 집으로 돌아오면 베란다에 몸을 굽혀 기댄 채 눈이 빠져라 정문 쪽을 바라보는 할머니가 눈에 들어왔다. 할머니는 나를 보자마자 손을 높이 들고 흔드셨다. 나중에 나는 할머니와 함께 있어 줄 강아지 한 마리를 들였다(바로 싸이후다). 매일 단지에 들어서면 저 멀리 베란다에 사람 한 명과 강아지 한 마리가 베란다에 기댄 채 눈이 빠져라 기다리는 모습이 보였다. 할머니는 병이나 노화로 돌아가신 게 아니라 기다림에 지쳐 돌아가신 거라는 생각이 들었다.

야근을 하지 않는 주말이면 나는 할머니를 모시고 밖으로 나가서 한가롭게 돌아다니곤 했다. 공원의 녹지대도 걷고 시장도 구경하고 쇼핑도 했다.

할머니에게 아러타이는 어떤 의미였을까? 나는 외출하기 전에는 항상 할머니의 전신을 말쑥이 단장하고 깔끔하게 머리 빗질도 해 드렸다. 할머니는 한 손으로 나를 잡고 다른 한 손에는 지팡이를 짚고 사람들 사이에서 느릿느릿 사방을 두리번거리며 걷고 또 걸었다.

할머니는 길가에 핀 꽃을 보면 얼굴에 미소를 띤 채 말했다.

"정말 잘 자랐네. 내가 오늘 밤에 꺾으러 와야지…."

길가에 쭈그리고 앉아 점을 봐 주는 사람을 보고는 크고 괄괄한 목소리로 외쳤다.

"이건 돈 뜯어 가는 거야. 너 아무 말 말고 있어. 우리 저자가 어떻게 사기를 치는지 한쪽에서 조용히 지켜보자…."

수족관 앞에서는 지팡이를 들고 물고기를 가리키며 말씀하셨다.

"여기에는 빨간 물고기가 있네. 또 여기엔 하얀 물고기, 저기에 까만 물고기…."

수족관 주인은 걱정이 되어 한마디 했다.

"할머니, 깨지지 않게 조심하세요."

할머니는 그제야 깨달은 듯 말했다.

"알았어요. 알았어. 내가 무슨 어린애도 아니고."

할머니는 슈퍼마켓에 들어가면 더 신이 나셨다. 물건으로 가득한 곳을 거닐며 하나하나 세심하게 살펴보고 내게 귓속말로 당부하는 것도 잊지 않으셨다.

"살살 만져라. 망가지면 물어 줘야 해."

싸이후는 슈퍼마켓에 들어갈 수가 없었다. 나는 싸이후를 슈퍼마켓 입구의 쇼핑 카트에 묶어 두었다. 싸이후는 놀라고 불안해서 필사적으로 몸부림쳤다. 우리는 마음이 짠했지만 어쩔 수 없었다. 할머니는 힘들게 허리를 굽히고 싸이후의 머리를 쓰다듬으며 말씀하셨다.

"말 잘 듣지. 얌전히 기다리고 있으면 우리가 곧 돌아올게."

싸이후는 생후 1개월 때부터 줄곧 할머니와 함께하며 24시간 이상 떨어지지 않았다. 이 둘은 오랜 시간 서로를 의지하며 천천히 서로에게 물들어 갔다. 싸이후의 몸에는 할머니의 냄새와 숨결이 가득했다. 싸이후가 그 아름다운 동그란 눈을 뜨고 나를 바라보면 마음이 약해졌다. 녀석을 진짜 버리려고 했던 것처럼 마음의 가책을 느꼈다.

슈퍼마켓에서 쇼핑을 하는 중에도 마음이 놓이지 않았다. 할머니는 훨씬 더 초조해하며 계속 혼잣말로 궁시렁거리셨다.

"우리 싸이후가 이쁘게 생겨서 혹시라도 누가 안고 가기라도 하면 나는 못 산다."

나는 속으로 반박했다. '그렇게 더러운 개를 누가 가져간다고?' 그러면서 한편으로는 나도 똑같은 걱정을 하는 것은 어쩔 수 없었다.

쇼핑을 마치고 집에 돌아오면 할머니는 피곤해하며 야전침
대 위에 엉덩이부터 붙이고는 외투의 단추를 풀면서 한껏 목소
리를 높였다.

"피곤해 죽겠다. 내 다시 나가나 봐라."

하지만 그 이튿날이 되면 창밖의 파란 하늘을 바라보며 조
용하게 혼잣말을 하셨다.

"내가 밖에 나간 지 한참 됐는데….."

그럴 때면 나에게 여유 시간이 없다는 것이, 내가 가난하다
는 사실이 정말 싫었다.

"우리 내일 밖에 나가요."

외할머니에게 거짓말을 할 때마다 눈물이 날 것 같았다.

할머니는 늘 정신이 오락가락했다. 항상 어디에 무엇이 있
는지를 알지 못했다. 아침에 일어나면 늘 집에 돌아가겠다며
짐을 싸셨고, 이웃에게 기차역에 어떻게 가는지를 물으셨다.
할머니는 아러타이에 아직 기차가 다니지 않는다는 걸 알지 못
했다. 그저 기차가 유일한 희망임을 알 뿐이었다. 기차는 가장
확실한 떠남을 의미했다.

할머니의 기나긴 삶 속에서 오직 기차만이 할머니가 먼 길
을 떠나게 해 주었고, 머나먼 곳으로 데려다 주었다. 기차만이
할머니를 모든 어려움에서 벗어나게 해 주었다. 기차는 할머니
의 마지막 보루이기도 했다.

매일 할머니는 몸을 베란다 쪽으로 기대고는 출근하는 나를 배웅하셨다. 그리고 텅 빈 방 안으로 돌아와서 상상 속 기차 여행을 시작하셨다. 할머니 생의 마지막에 시작된 가장 큰 열정이었다. 그 열정 가운데서 잠들었고 눈을 뜨면 다시 베란다에 몸을 기댔다. 퇴근하는 내 모습이 할머니의 시야에 들어올 때까지.

할머니는 시간이 뭔지 알지 못했다. 운명이 뭔지 알지 못했다. 언제나 내가 출근할 때를 틈타 당신 짐을 끌고 몰래 아래층으로 내려오곤 했다. 할머니를 잃어버린 적이 두 번 있다. 한 번은 이웃이 모시고 돌아왔고, 또 한 번은 내가 채소시장에서 찾았다. 할머니는 시장 한가운데에 백발이 다 헝클어진 채 겁에 질려 허둥대며 서 계셨다. 내가 당신을 그곳에 세워 두기라도 한 것처럼 분노에 찬 표정을 지었지만, 내게 화를 내지는 않고 당신에게 일어난 일들을 쉴 새 없이 늘어놓았다.

하루는 퇴근하고 집에 가니 문 손잡이에 헝겊 조각이 비끄러매져 있었다. 이웃집 아이가 장난친 줄 알고 풀어 버렸는데, 다음날에도 헝겊이 묶여 있었다. 나중에는 현관문 위에서도 헝겊을 발견했다. 알고 보니 할머니가 매번 몰래 외출했다 돌아올 때 우리 집 현관문도 층수도 기억나지 않아서 그러셨던 거였다. 할머니에게는 단지의 모든 집이 다 똑같아 보였고 이 도시는 미로처럼 느껴졌다. 이 낡은 헝겊 조각은 타향살이에 적응하기 위한 할머니 나름의 노력이었던 것이다. 나는 화가 나서 말했다.

"할머니. 다시는 함부로 나가지 마세요. 길 잃으면 어떡하려고? 넘어지기라도 하면 어쩌려고?"

예전에는 할머니도 무척 건강했지만, 재작년에 한 번 넘어지고 나서 하루가 다르게 나빠졌다. 나는 할머니가 보는 앞에서 문 위의 낡은 천을 뜯어내고 열쇠를 압수해 버렸다. 할머니는 심하게 욕을 퍼부어 대면서 쓰촨으로 돌아가겠다고 소리를 지르며 한밤중에 짐을 끌고 나가셨다. 나는 완전히 지쳐 버렸고 절망감에 기운이 다 소진되고 말았다.

이튿날, 출근하기 전에 할머니를 집 안으로 모시고 밖에서 문을 잠갔다. 할머니는 절망하며 대성통곡했다. 나는 눈물을 훔치며 아래층으로 내려왔다. 반드시 돈을 많이 벌어서 언젠가는 할머니를 모시고 이곳을 떠나리라 다짐했다. 스물다섯이었던 나의 가장 원대하고 절박한 소망이었다.

바로 그 집에서 싸이후는 새끼 네 마리를 낳았고 처음으로 엄마가 됐다. 할머니는 기뻐하며 강아지를 돌보셨다. 그러나 며칠 지나지 않아 또 정신이 나갔다. 하루는 밥을 먹다가 그릇을 든 채 한참을 골똘히 생각하더니 나한테 말씀하셨다.

"이 강아지들 싸이후가 낳았어? 난 또 사 온 줄 알았네. 뭐 이리 많이 사 왔냐고 애꿎은 네 탓만 했구나…."

내가 뭐라 대답하기도 전에 할머니는 다른 얘기를 꺼내

셨다. 80년 전에 갈씨 성을 가진 사람이 댓개비로 짠 뚜껑으로 야생벌을 집벌로 길들였다는 내용이었다. 그렇게 해서 해마다 서른 통이 넘는 벌꿀을 얻었다나. 처음 들어 보는 할머니의 옛이야기가 너무도 생생해서 할머니의 머릿속에 무슨 일이 일어난 게 아닌가 싶어 괜히 오싹해지곤 했다.

내가 정신을 차리기도 전에 할머니는 첫날밤에 꾼 꿈 이야기를 시작하셨다. 어떤 사람이 꿈속에서 할머니가 나쁘다고 하더란다. "어디가 나빠요?" 물어보니 "모두 다 나빠요." 그랬단다. 할머니는 웃으면서 물으셨단다. "이 할미의 모든 게 다 나빠요?" 그런데 그날 아침에 할머니는 어떤 사람이 꿈속에 나와 당신이 좋다고 말했다고 했다. "어디가 좋아요?" 물으니 상대가 "모든 게 좋아요."라고 했단다. 내가 할머니에게 다시 한 번 그 꿈을 떠올려 보라고 했더니 할머니는 젓가락을 내려놓고는 한참을 멍하니 있었다.

갑자기 내가 할머니의 세계에 너무 깊숙하게 개입하고 있다는 생각이 들었다. 할머니는 진즉에 길을 잃었고 어떤 동행도 없었다. 할머니는 길을 잃고 천천히 죽음 쪽으로 다가가며 죽음과 화해하고 있었다. 그런데도 나는 그저 할머니를 잡아끌며 무책임하게 죽음과 다투었다. 나와 할머니의 거리는 죽음과 할머니의 거리보다 더 멀리 떨어져 있었다.

나는 할머니와 함께 생활했다. 온종일 할머니가 살아가는 세월의 언저리를 배회했다. 이상한 건 그 세월이 상상하기 어려울 정도로 고독한 시간이었다는 것이다. 마치 누에고치의 일생 같았다. 나는 누에고치처럼 자기 안에 침잠하던 할머니의 삶에 개입하지 말았어야 했다. 그 알 수 없는 세계를 방해하지 말았어야 했다. 내 일방적이고 세속적이며 이기적인 '정'이라는 이름으로 말이다.

매일 내가 퇴근하고 3층으로 올라서면 할머니는 꼭 그 시간에 지팡이를 짚고 계단 입구로 나와 계셨다. 내 인생에서 가장 성대한 환영이었다. 매일 그 시각이 되면 할머니는 힘들게 당신의 세계에서 몸을 빼내셨던 것이다. 할머니가 당신의 세계 밖에서 놓지 못한 건 나와 싸이후뿐이었다. 나에 대한 할머니의 애정에 기대어 나는 할머니의 얼마 남지 않은 맑은 정신을 필사적으로 붙들었다. 할머니에게 백 번도 넘게 약속했다. 할머니가 죽지만 않는다면 쓰촨으로 모시고 돌아가겠다고 말이다. 기차를 타고 버스를 타고 비행기를 타고 모든 방법을 다 동원해서 돌아가겠다고. 돌아가서 고구마를 먹고 묵을 먹고 당신이 그리워했던 모든 음식을 다 먹고 당신이 보고 싶어 했던 옛사람들을 만나고… 그러나 나는 할 수 없었다. 단 한 가지도 할 수 없었다.

엄마가 할머니를 모셔 가던 날, 나는 엄마와 할머니를 터미널까지 배웅해 드렸다. 조용하고 텅 빈 집으로 돌아오니 문 손잡이에는 또 낡은 헝겊이 묶여 있었다. 나는 끝내 울음을 터뜨리고 말았다.

　나는 사기꾼이었다. 능력은 없으면서 욕심만 많은 사기꾼이었다. 나한테 속은 할머니는 지팡이를 짚고 계단 입구에서 나를 기다리고 있었다. 할머니는 말할 수 없이 쇠약했고 할머니의 희망 역시 실낱같았다. 나는 결코 할머니를 지켜줄 수 없었다. 지팡이 역시 할머니를 지탱해 줄 수 없었다. 사실 예전부터 알고 있었다. 죽음만이 할머니가 날개를 펴고 훨훨 날게 할 수 있음을.

외할머니의 장례식

　할머니의 장례식에서 사회자가 종이 한 장을 들고는 무표정한 얼굴로 추모사를 읽었다. "…리친스李秦氏, 몇십 년을 하루 같이 적극적으로 변방지역 건설에 헌신하고 4대 현대화와 민족단결을 위해 두드러진 공헌을 하였습니다…."

　나는 앞으로 달려가 원고를 빼앗아 찢어 버리고 그의 얼굴에 대고 소리치고 싶었다.

　"벌써 2008년이라고요. 아직도 4대 현대화 타령이에요? 그리고 리친스가 누구예요? 우리 할머니도 이름 있어요. 우리 할머니는 친위전秦玉珍이라고요!"

　할머니는 관 속에 조용히 누워서 더 이상 자신을 위해 아무런 변호도 할 수 없었다. 그러나 살아 계셨다 해도 변호할 수 없었으리라. 할머니는 고집이 셌지만 허약했다. 할머니는 온 힘을 그저 살아가는 데 다 쏟아부었다. 모든 힘을 다 써 버리고는 관에 누워서 얼렁뚱땅 해치우려는 모욕적인 추도사를 받아들이고 있었다.

　사회자는 계속 읽었다.

"…우리는 슬픔을 역량으로 승화시켜 노력하고 배우고 일해서 조국 건설과 변경 지역 안정에 힘씀으로써 하늘에 계신 리친스 동지의 영혼을 위로합시다."

할머니가 한평생을 헛되이 사셨고 또 허망하게 돌아가셨으며 최후의 순간에는 변경 지역 건설에 헌신한 리친스로 바꿔치기 당한 듯한 느낌이었다.

할머니의 이름은 친위전이다. 어렸을 때 할머니가 나를 데리고 학교에 등록하러 가서는 이름 기입란에 아주 자랑스럽게 당신의 이름을 적으셨다. '친위전'이라고. 직원이 물었다.

"무슨 '위' 자고 무슨 '전'이에요?"

할머니는 아주 자랑스럽게 대답했다.

"위전, 위전, '위珏'는 구슬 있잖아. 구슬이라는 뜻의 '위'.

'전珍'도 그 '전' 자야. 이것도 모르는구먼."

사실 할머니 당신도 잘 몰랐다. 할머니는 글자를 몰랐다. 하루는 내가 만년필을 잃어버렸는데, 할머니는 내가 일부러 그랬다고 소리치며 욕을 하셨다.

"이 친秦 언니를 속이려고 해! 나 친위전 모르는 사람이 누가 있다고? 어디서 감히 나 위전을 속이려고?"

그 이후로 나는 할머니를 영원한 '친 언니'로 생각했다. 영원히 늙지 않고 영원히 무너지지 않는 그런 언니 말이다. 하지만 결국 할머니는 세상을 떠났다. 할머니가 돌아가시자마자 당신의 흔적은 곧장 아주 깨끗하게 지워졌다. 할머니의 일생과 그 사회자의 추모사는 아무런 관련이 없었다. 할머니의 죽음과 장례식에 참석한 사람들 역시 아무런 관계도 없었다. 장례식에 온 사람 중에 내가 아는 사람은 단 한 명도 없었다. 엄마 역시 한 사람도 몰랐다. 만약 관 속의 할머니가 이 자리에 앉아 계셨다면 더 놀라셨을 게다. 온통 모르는 사람들뿐이었으므로. 그 자리에 참석한 사람들을 보니 오히려 나와 엄마와 할머니가 외부인 같았다.

관 뚜껑이 닫히기 전에 나는 마지막으로 관 속에 누워 계신 그 사람을 만져 보았다. 깊은 슬픔 가운데서도 의구심이 들었다. 이렇게 여위어서 사람 모습 같지 않은 사람이, 미동도 하지 않는 이 사람이, 관 뚜껑이 머리 위에서 닫히는데도 반항조차 하지 않는 이 사람이 어찌 나의 할머니란 말인가? 비석 위에는 "리친스의 묘"라는 말과 친족이라는 사람들 이름이 한가득 적혀 있었는데 대부분 할머니가 평생 교류해 본 적도 없는 사람들이었다. 이름이 적히지 않은 나머지 사람들과는 아주 약간의 교류만 있었을 뿐이었다. 나와 엄마의 이름만 없었다. 할머니와 엄마와 나, 우리 셋은 아무런 관계도 아니었던 것이다.

내가 어렸을 적에 이미 할머니는 연세가 아주 많으셨고 죽음을 위한 준비까지 마친 상태였다. 우리가 쓰촨에 살고 있을 당시에 할머니는 몇 년간 선산을 손보고 묘비를 만들면서 자신의 주변을 정리하셨다. 또 돈을 들여 관을 주문해서는 옛날 시골집에 보관해 두셨다.

할머니는 이 일을 다 끝마치고는 아주 흡족해하며 죽음을 기다리기 시작하셨다. 큰 병이 나서 느낌이 이상할 때면 우리에게 예금통장을 어디에 숨겨 두었는지를 알려 주셨다. 통장은 절묘한 곳에 숨겨져 있었다. 나는 상상도 못 할 그런 곳이었다. 그러나 병이 다 나으면 우리 몰래 통장을 다른 곳으로 옮기셨고, 보안과 경계는 이전보다도 강화되었다.

그 후, 나는 조금 더 자랐다. 할머니는 내게 당신 사후의 일을 어찌 처리해야 할지를 가르치셨다. 그중 하나는 수의 입히는 법이었다. 할머니는 죽음에 임박하면 반드시 당신 몸을 땅바닥이나 딱딱한 널빤지 위로 옮기고 절대 푹신한 침대 위에서 죽게 두지 말라고 하셨다. 안 그러면 시신이 변형된다고 신신당부하는 것도 잊지 않으셨다. 또 그때가 되면 어떤 물건은 당신의 다리 밑에 놓고 또 어떤 물건으로 몸 아래를 받쳐야 하는지를 기억하라고 하셨다. 나는 일고여덟 살부터 가르침을 받으며 할머니의 죽음에 직면하는 법을 배웠다. 할머니를 잃는 고통을 미리 경험해 봤으며, 결국엔 나 혼자서 이 세상을 살아가야 한다는 사실을 받아들였다.

그로부터 시간이 더 지나서 할머니는 우리를 따라 신장新疆으로 오셨다. 떠나기 전에 2년 뒤에 다시 돌아올 거라고 할머니를 달랬다. 하지만 할머니는 알고 있었다. 당신 나이를 생각하면 '2년 뒤'라는 건 실현될 수 없다는 사실을 말이다. 우리뿐 아니라 모든 사람이 할머니가 이번에 가면 다시는 돌아오지 못할 것임을 알았다. 할머니는 한 불교협회의 큰스님과 사진관에 가서 기념사진을 찍기로 약속하고 으쓱해하며 말씀하셨다.

"스님이 '기억'을 남겨야 한다고 하시잖니."

그 스님의 뜻은 아마도 '기념'이었으리라. 그때 당시 할머니가 그 협회에서 가장 나이가 많은 회원이었다.

신장에 도착하니 현실은 할머니 기대와 거리가 멀었다. 선산도 없고 관도 없었다. 할머니는 당황해서 불안해하다가도 어떤 때는 아주 초연하게 말씀하셨다.

"스님이 말씀하셨어. '내가 언제라도 죽게 되면 나를 남김없이 활활 태워 주시오.' 우리는 부처님을 믿는 사람들이라 그 천지신명 뭐 그런 거는 믿지 않아…."

그러다가 며칠이 지나면 후회하며 이렇게 말씀하셨다.

"그래도 안 태우는 게 낫겠다. 아플 것 같아. 그냥 묻어 줘라…."

할머니는 돌아가시기 20여 년 전부터 수의를 준비하셨다. 어디를 가든 꼭 들고 다니셨다. 그러나 왜 그랬는지 결국 수의를 입고 가시지는 못했다. 나는 어렸을 때부터 수의라는 존재가 너무도 익숙했다. 하루는 옛날 물건을 정리하다가 수의가 반듯하게 개켜진 것을 발견했다. 수의는 귀여운 새끼 고양이처럼 할머니의 정신없이 어질러진 유품들 사이에 놓여 있었다.

이것은 할머니의 죽음에 있어 가장 중요한 무언가의 상실을 의미했다.

    할머니의 장례식에서 사람들은 할머니가 96세까지 천수를 다하고 편하게 가셨으니 호상이라고 입을 모아 말했다. 나는 그렇지 않다는 걸 알았다. 이것은 비정상적인 죽음이고 악랄한 죽음이었다. 할머니를 괴롭히며 죽음으로 몰고 간 고통이 이제는 나를 괴롭히고 있었다. 모든 고독과 두려움이 이제는 나를 붙들었다. 어떤 이는 사람은 등불이 사그라지는 것처럼 죽는다고 말했지만 할머니의 등불은 할머니가 돌아가시고 난 뒤에야 켜졌고, 우리의 가장 진실한 내면과 우리가 앞으로 나아가야 할 길을 천천히 비추어 주었다.

    2년 전의 이별이 떠올랐다. 할머니는 떠나기 전에 기어코 당신이 차고 있던 은팔찌를 나에게 주려고 하셨는데 팔찌가 팔목에서 잘 빠지지 않았다. 옆에서는 어떤 사람이 차에 빨리 타라고 재촉하고 있었다. 할머니는 초조해했고, 나는 안심시키며 이렇게 말했다.

    "다음에 다시 얘기해요. 어쨌든 겨울에 만날 거니까."

    물론 우리는 알고 있었다. '다음'이란 시간이 흐를수록 아득하게 멀어지는 개념이라는 것을. 할머니는 필사적으로 팔찌를 빼면서 말씀하셨다.

    "이건 '기억'이야. 큰스님이 말씀하셨어. 사람에겐 기억이 있어야 한다고. 네가 나중에 이걸 보면 나를 기억하게 될 거야."

쓰촨의 옛말에는 '기억'이라는 단어가 없다. 할머니는 이 단어가 무슨 의미인지 알지 못한 채 쓰는 것 같았지만, 그 순간에는 그 단어를 정확하게 사용하셨다.

결국 그날 할머니는 은팔찌를 그대로 차고 떠나셨다. 내게 그 어떤 '기억'도 남겨 줄 수 없다는 아쉬운 마음을 안고서. 할머니는 그 팔찌를 무척 좋아하셨다. 은팔찌는 할머니가 늘그막에 유일하게 몸이 지니고 다닌 재산이기도 했다. 그 은팔찌는 조용히 관 속에 누워 계신 할머니의 앙상한 팔목에 채워져 있었다. 나는 관 옆에서 몸을 숙여 마지막으로 할머니의 손을 꼬옥 잡았다. 차갑고 뻣뻣했다. 할머니가 그 팔찌를 내게 주려고 결심했던 그 순간의 강렬한 애정은 이미 사라지고 없었다. 관이 땅속으로 내려가고 흙으로 덮이기 전에 나와 엄마는 그 어색한 장례식장에서 미리 빠져나왔다.

나도 할머니를 위해 추모사를 썼다.

친위전, 유목민이자 어느 집 종의 수양딸로 도박꾼의 아내였고 열 명의 아이들의 어머니였다. 삶의 대부분을 과부로 살았고, 여덟 명의 자식을 차례차례 떠나보냈다. 평생토록 신장과 쓰촨 두 지역을 전전하다 70대에 정부의 부름으로 고향으로 돌아와 열사 집안의 여식이었던 100세 고령의 양어머니를 모셨다. 쓰레기를 주워 생계를 유지하며 혼자서 외손녀를 부양했다. 양어머니가 돌아가신 후 정부가 지원하던 6평짜리 저가 임대주택에서 나오게 되었다. 85세의 고령에 홀로 시골로 돌아와 농경 생활을 시작했다. 88세에 막내딸을 따라 다시 신장으로 돌아왔다. 그 뒤로 더 이상 고향으로 돌아가지 못했다.

귀가

　나는 아커하라에 있는 엄마 집으로 돌아왔다. 기차를 타고 우루무치까지 간 다음, 다시 야간열차를 타고 마지막으로 외할머니를 뵈러 갔다. 외할머니의 장례식에 참석하고는 또다시 중형버스를 타고 아커하라에서 우리 해바라기 밭이 있는 용훙공사로 갔다.

　'용훙공사'라는 이름을 듣자마자 이미 현실 세계로부터 버려진 지 오래되었다는 것을 알았다. 같은 버스에 탄 어떤 이는 그곳에 처음 가는지 가는 내내 놀라움을 금치 못했다.

　"어쩌면 이리 멀 수가 있지? …어떻게 아직도 도착을 안 하는 거야? …어떻게 오는 내내 나무 한 그루가 안 보이지?"

　그는 당혹감에 휩싸였다. 나는 그가 어떤 심정일지 생각해봤다. 다른 승객들은 그저 침묵할 뿐이었고, 운전기사만이 인내심을 가지고 그를 위로했다.

　"절반 정도 왔어요. 한 시간 더 가면 도착입니다. 여기 강이 있어야 나무도 자랄 텐데…."

　버스는 고비사막을 오르락내리락하면서 달렸다.

나는 녹초가 됐다. 그 사람은 여전히 놀란 채로 앉아 있었다.

"당신은 노인들이 어떤 생각을 하는지 알아요? 맨 처음 어떻게 이런 곳으로 올 생각을 했을까? 이런 곳에서 어찌 지냈을까?"

그에게서 오래전 내 모습이 보였다. 내게는 차창 밖 풍경이 너무도 익숙했다. 나도 그와 마찬가지로 이 길을 처음 지나가 보는 것인데도 말이다.

목적지에 도착했다. 버스가 멈춘 곳에서 엄마가 아주 오랫동안 나를 기다리고 있었다. 엄마의 오토바이는 야채가게 입구에 세워져 있었고 뒷좌석에는 물건이 한 무더기 묶여 있었다. 엄마가 물었다.

"시내 구경 할래?"

나는 고개를 돌려 동쪽과 서쪽을 한 번씩 바라보았다. 용홍공사에는 그저 한 갈래 길을 두고 두 줄로 늘어선 가게뿐이었다. 엄마에게 그냥 가자고 말했다.

"그럼 어서 집으로 가자. 싸이후가 혼자 집 보고 있어."

나는 엄마와 야채, 쌀, 기름 등이 담긴 꾸러미 사이에 비집고 앉았다. 오토바이는 이 작디작은 마을을 뒤로 하고 들판의 깊숙한 곳으로 향했다.

가는 내내 엄마는 쉬지 않고 당신의 운전 솜씨를 자랑했다.

"저기 앞에 웅덩이 두 개 보이지? 그 사이가 한 뼘쯤 되겠지? 잘 봐라. 보라고! 넘었지? 어디 오토바이 경주 없나 몰라. 나는 속도로 경쟁하지 않아, 기술로 겨루지. 못 믿겠으면 자 봐라. 저기 앞에 돌멩이 보이지? 봤어? 이 기술은 말이야⋯."

나는 처음으로 엄마가 운전하는 오토바이를 탄 것이었다. 새로 산 지 얼마 되지 않은 오토바이인지 지난 번에는 보지 못했던 거였다. 그런데 마지막으로 집에 온 게 언제였더라? 지난 번 그 집은 어디 있지?

대략 10킬로미터쯤 갔을 때 오토바이가 아스팔트 노반 위에서 내려와 남쪽 들판으로 이어지는 흙길로 진입했다. 그리고 널따란 염류 수로를 지나서 가파른 오르막을 오르기 시작했다. 갑자기 엄마가 오타바이를 세우면서 말했다.

"이 길은 가기가 좀 힘들어. 너 내려서 걸어가라. 저쪽부터는 지름길이야."

나는 혀를 차며 한마디 했다.

"그놈의 기술 참!"

가파른 오르막 꼭대기에 오르자 시야가 확 트였다. 광활한 고비사막이 눈앞에 펼쳐졌고 하늘은 온통 파랬다. 그 높은 곳에 서서 아래를 내려다보니 서쪽으로는 우룬구강이 조용히 흐르고 있었고, 그 양쪽 언덕으로는 숲이 우거져 있었다.

문득 버스에서 만난 사람이 떠올랐다. 그 사람도 여기서 함께 이 풍경을 굽어봤다면 아마도 어르신들의 마음을 이해할 수 있지 않았을까?

들길 위에 흙먼지가 흩날렸다. 몇 킬로미터 더 가 보니 너른 들판이 눈에 들어왔다. 우룬구 하곡의 푸르름과는 달랐다. 들판의 푸른빛은 땅 위를 낮게 흐르는 것 같았다. 아득하고 아련하고 몽환적이었다.

엄마의 오토바이는 전방의 푸른빛을 향해 하늘과 땅 사이의 유일한 길 위를 나는 듯이 달렸다. 흙길은 갈수록 좁아지더니 갈림길 몇 개를 지난 후에는 폭이 30센티미터도 채 안 되는 길만 남았다. 오솔길이라고 하기에는 애매한 어떤 자국, 이 견고한 대지 위를 긁고 지나간 한 줄기 흔적처럼 보였다.

엄마가 말했다.

"원래 여기엔 길이 없었어. 내가 매일 오토바이 타고 물 길러 다니느라 지름길로 왔다 갔다 했더니 이렇게 길이 나더라고. 곧지? 이 길은 나 혼자만 사용하는 길이야."

길 끝은 엄마의 해바라기 밭이었다. 해바라기는 벌써 사람 키의 절반 정도까지 자라 있었다. 들판은 바람 한 점 불지 않고 조용해서 마치 옛날 사진 속에 들어온 것 같았다. 저 멀리 밭 기슭 공터에 게르가 보였다.

집에 도착하자 마중 나온 셰퍼드 쵸우쵸우가 오토바이 앞바퀴 쪽으로 사납게 달려들었다. 엄마에게 안기기라도 하려는 듯이. 엄마가 소리쳤다.

"너 혼날래?"

쵸우쵸우가 천천히 속도를 줄였다. 이것이 쵸우쵸우와의 첫 만남이었다. 엄마는 자랑스러운 듯이 소개했다.

"내 개란다. 크지? 쵸우쵸우, 쥐안 누나다. 빨리 누나라고 불러."

쵸우쵸우는 내 신발 냄새를 맡아 보고는 2초 정도 머뭇거리더니 곧 나를 받아들였다.

이때, 나는 싸이후의 소리를 들었다. 이 소리는 아주 기나긴 밤에서 갑작스레 깨어난 것처럼 '집'이라는 존재에 대한 기억을 완전히 되살려냈다. 온갖 열쇠로도 안 열리던 자물쇠에 갑자기 열쇠 하나가 정확히 맞아 들어가면서 열리는 느낌이라고나 할까. 자물쇠가 열렸다. 양철문이 틈을 보이며 벌어졌다. 싸이후가 그 틈을 비집고 나와 곧바로 나한테 덤벼들었는데 흥분해서 금방이라도 울 기세였다. 나는 쪼그리고 앉아서 싸이후를 끌어안았다.

침대 위의 낡은 담요는 한눈에 알아봤다. 얼룩덜룩한 하늘색의 낮고 둥근 탁자도 알아봤고 그 위에 놓인 녹색 법랑 냄비도 알아봤다. 이곳은 틀림없이 내 집이었다. 언젠가 이번처럼 혼자 찾아갔던 어느 낯선 집의 뜨락이 떠올랐다. 만약 싸이후나 옛날 물건들이 아니었다면 나는 이곳이 나와 아무런 관련이 없다고 생각했으리라.

엄마는 한 손으로는 쵸우쵸우를 막으면서 오토바이 위의 꾸러미를 풀었다. 쵸우쵸우는 무슨 냄새라도 맡았는지 흥분하여

다리를 허공에 휘저었다. 과연, 엄마가 소시지 두 개를 꺼내 주었다. 그러고 엄마는 급히 닭장으로 달려가 문을 열었다. 나는 그 뒤를 따라갔다가 닭장 위에 박힌 파란색 목판을 발견했다. 오래전에 엄마의 잡화점 매대의 일부였던 목판이었다.

나는 안도의 숨을 내쉬었다. 이 집이 내 마음속에 조용히 뿌리내리고 있음이 느껴졌다. 나는 엄마에게 땔감이 어디 있는지 물었고, 장작을 패서 불을 피우고 물을 끓이고 밥을 지었다.

벼 이삭을 품고 온 개

　외할머니의 장례식이 끝난 날, 엄마는 서둘러 해바라기 밭으로 돌아왔다. 나는 도시에서 며칠을 더 머물렀다. 엄마는 싸이후가 걱정되었던 것이다. 녀석은 며칠간 게르 안에 갇혀 지냈다. 먹을 음식과 물을 충분히 주고 오긴 했지만, 싸이후는 겁도 많은 데다가 가족과 떨어진 적도 없었고 긴 시간을 혼자 지내 본 적도 없었다. 또 쵸우쵸우는 크기도 큰 데다 사납기까지 해서 가두지 못하고 집 밖에 풀어놓았다. 며칠간 혼자서 먹을 걸 찾느라 고생 좀 했을 게다. 닭이랑 토끼도 며칠 동안 갇혀 있었다. 서둘러 문을 열어 환기를 시켜 주어야 했다.

　내가 집으로 돌아왔을 때는 이미 일상이 안정되어 있었다. 외할머니가 사라졌는데 그 어떤 변화도 없었다. 엄마는 집에 도착하자마자 서둘러 점심을 준비했다. 간단하게 흰 죽을 한 솥 끓이고 용흥공사에서 사 온 야채를 볶았다. 야채를 볶고 오래오래 끓이다가 된장을 한껏 집어넣었다. 정말 이상한 레시피였다. 더 이상한 것은 의외로 맛있다는 거였다. 먹고 또 먹고 그러다 갑자기 내 생애 처음으로 엄마가 만든 요리가 맛있다고 느끼고 있음을 알아차렸다.

사람들은 이런 말을 해 본 적이 있으리라. "엄마가 만든 동파육 먹고 싶다." 혹은 "엄마가 해 주는 탕수육 먹고 싶어." 두부부침, 계란국수, 계란탕이나 물만두일 수도 있겠다. 거의 모든 어머니에게는 자신만의 필살기 요리가 있기 마련이다. 거의 모든 아이들의 어머니에 대한 그리움 속에는 늘 먹거리가 포함되어 있다.

나는 외할머니가 키워 주셨지만 엄마와 함께 살았던 시간도 꽤 길다. 그런데 아무리 생각해 봐도 엄마가 나에게 만들어 준 맛있는 음식이 생각나질 않았다. 엄마가 하는 밥은 맛이 없었지만 나는 그 맛없는 밥을 항상 아주 맛있게 먹었다. 엄마와 함께 사는 사람은 운이 좋지 않다는 말이다.

내 기억에 나는 어렸을 적에 밥을 먹다가 자주 토했다. 이를 대하는 엄마의 태도는 한결같았다. "잘 먹어야지, 안 먹으면 쫓아낸다." 다행스럽게도 외할머니가 계셨다. 육아는 꼼꼼하지 못하게 대충 하는 외할머니였지만, 먹는 것만큼은 아주 잘 챙겨 주셨다. 외할머니를 떠올리자 감자단콩볶음, 튀김만두, 완자탕과 연근갈비탕 등에 대한 추억으로 위장부터 명치까지 따뜻해지는 듯했다.

엄마가 만든 된장으로 끓인 채소를 한 입 먹으니 외할머니의 일부가 엄마에게 들어온 것 같았다. 아니면 외할머니가 돌아가시면서 엄마의 가장 드센 부분이 따라서 죽어 버렸는지도.

조촐한 점심 식사를 마치고 나는 엄마와 앞으로의 계획을 의논했다. 올해는 농사지은 지 2년째가 되는 해였다. 이제 엄마는 경험치가 쌓였고 일상생활부터 논밭 관리에 이르기까지 작년보다 훨씬 근심이 줄었다. 하지만 환경은 악화된 상태였다. 가뭄 정도도 심해지고 가젤로 인한 피해도 생각보다 심각했다. 엄마는 총 네 번에 걸쳐 해바라기를 덧파종했다. 마지막까지 살아남은 건 고작 2천여 평 남짓의 땅. 가지 끝에서 꽃망울을 터트린 해바라기가 여윈 모습으로 들판 깊숙한 곳에 뿌리내리고 있었다.

인근의 농가에서는 많게는 20만 평, 적게는 4-5만 평을 소작했다. 2만 평도 안 되는 땅에 농사짓는 집은 엄마가 유일했다. 게다가 그 땅은 아직 제대로 정리되지 않은 들판 가장자리 땅이었다. 봄에 땅을 갈 때면 커다란 임대 트랙터는 구불구불한 길을 다녀야 해서 운전기사를 속 터지게 만들곤 했다. 뿐만 아니라 우리 땅은 농경지 전체의 맨 가장자리에 위치해 있었다. 물을 댈 때는 늘 마지막 순번이었고 재해 입는 순서는 제일 먼저였다.

엄마는 말했다. "사람들 말이 앞으로는 물이 진짜 부족할 거래. 이 마지막 남은 2천 평 남짓 되는 땅도 보전하지 못할 거래. 이쪽은 물이 부족한데 물탱크 있는 저쪽 땅은 너무 습하다고 하니 원. 작년에 그쪽 땅에 마지막으로 물을 댈 때 너무 많이 주는 바람에 해바라기 절반이 다 빈 껍데기였다네. 만약 진짜로 방법이 없는 게 아니라면 나도 포기하고 싶지는 않아."

엄마는 결국 이 땅이 자생하거나 자멸하도록 포기했다. 그리고 남은 힘을 물탱크가 있는 땅에다가 쏟아붓기로 했다.

올해는 두 곳에 농사를 지었으니 그나마 다행이었다. 첫해에는 엄마와 아저씨가 함께 일군 4만 평 땅의 농작물이 재해로 모조리 망가졌다. 그래서 올해는 두 곳으로 나누어 농사를 지은 것이다. 엄마는 용홍공사 들판 쪽의 2만 평이 채 안 되는 땅을 맡았고, 아저씨는 수력발전소 근처의 저수지 땅 2만여 평을 맡았다. 아저씨 쪽 땅은 수원지와 가까워서 임대료가 좀 비쌌지만 그만큼 안전했다. 반면 엄마 쪽 땅에는 투자를 많이 하지 않았고 약간은 도박하는 셈 치고 하늘에 운을 맡겼다. 왜 굳이 위험을 무릅쓰면서 도박을 하느냐고? 도박해서 이기는 사람이 많았기 때문이다. 하룻밤 사이에 큰 부자가 되는 사람이 너무 많았다.

농사짓기 시작한 첫해가 떠올랐다. 10만 평의 땅을 소작하는 이웃 사람은 카자흐스탄에서 온 두 남자였다. 그 둘은 날씨도 환경도 좋았던 몇 년 전 어느 날에 농사로 큰돈을 벌었고, 그 돈으로 두 사람 키만 한 마력 높은 트랙터를 샀다. 정부로부터 유목민으로 전향한 성공 사례라는 평가를 받고 베이징에서 열린 모범 노동자 대회에 참석하기도 했다. 그 둘은 아주 젊었는데 갑작스럽게 큰돈을 벌자, 이렇게 땅으로 부자가 되는 방식을 철석같이 믿게 되었다. 그 후, 그 어떤 심각한 손해에도 불구하고 땅을 포기하지 않았다.

엄마도 마찬가지였다. 엄마는 항상 확신에 가득 차서 남들이 얻을 수 있는 건 자신도 할 수 있다고 굳게 믿었다. 자신이 잃는 것을 다른 사람도 잃는다면 두려워하지 않았다.

"내가 그 사람들보다 못한 게 뭔데?" 엄마가 늘 입에 달고 사는 말이었다.

내 기억에 외할머니는 벼 이삭을 품고 온 개 이야기를 좋아하셨다. 아주 오래전, 홍수에 잠긴 마을에서 살아남은 사람과 동물은 물난리를 피해 낯선 땅으로 피난을 갔더란다. 가진 게 아무것도 없었던 그들은 처음부터 다시 시작해야만 했다. 하지만 씨앗이 없었다. 사납던 물살이 거의 모든 것을 다 쓸어 가 버렸다. 사람들은 절망에 빠졌다. 그때 누군가가 함께 피난 온 개의 몸에서 벼 이삭 하나를 발견했다고 한다. 유일한 한 가닥 희망이었다.

알고 보니 개는 꼬리를 한쪽으로 치켜들고 헤엄치다 보니 꼬리 끝에 달려 있던 씨앗 하나가 재난에서 무사히 살아남았던 것이다. 그리하여 모든 인류의 운명이 이 우연한 씨앗 하나로 다시금 계속 이어지게 되었다.

할머니는 밥을 먹을 때면 젓가락으로 쌀알을 골라 싸이후에게 보여 주며 말씀하시곤 했다. "이거 봐라, 이게 바로 네가 가져온 거란다." 할머니는 종종 싸이후의 꼬리를 잡아당기고는 세심하게 살펴보셨다. "사람들이 그러더라. 개의 꼬리 끝은 물이 안 닿아서 몸 색깔이랑 다르다고. 너는 어찌 이리 온몸이 다 하얗노?"

할머니는 이 전설에 아주 푹 빠져서 나에게 수도 없이 얘기해 주셨다. 개의 창세기 공로에 감격했을 뿐 아니라, 인류에게 찾아온 행운이 감개무량한 듯했다. 개 한 마리가 물 밖으로 나온 꼬리로 인류를 구원했다는 얘기는 참 놀랍기도 하고 슬프기도 했다.

나는 곧 버려질 마지막 남은 해바라기 밭 가운데로 걸어가며 인류의 기원과 관련된 모든 종류의 역경과 장엄한 전설을 떠올려 보았다. 이제 이 별은 어쩌면 인류의 생존 여부를 전혀 개의치 않을지도 모르겠다.

할머니는 돌아가셨다. 한 방울의 물이 큰 바다 가운데로 사라져 버렸다. 평생을 이 세상에 존재하지 않는 것처럼 지낸 외로운 삶이었다. 하지만 할머니는 한 사람으로서 자신에게 부여된 임무, 즉 자녀를 낳아 기르는 임무를 완수하셨다. 가족들에게 그 오랜 세월 인류가 쌓아 온 방대한 기억과 천 년을 이어 온 삶의 지혜, 입에서 입으로 전해 내려온 옛날 이야기를 남겨 주셨다. 이것이 바로 삶과 문명의 계승이 아닐까.

할머니는 한평생 세상에서 가장 약한 줄 하나를 잡아당기며 사셨다. 나는 그런 약한 줄 수억만 개가 아주 무거운 배를 끌고 천천히 앞으로 나아가는 것을 보았다.

개 두 마리가 천천히 내 뒤를 따르고 있었다. 들판은 광활하고 적막했다. 발 네 개 달린 뱀이 내 발걸음을 피해 달아났다. 나는 쭈그리고 앉아서 싸이후를 쓰다듬어 주었다. 싸이후의 맑고 투명한 눈동자에 우주의 찬란한 빛이 비치고 있었다. 할머니가 돌아가셨다는 것을 싸이후만 아직 모르고 있었다. 싸이후만이 희망으로 가득 차서는 할머니를 기다리는 중이었다.

나는 묻지 않을 수 없었다.

"네가 품고 온 벼 이삭은 어디 있니?"

해바라기 밭 남쪽에는 물결 모양의 사막이, 북쪽에는 납작하고 까만 자갈이 깔린 고비사막이 있다. 나무 한 그루, 사람 한 명 살지 않는다. 하늘 위의 구름은 강물처럼 흘러가고 황혼 녘의 공기는 액체처럼 투명하다. 이곳에 만 번을 넘게 와도 감각은 무뎌지지 않고 완전한 고독만이 느껴진다. 나는 그 순간에 진정한 자유를 느낄 수 있었다.

마지막 남은 2천여 평의 땅에 드문드문 자란 해바라기의 줄기가 바람에 이리저리 흔들리고 있었다. 손바닥만 한 크기로 벌어진 꽃받침은 병 속의 꽃처럼 가냘퍼 보였다. 하지만 나는 그것들이 결국엔 당당히 아름다움을 꽃피우리라는 걸 알았다. 결국엔 황금빛으로 반짝이리라는 걸 알았다. 그것들이 계속 살아남을 수만 있다면 말이다.

갑자기 개가 사납게 짖기 시작했다. 큰 개와 작은 개가 함께 깡충 뛰어오르더니 서쪽을 향해 달려갔다. 나는 노을이 지는 지평선 위에 어렴풋이 나타난 사람 그림자를 보았다. 고개를 돌려 다른 쪽을 바라보니 상반신을 벗어젖힌 채 풀을 뽑던 엄마가 조용히 몸을 일으키고는 게르를 향해 여유롭게 걸어가고 있었다. 엄마가 상의를 입자 그림자가 조금 더 커 보였다.

지평선 저 멀리에 우리가 세워 둔 허수아비가 나타났다. 우리가 떠난 뒤에도 허수아비가 이 버려진 땅을 지켜줄 것이다.

갑자기 북받친 감정이 목구멍까지 차올라 말이 나오지 않았다. 나는 큰 소리로 싸이후와 쵸우쵸우를 불렀다. 한번 떠나면 다시는 돌아오지 않는 이 세상의 모든 존재를 소환하기라도 하려는 듯이 부르고 또 불렀다. 내가 이쪽에서 큰 소리로 부르면 저쪽에서 큰 소리로 응답해 줄 것만 같았다. 나는 홀로 서서 그 순간 나 자신이 그토록 미약한 존재임을 큰 소리로 증명하고 있었다.

허수아비

집으로 돌아온 뒤 엄마가 나에게 맡긴 첫 번째 임무는 허수아비를 만드는 것이었다. 이 가짜 사람은 장차 해바라기 밭에서 가젤을 위협할 것이었다. 하지만 고비사막 어디서 볏짚을 구한단 말인가? 평범한 풀 한 포기조차 나지 않는 곳에서 말이다.

나는 볏짚을 찾으러 밭 가장자리의 수로를 따라 멀리까지 걸어갔다가 고작 상류에서 떠내려오던 깨진 플라스틱 통 한 개와 화학비료 두 봉지, 빈 농약병 몇 개를 주워서 돌아왔다.

들판에서 밥을 지을 때는 보통 석탄을 땠고 유일한 LPG 가스는 비상용으로 가능한 한 아껴 쓰고 있었다. 이사할 때 차에 싣고 온 굵은 장작은 얼마 남지 않았다. 나는 장작더미를 뒤적이며 가장 굵고 긴 장작 몇 개를 골라서 묶은 다음 사람 키만 한 십자가를 만들었다. 그러고는 흰색 포장 봉지를 찢어서 대충 감고는 깨진 플라스틱 통을 그 십자가 맨 상단에 올려놓았다. 그러나 아무리 봐도 사람처럼 보이질 않았다. 나는 엄마의 오래된 앞치마와 보푸라기 인 낡은 스웨터를 찾아다가 입혔다.

그제야 좀 체면이 섰다. 이리저리 봐도 사람이 너무 좋아 보이는 건 어쩔 수 없었다. 이래서야 누굴 위협하겠나? 빈 농약병을 두 줄로 엮어서 양팔에 달았다.

나는 이 허술하기 그지없는 허수아비를 빈터에 눕혀 놓고 엄마가 검사해 주기를 기다렸다. 호기심이 발동한 닭들이 허수아비를 빙 에워싸고 톡톡거리는 통에 와자지껄 소란스러워졌다. 나중에는 쵸우쵸우가 바닥에 엎드리더니 허수아비의 팔을 베고 잠이 들었다. 엄마의 낡은 스웨터는 정말 따뜻했다.

집에 돌아온 엄마는 허수아비를 쳐다보고는 아무 말도 하지 않았다. 잠시 후 집 안을 오가며 한바탕 분주하더니 곧 허수아비 목에 비닐 포장지를 뭉쳐서 만든 알록달록한 목걸이를 걸어 주었다. 그런 다음엔 개집 문에 달려 있던 발을 뜯어내서 망토처럼 둘러 주었다.

허수아비는 참으로 난감한 모습이었다. 아이를 달래려고 어쩔 수 없이 우스꽝스럽게 분장했다가 누군가와 딱 마주친 격이었다.

이튿날, 우리는 해바라기 밭으로 들어가 허수아비를 꽂았다. 엄마는 허수아비의 옷을 잘 정리해 주고는 지평선 너머를 바라보며 말했다.

"가젤들아, 다시는 우리 집에 오지 마라. 배고프거든 다른 집에 가라. 동쪽에 사는 유 사장이 제일 부자란다."

밭을 빠져나오면서 나는 고개를 돌려 허수아비를 다시 바라보았다. 바닷물처럼 출렁이는 해바라기 밭 한가운데에 높이 솟은 허수아비는 익살스럽지만 감히 침범할 수 없는 위엄을 갖추고 자신을 둘러싼 공간을 압도하고 있었다.

허수아비가 가젤을 쫓아내는 데 효과가 있는지는 차치하고서라도 우리는 그날 밤에 안심하고 잠을 잘 수 있었다. 정말 신기했다. 예전엔 밤이 되면 예민해진 쵸우쵸우가 큰 소리로 끊임없이 짖어 댔는데 오늘 밤엔 이상할 정도로 조용했다. 나는 어떤 거대하고 조용한 공간을 상상해 보았다. 가젤이 망을 보면서 어슬렁거리는 허수아비 주변 지역은 달빛 아래에서 점점 대지 위로 떠오르는 것처럼 보였다.

나는 점점 가라앉았다. 깊은 잠 속으로 빠져들었다.

새벽에 허수아비를 보러 갔다. 지평선에서 아침 해가 솟아오르자 내 몸은 등 뒤에서 비쳐 오는 빛에 떠밀리듯 앞으로 나아갔다. 내가 가까이 다가가도 허수아비는 꼼짝달싹하지 않고 홀로 외로이 빛을 받고 서 있었다. 어젯밤 그에게는 어떤 일이 일어났을까? 이제 막 태어나 겨우 하룻밤을 보냈을 뿐이지만, 그의 생은 이미 나의 생보다 길었다.

허수아비는 침묵으로 일관한 채 서 있었다. 나는 휴대폰 카메라로 허수아비를 찍었다. 허수아비가 렌즈 정면을 응시하는 순간 파란 하늘이 펼쳐졌다. 뷰파인더에는 활짝 갠 하늘, 황홀하게 일렁이는 대지, 해바라기가 맑은 공기를 뚫고 쑥쑥 자라는 순간이 잡혔다. 셔터를 누르는 소리가 가장 은밀한 세계의 문을 열어젖혔다. 그때 나는 허수아비가 고개를 드는 것을 보았다.

휴대폰을 끄자마자 세계의 문이 바로 닫혀 버렸다. 해바라기 밭의 이파리들은 아무 일도 없었다는 듯이 움직임을 멈췄다. 허수아비 팔에 걸려 있던 플라스틱 병만이 가볍게 흔들리고 있었다.

내가 찍은 사진은 아름다웠다. 문득 내 휴대폰에 고맙다는 생각이 들었다. 400위안도 안 되는 휴대폰이 멋진 촬영 기능을 탑재하고 있다는 것에 감동했다. 나중에 이 휴대폰을 잃어버렸는데, 다행히 그 전에 사진을 외장하드에 옮겨 놓았다. 내 외장하드에도 고맙다는 생각이 들었다. 하지만 이 외장하드는 서가 맨 꼭대기에서 바닥으로 떨어지면서 부서져 버렸다. 그럼에도 나는 여전히 이 물건들에 고마운 마음이 들었다. 허수아비는 그 안 어디에선가 조용히 서 있을 것이다. 두 팔을 쭉 펴고 발밑에 끝없이 펼쳐진 푸른 물결을 지키면서….

목격자는 없었다. 허수아비가 만들어 낸 기적이 일어났을 때 엄마는 게르 안에서 일하느라 바빴고, 강아지는 나를 등지고 햇볕을 쬐고 있었다. 나와 허수아비를 연결하는 유일한 흙길은 폭이 30센티미터밖에 되지 않았다.

인간 세상인 용흥공사는 어쩌면 우리보다 훨씬 빨리 사라지고 있었을지도 모르겠다.

버스가 도착했고 또다시 떠났다. 사람들도 이리저리 흩어져 떠나가고 마을도 점점 변해갔다. 우리 발밑의 대지는 몇억 년 동안 존재해 왔는데 나는 고작 몇십 년 살았을 뿐이며 내게는 휴대폰 한 대가 전부였다. 기적이 일어났을 때, 희망이 강렬해질수록 더 지독하게 엄습하던 고독감이 나를 견딜 수 없게 만들었다. 나는 큰 소리로 울고 싶었다. 우리의 삶은 이전에도 존재하지 않았고 이후에도 절대 다시 일어나지 않을 일들로 가득 차 있었다.

기적의 순간이 끝난 뒤에도 허수아비는 내 곁에 남아 따뜻하게 나를 바라봐 주었다. 우리를 둘러싼 해바라기만이 아주 조용히 자라나며 지금 이 순간에만 존재하는 희망을 전하고 있었다.

대지

　도마뱀은 대지와 가장 닮았다. 도마뱀은 땅바닥에 움츠린 채 만물 속으로 녹아들었다. 도마뱀의 침묵에는 거대한 들판의 적막이 농축되어 있다. 도마뱀이 몸을 숨기는 것은 광활하게 트인 세계로 나아가기 위한 준비이다. 한낮의 강렬한 햇빛은 대지 깊숙한 곳의 한기와 그늘을 완전히 열어젖혔다. 나는 도마뱀처럼 거칠고 단단한 대지 위에 맨발로 섰다. 하지만 한참을 서 있어도 나는 도마뱀처럼 사라지지 않는다. 나는 대지와 완전히 상반된 그 무엇이었다.

　햇빛이 사방으로 내리쬐는 대지 위에 서 있을 때마다 뭇 시선들이 느껴졌고, 숨을 곳이 없던 나는 도마뱀의 흔적만 오래도록 바라보았다. 그러다 보면 여전히 도망쳐 숨을 곳은 없을지라도 어느새 나에게는 도마뱀이 그랬듯 세상의 시선을 견뎌낼 수 있는 힘이 생겼다.

　문득 그동안 부끄러워서 차마 꺼내지 못했던 수많은 말을 할 수 있을 것 같은 느낌이 들었다. 예컨대 '사랑' 또는 '그리움' 같은 단어 말이다. 갑자기 내 자신이 더 이상 고집스럽게 느껴지지 않았고, 다른 사람들처럼 순수하게 느껴졌다. 나도 다른 이들처럼 조국을 사랑하고 고향을 사랑했다. 인간 세상의 풍요로움, 번잡스러움뿐 아니라 모순으로 가득 찬 그 모든 것을 사랑했다.

하지만 도마뱀은 꿈쩍도 하지 않고 세 걸음 떨어진 곳에 조용히 엎드려 있었다. 햇빛은 사방으로 내리쬐고 있었고 도마뱀의 몸뚱이는 그림자도 지지 않았다. 도마뱀은 햇빛 가운데에 있었지만 오히려 햇빛 가운데로 숨은 것 같았다. 도마뱀은 아주 흉측하게 생겼지만 따뜻하고 눈물 가득 머금은 눈을 가지고 있었다. 내 시선은 도마뱀을 향했지만 도마뱀은 나를 쳐다보지 않았다. 나는 도마뱀을 뚫어지게 봤지만, 도마뱀은 끝까지 내 쪽으로 시선을 돌리지 않았다.

햇빛은 투명하고 뜨거웠다. 나는 허리를 곧게 펴고 눈을 감았다. 다시 눈을 떴을 때, 세계는 이미 한 페이지가 넘어갔고 조금 달라져 있었다. 그 변화가 아주 미미했음에도 한눈에 알아챘다. 도마뱀이 꼬리를 치켜들었다. 육안으로 알아챌 수 없을 만큼 느린 속도로 치켜드는 모습이 꼬리가 무한대로 늘어나는 것처럼 보였다.

나는 다시 눈을 감았다 떴다. 이번에는 도마뱀의 꼬리 끝부분이 머리 쪽으로 절반이나 말려 있었다. 도마뱀은 한 바퀴 반을 말고 나서야 움직임을 멈췄다. 한 치의 허점도 허용하지 않았다.

나는 도마뱀이 듣는 소리를 들을 수 없다. 나는 무기력한 방관자였다. 눈앞의 유리벽을 힘껏 밀어도 아무런 미동이 없다. 큰 소리로 고함을 치고 싶었다. 나는 또 모든 것으로부터 차단된 채 아무런 소리도 들을 수 없었다.

이 척박하고 거친 들판에서 천천히 앞으로 걸어 나갔다. 대지는 무겁고 하늘은 가벼웠다. 걷고 또 걷고 그렇게 끝까지 걸어갔다. 대지는 점점 더 가벼워져서 나를 태우고는 출렁였다. 하늘은 파랗게 굳은 채 내려앉았다. 태양만이 변함이 없었고 영원히 제대로 쳐다볼 수 없을 것이었다. 갑자기 고비사막이 예전엔 바다였다는 사실이 생각났다. 이 광활하고 드넓은 풍경이 기나긴 비극의 대단원인 셈이다. 몇몇 사람들은 여전히 이렇게 말한다. "…기나긴 세월 동안 세상이 참 많이 변했어… 이 세상에 영원한 건 없어."

바로 그 순간, 세상의 모든 약속과 맹세가 다 끝났다. 영원한 건 없었다.

나는 허리를 숙여 풀 한 포기를 유심히 관찰했다. 이파리는 가늘고 힘이 없었지만 정교했다. 또 돌멩이 하나를 집어 들어 먼지를 닦으니 광택이 났고 옥처럼 보드랍고 매끄러웠다. 눈앞의 모든 것은 단 한번도 만물의 유한성에 연연한 적이 없다. 늘 나 혼자서만 마음에 두고 있었을 뿐.

걷고 또 걸으며 생각했다. 만약 신발을 신지 않았다면 발밑에선 금세 뿌리가 자라났을지도 모른다고. 옷을 입고 있지 않았다면 금세 이파리가 돋아났을지도 모른다고. 걸으면 걸을수록 대지의 중력이 강하게 느껴졌고, 한걸음 한걸음이 무거워졌다. 나는 식물이 되고 싶지 않았다. 그래서 계속 씨앗이 되길 거부했다.

화분의 씨앗은 지팡이를 쥔 맹인처럼 조심스레 뻗어 나갔다. 사방은 어두웠고 그 안에서 조심스레 촉각을 곤두세웠다 움츠리기를 반복했다. 씨앗은 언제나 바깥세상에 귀를 기울였다. 낮에는 깊숙이 잠복했다가 밤이 되면 조심스럽게 세포분열을 시작했다.

하지만 대지의 씨앗은 두려운 게 없었다. 누군가 부르면 응답하고 여기저기에 앞다투어 뿌리를 내리고 제멋대로 활개 치며 소란을 피웠다.

사람이 올 때마다 식물들은 서로에게 "쉬…" 하며 주의를 주었고 숨을 죽였다. 그가 멀리 가고 나서야 다시 시끌벅적해지며 생기가 돌았다. 사람이 이쪽으로 오면 저쪽에서 꽃 한 송이가 피었고, 사람이 저쪽으로 가면 이쪽에서 잎새 하나가 돋아났다.

작물의 생장은 어둡고 깊은 땅속의 유일한 빛이었는데, 사람의 발걸음이 닿으면 일제히 불이 꺼졌다. 발자취 하나하나는 끝없는 심연을 만들어 냈다. 그래서 엄마가 해바라기 밭을 걸어갈 때면 그녀의 뒤를 따르는 그림자가 어둡고 외로워 보였던 걸까.

엄마는 길게 늘어진 그림자를 끌고 있었다. 세상에서 가장 무거운 짐을 진 사람처럼, 가장 피로에 지친 사람처럼.

저 멀리 대지의 끝에서는 건장하고 아름다운 몽골가젤 두 마리가 서로를 쫓으며 뛰어다니고 있었다. 상공에서는 매 한 마리가 빙빙 돌고 있었다. 어디선가 부드럽지만 힘 있는 바람 이 불어 왔다.

외할머니가 손에 자루를 들고 수시로 허리를 굽혔다 펴며 걸어오고 있었다. 나는 외할머니가 소똥을 주워다 군불을 지피 려는 것임을 알았다. 싸이후가 외할머니를 앞서거니 뒤서거니 하며 폴짝폴짝 뛰었다. 그건 내가 오래전에 보았던 싸이후의 어릴 적 모습이었다.

문득 언젠가 엄마가 내게 전화를 걸기 위해 올랐던 높은 곳 이 여기가 아니었을까 하는 생각이 들었다. 그때 전화가 간 신히 연결되었는데 엄마는 나랑 무슨 말을 나눠야 할지를 몰 랐다. 엄마는 사방을 둘러보다가 해바라기 밭이 조금씩 말라 가는 것을 보았다. 더 먼 곳에서는 몽골가젤 무리가 오토바이 를 피해 뛰어다녔고, 하늘은 비가 내릴 기미도 없이 맑게 반짝 거리고 있었다.

엄마는 한숨을 쉬며 물었다.

"너 언제 집에 돌아올 거냐?"

나는 여전히 대답할 수가 없다. 그 어디에도 몸을 숨길 곳이 없어서 나를 위로해 줄 도마뱀을 찾아 사방으로 돌아다녔다. 하지만 도마뱀은 더 이상 내 앞에 나타나지 않을 모양이었다.

사고뭉치

결론부터 말하면 쵸우쵸우는 장점보다 결점이 많은 녀석이었다. 무섭게 생겼고 많이 먹고 기억력도 나쁘고 싸이후를 물고 닭을 쫓았다. 신발 훔치는 것도 좋아했다. 아니, 신발을 수집한다고 해야 맞겠다. 녀석은 이 200만 평 농지 일대에서 발견한 거의 모든 신발을 가져다가 우리 게르 뒷담 흙더미 옆에 모아 놓았다. 그래서 3, 4일에 한 번은 꼭 맨발로 와서 신발을 찾는 사람이 있었다. 그 신발 더미가 파출소의 분실물 보관함 같았다.

정작 쵸우쵸우는 마당 한쪽에서 이 모든 일은 자기와 무관하다는 듯 꼬리를 살랑거리며 누워 있었다. 쵸우쵸우는 다른 사람의 신발을 우리 집에 가져오는 것뿐 아니라 우리 집 신발을 다른 집으로 나르는 일에도 열심이었다. 정말 이해하기 어려운 취미였다.

처음 녀석의 취미를 알게 된 날, 엄마는 아침에 일어나자마자 신발 한 짝이 없어진 것을 발견했다. 들판에서 잃어버렸을리는 없었다. 그렇게 더럽고 낡아 빠진 신발 한 짝을 누가 가져

갔을 리 만무했다. 엄마가 신발을 찾느라 난리를 치고 있을 때 누군가 집으로 찾아왔다. 옆집 땅을 경작하는 사장이 고용한 장기 일꾼으로, 1킬로미터 정도 떨어진 땅집에 사는 열댓 살 먹은 카자흐스탄 사내아이였다. 그 아이는 낡은 신발 한 짝을 들고 와서는 엄마에게 물었다.

"아줌마, 이거 아줌마 거?"

엄마는 영문을 몰랐다.

"아줌마네 개가 가지고 왔어. 우리 집에."

그는 중국어를 그다지 잘하진 못했다. 의혹이 풀리지 않았지만 엄마는 서둘러 고맙다고 인사했다. 그러나 아이는 신발을 돌려주고도 돌아갈 생각이 없어 보였다. 쭈뼛거리며 또 말을 꺼냈다.

"아줌마, 내 신발 좀 찾아 줘…."

다시 보니 아이는 맨발이었다. 우리에게 이런 일은 처음이었지만 이 아이에겐 두 번째였다. 아이가 처음 신발을 잃어버렸을 땐 '누가 들판에까지 와서 신발을 훔쳐 갔을까?' 이상하게 생각했단다. 결국은 찾지 못했고 어쩔 수 없이 나머지 신발 한 짝 마저 벗고 맨발로 일을 했다고 한다.

며칠 뒤 아이가 농약을 옮기느라 우리 게르를 지나는데 쵸우쵸우가 햇볕 아래에 누워서 자기 신발을 끌어안고는 물고 뜯으며 세상 즐겁게 놀고 있더란다. 아이는 신발을 빼앗고는 그 주변을 돌아다니며 그때 버렸던 나머지 한 짝도 찾아보았다.

119

하지만 나머지 한 짝 대신 우리 엄마 신발을 찾아냈던 것이다. 엄마는 난처하기도 하고 화도 나서 개한테 큰 소리로 욕을 해 대며 아이를 데리고 집 뒤로 신발을 찾아 나섰다.

그날 엄마는 쵸우쵸우의 신발 수집 센터를 발견했다. 거기 엔 여자 신발, 남자 신발, 신발 한 짝, 신발 두 짝, 새 신발, 헌 신 발… 온갖 신발이 가득했다. 엄마는 그 일대에서 농사짓는 모 든 농부들이 맨발로 다니는 광경을 목도한 것만 같아 골치가 아팠다. 결국 아이에게 이 상황을 사람들에게 알려 달라고 부 탁했다.

이때부터 근처에 사는 사람은 누구라도 신발을 잃어버렸다 하면 우리 집으로 직행했다. 또한 이 근처에 사는 사람이라면 밤에 잠들기 전에 꼭 신발을 챙겨서 실내로 들여놨다. 엄마는 신발을 집 안 높은 곳에 올려 두었다.

그 남자아이는 결국 신발 한 짝을 찾지 못해 엄마가 20위안 을 물어 주었다. 하지만 아무 소용 없는 일이었다. 돈을 발바닥 에 붙이고 다닐 수도 없지 않은가. 이 들판에는 신발을 살 곳이 없었다.

쵸우쵸우는 신발 모으기 말고 닭 잡는 것도 좋아했다. 닭을 잡고는 먹지도 물지도 않고 인형처럼 자기 품에 안고는 혓바닥 으로 핥았다. 닭이 온몸이 젖어서 덜덜 떨 때까지 말이다. 한번 은 닭 한 마리가 놀라서 죽었고, 한번은 엄마 덕분에 구출된 닭이 그때부터 생기를 잃고 맥을 못 추었다.

토끼를 땅바닥에 누른 채로 핥은 적도 있다. 토끼는 완전히 얼이 빠져서 도망치지 못했다.

쵸우쵸우의 유일한 공로는 가젤을 쫓아낸 것이었다. 가젤 무리가 매일같이 와서 해바라기 싹을 뜯어 먹던 시절엔 쵸우쵸우가 가젤을 발견하자마자 쫓아내서 엄마를 아주 기쁘게 했다. 쫓는 과정에서 녀석이 밟아 죽이는 새싹이 가젤한테 먹히는 것보다 결코 적지 않았음에도 말이다.

칭찬 한 번 받고 아주 기고만장해진 녀석은 그때부터 주변의 가축을 발견하는 족족 쫓았다. 사람들이 방목하는 양도 예외가 되지 않았다. 이곳은 봄이 오면 유목민들이 반드시 지나가야 하는 길이었다. 쵸우쵸우는 양 떼만 봤다 하면 흥분해서 눈을 반짝이며 양 떼를 향해 돌진하기도 하고 동에 번쩍 서에 번쩍 연일 난리였다. 양들이 놀라 사방으로 달아나는 바람에 양치기는 분통이 터졌다. 그는 미친 듯이 동서로 쫓아다니다가 반나절이 지나서야 겨우 양들을 한곳으로 모을 수 있었다. 그럴 때마다 엄마는 속수무책이었다. 고함을 쳐도 돌아오지 않고 때리려고 해도 쫓아갈 수가 없었다. 결국 개 주인이 아닌 것처럼 연기하는 것 외에 달리 방도가 없었다.

쵸우쵸우는 사람을 짜증나게 했지만 반나절이라도 그 모습이 안 보일라치면 엄마는 또 걱정이 늘어졌다.

올해는 가뭄이 심해서 상류 펌프실의 물이 우리가 있는 땅까지 흘러오지 못하는 경우가 많았다. 해바라기가 조금씩 말라가는 것을 보면서 엄마는 밤낮없이 애가 타다 못해 조급해져서는 말끝마다 화를 내기 일쑤였다. 간신히 물이 나오기 시작했을 때 쵸우쵸우가 사라져서는 밤새도록 돌아오지 않았다.

이튿날, 엄마는 땅에 물을 대다가 사방을 두리번거리며 큰소리로 쵸우쵸우를 불렀다. 오후가 되어도 여전히 개가 보이지 않았다. 엄마는 불안해졌다. 하지만 물 대기가 끝날 때까지는 물의 흐름을 따라가며 밭 한 두둑 한 두둑을 지켜봐야 했다. 그렇지 않으면 물이 밭두둑의 약한 지반을 망가뜨렸다.

엄마는 몇 번이나 물 대기를 중단하고 쵸우쵸우를 찾아 나서려고 했지만, 오랫동안 간절하게 기다린 물을 생각하면 움직일 수가 없었다. 물 밸브를 잠그면 곧바로 하류 지역의 농부들에게 이 물을 다 뺏길 것이었다. 이쯤 되면 그놈의 괘씸한 개보다 중한 일은 없는 듯 보였다.

또 한번은 유수지 근처 땅을 지키던 아저씨가 오토바이를 타고 엄마를 보러 오셨다. 이 멍청한 개는 아저씨가 다시 돌아갈 때 쫓아 나가더니 아무리 기다려도 돌아오지 않았다. 몇십 킬로미터나 되는 거리를 쫓아갔던 것이다. 발굽의 살이 터져서 걸을 때마다 핏자국이 생겼다. 엄마는 마음이 아파 신발 네 짝을 만들어 주었다. 그런데 녀석은 감사히 받기는커녕 반 시간도 채 되지 않아 던져 버렸다.

엄마는 아저씨를 욕했다.

"왜 쟤를 안아서 오토바이에 태우지 않은 거야?"

아저씨도 화가 났다.

"당신이 기르는 개를 몰라? 저놈이 오토바이 위에 가만히 잘도 있겠다."

아저씨도 시도를 해 봤지만 어찌할 수 없었던 것이다. 나중에는 오토바이를 끌고 걷는 것처럼 속도를 줄여 천천히 운전했다고 한다. 이렇듯 쵸우쵸우 때문에 두 사람의 마음고생이 이만저만이 아니었다.

엄마가 말했다.

"아이고, 내 쵸우쵸우가 최고지."

내가 받아쳤다.

"사고만 치는 녀석이 뭐가 좋다고?"

엄마가 "녀석이 가젤도 따라잡잖아"라고 답하면, 내가 비웃으며 말했다.

"세상에나, 진짜 대단한 능력이셔."

엄마는 잠시 생각하더니 이렇게 말했다.

"녀석은 내 곁에 있어 주잖아."

고독

　엄마는 대부분의 시간을 혼자서 지냈다. 아커하라에서 엄마의 보안 수칙은 다음과 같다. 집 뒤편 담장에 사다리를 두었다가 나쁜 사람이 들어오면 지붕으로 피한다. 나쁜 사람도 따라 올라오면 지붕 위에 숨겨 둔 쇠망치로 그 사람의 머리를 친다. 의자 방석 아래에는 칼을, 문 뒤에는 석회 가루를 숨겨 둔다 등등 여러 세부사항이 있었다. 아… 정말 이 노인네가 연속극을 너무 많이 보셨다. 엄마가 말했다.

　"안 무서울 수 있겠냐? 나 혼잔데."

　듣고 보니 이상했다. 엄마같이 담이 작은 사람이 이 넓은 들판에서 홀로 대지를 지키며 생활하고 있다는 게 말이다. 이제는 담장도 후문도 사다리도 쇠망치도 없다. 그런데도 엄마는 더 이상 무섭다는 얘기는 꺼내지도 않았다.

　대신 엄마는 이렇게 말했다.

　"무섭긴 뭐가 무서워? 이렇게 넓은 곳에 나 혼자 있는데."

정말 아무도 없었다. 고비사막에서 한 시간을 걸어도 사람한 명 만나지 못했다. 천만 년을 걸어도 사람 하나 만날 것 같지 않았다. 지나는 길에 있는 장막과 땅집에서도 인기척이 느껴지지 않았고 흙길 위에 발자국 하나 없었다. 사방팔방이 텅텅 비어 있었다. 마치 천만 년 전의 지구로 돌아온 듯했다.

바람은 지구의 모든 비밀을 품은 채 '쉭쉭' 소리를 내며 세차고 절박하게 요동쳤다. 나는 한마디도 알아듣지 못했다. 바람은 그 비밀을 알려 주려고 필사적으로 나를 밀기도 하고 찔러도 보았지만 나는 여전히 아무것도 알아듣지 못했다. 바람은 방향을 바꿔 다른 쪽에서 불어오던 강풍과 부딪혔고 내 맞은편 멀지 않은 곳에서 일던 회오리는 하늘로 향하다가 다시 땅으로 사그라들었다. 순간 정신을 차릴 수 없었다. 마치 내가 오래전에 지구를 떠나온 것처럼 모든 것이 아득하게 느껴졌다.

바람이 조금씩 잦아들었다. 지구는 태곳적부터 우주 한가운데에 자리 잡고 있었다. 지구에 발을 딛고 서 있다는 건 세상에서 가장 높은 곳에 서 있다는 것이다. 이는 마치 지구 위에서 우주를 살펴보는 일처럼 느껴진다. 해와 달이 스쳐 지나가면 지구 반대편의 바다가 들숨과 날숨을 쉬듯이 출렁였다.

이곳에서 유일하게 사람의 흔적이 있는 곳은 해바라기 밭이었다. 새싹은 아주 가지런하고 건강하게 자라났다. 나는 밭으로 들어가 엄마와 싸이후와 쵸우쵸우를 찾았다. 순간 이 지구상에 정말로 나 혼자만 남은 것처럼 느껴졌다.

집으로 와서 게르 주변을 돌고 있는데, 갑자가 닭 한 마리가 걸어와서는 머리를 갸우뚱하며 나를 쳐다보았다. 그제야 안도의 숨을 쉴 수 있었다.

엄마가 말했다.

"노래를 부르고 싶은데 한 곡도 생각나지 않을 때가 있어. 그러다 어느 날 갑자기 떠오르면 재빨리 불러. 어떤 때는 싸이후에게 불러 주고 토끼에게 불러 줄 때도 있지."

엄마가 노래를 부를 때면 싸이후는 조용히 바닥에 누워 엄마를 바라보았다. 그 아름답고 맑은 눈동자에는 수많은 언어가 담겨 있었다.

반면 토끼는 정신이 온통 딴 데 팔려 뛰어다니느라 바빴고, 갈라진 입술을 쉴 새 없이 오물거렸다. 토끼는 엄마를 따라 해바라기 밭 깊숙한 곳으로 들어갔다. 몸집이 작은 토끼는 바닥에 붙어 걸으므로 시야가 좁아서 길도 좁게 보였다. 아무리 거대한 세상도 토끼에게는 그저 어두컴컴한 동굴처럼 느껴질 뿐이다. 아무것도 모르는 엄마는 깊고 구불구불한 동굴 속으로 무작정 토끼를 이끌고 들어갔다. 끝이 보이지 않는 동굴을 걷는 동안 엄마는 노래를 부르지 않았다. 그러다 엄마의 노랫소리가 들려오는 순간 동굴에서 벗어났다. 토끼는 처음으로 하늘과 바다를 보았다.

노동은 순수하고 고요했다. 엄마는 마음속으로 김매야 하는 땅을 걱정하고, 며칠 후에 물 댈 일을 고민하고, 아직 사지 못한 비료에 신경 쓰고 있었다. 들판에서 엄마의 삶은 이 모든 일로 빼곡히 채워졌다.

엄마는 삽을 메고 대지 동쪽 끝에서 서쪽 끝으로 걸으면서 이런저런 일들을 생각했다. 그러다 문득 고개를 들면 세상에서 가장 아름다운 구름 한 조각이 눈에 들어왔다. 바쁘고 정신 없는 고된 삶 가운데서 잠시나마 일손을 놓고 주변을 바라보는 순간이었다. 엄마는 무척 벅차올랐다.

엄마는 세상 모든 사람에게 이 구름 조각의 아름다움에 대해 말하고 싶었다. 어떻게 말하면 좋을지 생각에 생각을 거듭하는 동안 구름은 천천히 변해서 점점 평범해졌다. 그럴수록 엄마가 고민 중인 말들은 더욱 화려해졌다.

여전히 한 곡도 떠오르지 않았지만 엄마는 노래를 부르고 싶었다. 그때 토끼가 사라졌다. 엄마는 토끼와 구름 사이에 비밀이 있다고 생각했다. 토끼와 구름 모두 흰색이었다.

싸이후 역시 흰색이었다. 하지만 싸이후는 그리 단순하지 않은, 엄마에게 완전히 의지하는 불안한 마음이 묻어나는 흰색이었다. 싸이후는 해바라기 밭에 들어가지 못했다. 다리를 심하게 다쳤던 싸이후가 많이 걷는 모습을 차마 볼 수 없어서 엄마가 내린 결정이었다.

엄마는 싸이후에게 말했다. "나 따라오면 안 돼. 여기서 혼자 놀고 있으면 금방 너 데리러 돌아올게." 녀석은 알아들었다는 듯이 그 자리에 누웠다. 엄마가 걷다가 고개를 돌리면 싸이후는 미동도 없이 엄마를 응시하고 있었다. 그 모습이 너무 착해서 슬플 정도였다.

싸이후의 흰색은 녀석만의 고민이 투영된 빛이었고, 그만큼 사람을 아프게 하는 흰색이었다. 엄마는 수도 없이 싸이후를 떠나 멀리 갔으며 수도 없이 다시 녀석에게 돌아와 일으켜 안고 함께 해바라기 밭 깊은 곳으로 들어갔다.

나는 밥을 짓고 게르 안에서 엄마가 돌아오기를 기다렸다. 기다리고 기다리다 잠이 들었다. 잠든 순간에도 내 자신이 얼마나 미미하고 보잘것없는 존재인지를 분명하게 느낄 수 있었다.

잠은 지구상에서 두 번째로 큰 것이었다. 첫 번째로 큰 것은 고요였다. 꿈속에서 나는 문을 열고 해바라기 밭으로 걸어갔다. 천만 년을 걸었는데도 도착할 수 없었다. 천만 년 후에 나는 홀로 깨어났다. 밥이랑 반찬이 다 식었다. 엄마는 아직까지 돌아오지 않았다.

엄마는 밥을 먹으면서 당신이 살게 된 곳을 칭찬하느라 여념이 없었다.

"여기 정말 좋다! 아무도 없고!"

나는 엄마에게 물어봤다.

"그런데 왜 외출할 때 문을 잠그는 거야?"

말문이 막힌 엄마가 말했다.

"네가 알 바 아니거든."

엄마와 아저씨

엄마는 성격이 급하고 불같았다. 교사로 일할 때는 말썽쟁이 학생들에게 당근이 아닌 채찍을 들었다. 그중 몇 번을 훈계해도 그대로인 녀석이 엄마에게 호되게 맞은 적이 있다. 그 아이의 엄마 역시 만만한 사람이 아니었던지라 학교로 찾아와서는 엄마랑 한판 붙었다. 그리하여 두 여자는 학생들 앞에서 머리채 잡고 한바탕 몸싸움을 했다. 게다가 입에 담지 못할 욕설이 난무한 통에 학교 책임자는 얼굴을 들 수가 없었다.

징계를 논하기도 전에 엄마는 자진해서 학교를 그만둬 버렸다. 사직서를 내고 집으로 돌아와 텃밭을 갈고 돼지에게 밥을 주러 갔다. 나중에 엄마가 이쪽 일에 소질이 있다는 게 증명되었다. 농업생산연대에서 면화 생산 부문 1등을 차지했고, 엄마가 키운 돼지 역시 살이 잘 올라 그 연대에서 돼지를 키운 이래 돼지 몸무게 최고 기록을 세웠다(당시 엄마는 신장 지역 일대 생산건설연대에서 일하던 직공이었다).

될성부른 나무는 떡잎부터 알아본다고 했던가. 엄마는 어려서부터 성격이 녹록하지 않았다. 소학교 1학년에 들어가자마자 본색을 드러내기 시작했다. 짝꿍이었던 남자아이는 엄마의 숙제를 안 도와줬다간 떡이 되게 맞았다. 하지만 중학교에 올라가서는 키나 체력 면에서 남학생들을 따라갈 수 없었다. 결국 남학생들이 열 번 때리면 기껏해야 한 번 이기면서 그제야 두려움을 좀 알게 되었고 '울분을 참는 것'이 뭔지를 조금 배웠다.

훗날 가정을 꾸리고 독불장군 성격이 더 심해지면서 엄마는 주변 사람을 꼼짝 못 하게 만들었다. 엄마의 결혼 생활을 목격한 나는 평생 결혼을 하지 않으리라 다짐했다. 그동안 본 것만으로 충분했다.

그런데 엄마와 아저씨의 결혼은 조금 다른 것 같았다. 이번에는 엄마가 특별히 더 신경 쓰는 것처럼 보였다. 혼인 신고까지 했으니 말이다.

예전에 엄마가 지은 밥은 유난히 맛이 없다는 얘길 한 적이 있다. 엄마는 부끄러워하기는커녕 오히려 아주 당당하게 이 단점을 이유로 밥하는 것을 거부했다.

"내가 한 밥은 맛이 없어서 사람들 입맛에 안 맞아."

우리는 물었다.

"그럼 밥하는 걸 배우든가. 왜 맛있게 만드는 방법을 안 찾아?"

엄마는 샐쭉거렸다.

"그런 능력이 없어."

결과적으로 아저씨와 결혼하고 반년이 채 안 되어서 엄마에게는 그런 능력이 생겼다.

당시 두 사람은 싸워야 할 일이라면 반드시 싸웠다. 하루는 엄마가 나에게 전화를 걸어 시내에서 요리책 몇 권을 사다 달라고 부탁했다. 알고 보니 아저씨가 밥도 할 줄 모르면서 무슨 여자냐고 욕을 했단다. 엄마는 울분을 터뜨렸다.

내 냉정한 눈으로 관찰한 바로 엄마는 여러 번 결혼했지만 이번처럼 밥하는 일로 마음을 쓴 적이 결코 없었다. 이번엔 진짜 사랑인지도 몰랐다.

세수를 하고 얼굴에 크림을 바를 때마다 엄마는 투덜대곤 했다.

"다바오! 이 보습크림을 벌써 몇 년째 쓰는 거냐고!"

엄마는 다바오 크림은 너무 건조해서 싫다고 했다. 아무리 발라도 안 바른 것 같다나. 그런데 어쩔 도리가 없었다. 다바오 크림 한 통을 7, 8년째 쓰고 있는데도 아직 남아서 버릴 수가 없었다.

평소 엄마는 세수하고 크림을 거의 바르지 않았다. 만약 바른다면 그날은 중요한 모임 때문에 화장을 해야 한다는 것을 의미했다. 그런데 그날은 딱히 큰일도 없었다. 저수지 쪽으로 가서 다른 쪽 땅을 둘러보는 게 다였다. 게다가 오토바이를 타고 가면 흙과 바람 때문에 아무리 요란하게 꽃단장을 해도 헛수고일 터였다. 뿐만 아니라 엄마는 머리까지 감았다. 용수 확보가 중요한 이런 비상시국에 말이다.

게다가 옷도 가장 폼 나는 옷으로 차려입었다. 가죽 신발도 광이 나도록 닦았다. 엄마가 온몸을 삐까번쩍하게 꾸미고 먼지투성이 게르에서 걸어 나왔을 때 문득 '개천에서 용 난다'는 말이 생각났다.

우리가 오토바이를 타고 아저씨가 관리하는 해바라기 밭으로 가니, 신이 난 아저씨가 달려오며 "와! 이게 누구야?" 했을 때 비로소 깨달았다… 그리고 바보 같은 나 자신을 욕했다.

엄마와 아저씨가 하루가 멀다 하고 세상 끝날 것처럼 싸운다고만 생각하면 안 된다. 싸우지 않을 때는 행복도가 상당히 높았으니까.

엄마는 유난한 잔소리꾼이었다. 아저씨가 일을 안 하면 주야장천 투덜거렸다. 일을 해도 불평은 끝나지 않다.

"일을 하면 하는 거지, 얼굴은 왜 그렇게 우거지상인데? 봐라. 죽어도 내키지 않는다는 저 얼굴. 그렇게 안 내키면 일을 하지 말든가. 그 뚱한 얼굴 누구 보라고 그러고 있냐고? 나도 당신이 웃어 주는 건 바라지도 않는데, 최소한 입꼬리는 위로 좀 올려 주지? …최소한 이빨 몇 개는 보여 달라고? …그리고 눈, 두 눈을 가늘게 떠 봐요. …그래. 그렇게. 쥐안아, 너 어서 와서 좀 봐라. 어서. 아저씨 웃는 거 진짜 좋다. 웃는 게 꼭 완두콩 꼬투리 같아."

사실 아저씨의 웃는 얼굴은 전혀 예쁘지 않았다. 그는 몇 년 전에 풍을 맞아 눈은 사시가 되었고 입도 조금 비뚤어졌다. 그뿐만 아니라 손발도 일반 사람처럼 움직이지 않아서 생활하는데에 불편한 점이 많았다. 예컨대 바지를 벗고 허리띠를 푸는것 말이다.

아저씨는 그 허리띠를 10여 년 동안 맸는데, 해바라기 밭 근처에서 끊어지고 말았다. 한동안은 미련이 남아 새 것을 살 수가 없었다. 어디서 주웠는지 애들이나 차는 얇은 캔버스천 허리띠로 매일 바지를 비끄러맸다(겨울철엔 털바지를 몇 개 더 껴입어야 해서 이곳 남자들은 모두 허리가 큰 바지를 입었고, 평소에는 반드시 허리띠를 매야 했다).

그런데 그런 허리띠는 매는 법이 좀 특이해서 아저씨에게는 아주 번거롭고 풀기가 어려웠다. 급하게 하려고 하면 할수록 더 풀어지지가 않았다. 그래서 매번 소변을 보기 전에 엄마에게 도움을 청해서 허리띠를 풀고 바지를 부여잡은 채 화장실로 향했다. 엄마가 없을 때는 어쩔 수 없이 마을 공중화장실로 달려가 밖에 서 있다가 지나가는 사람에게 풀어 달라고 부탁했다. 아저씨는 나이도 많겠다 얼굴이 두꺼웠다.

시간이 지나면서 마을 사람들이 그의 고충을 알게 되었다.

그 동네 젊은이들이 유난히 철이 들었다. 아저씨가 화장실 근처에 서 있는 걸 보면 대부분 자발적으로 가던 길을 멈추고는 어르신이 바지 벗는 것을 도와주었다.

나는 아저씨가 농사짓는 것을 반대했다. 그는 혈압이 높고 풍도 맞은 데다 마비까지 와서 1년을 누워 있다가 겨우 일어난 상태였다. 밭일은 오랜 시간 체력을 요하는 일이었다. 피곤하고 일이 너무 바쁘고 자칫해서 넘어지기라도 하면 뇌출혈이 올 수 있었다. 사실은 엄마도 이 부분을 걱정하면서 여전히 아저씨와 함께 위험을 감수하고 있었다.

어떤 의미에서는 그 둘은 똑같은 사람일지도 몰랐다. 도박하듯이 살고 있었다.

바람이 아주 거셌다. 두 사람은 서로를 부축하며 밭을 따라 걷고 있었다. 얼굴은 온통 흙먼지를 뒤집어쓰고 머리카락은 산발한 채 바람을 맞으며 앞으로 걸어갔다. 그야말로 못 말리는 한 쌍의 부부였다. 내가 카메라를 들고 있는 모습을 본 두 사람은 약속이라도 한 듯이 나를 향해 눈짓을 하고는 괴상한 모습을 연출하기 시작했다.

아무것도 상관없다는 듯이, 자신들의 난감한 모습을 감추려는 듯이 말이다.

닭

　우리 집 수탉은 아내 사랑이 지극해서 하루 종일 애지중지 암탉들의 보호자를 자처했다. 먹이 시간이 되어 암탉들이 우르르 몰려가면 맨 뒤에서 천천히 뒤따라갔다. 암탉들이 모이통에 따닥따닥 붙어서 열심히 모이를 먹을 때, 수탉은 그 주변을 빙빙 돌며 여기저기 두리번거릴 뿐이었다. 사복경찰이 정탐하고 있는 격이었다.

　녀석도 모이가 먹고 싶지만 참고 있는 게 보였다. 암탉들이 배불리 먹고 흩어지고 나면 그제야 녀석은 모이통에 남은 부스러기를 쪼아 먹었다.

　이 수탉은 마르고 작고 털도 윤기 없이 버석버석하다. 꼬리의 긴 깃털은 다 빠지고 마지막 한 가닥만 남았고, 볏도 오그라들어 한쪽으로 축 쳐져 있다. 그러나 여전히 왕다운 신비함을 지니고 있었다. 녀석은 자신이 유일한 수탉임을 자랑스러워하며 마지막 남은 꼬리 깃털을 한껏 세우고 암탉들 사이를 유유자적 걸으며 이 모든 것에 아주 흡족해했다.

엄마는 들판에서 50여 마리의 닭을 키웠다. 땅이 끝도 없이 넓으니 닭을 키워야겠다고 아주 단순하게 생각했다. 그런데 왜 5백 마리, 5천 마리가 아니라 50마리냐고? 그 이유 역시 단순했다. 닭 모이가 부족했다….

나는 엄마가 그렇게 많은 닭을 기르는 것을 극구 반대했다. 밀기울을 아끼려고 매일매일 밭에 가서 풀을 뜯다가 분통이 터질 지경이었다.

사실 내가 막 이곳에 왔을 때는 닭 10여 마리가 전부였다. 엄마는 닭들을 들판에 풀어놓고 자유롭게 돌아다니는 모습을 보는 게 기분 좋은 일이라는 걸 새삼 느꼈다. 마당에 가두는 것보다 풀어놓고 키우는 게 닭들의 건강에도 훨씬 좋다는 걸 알게 되었다. 내가 집에 돌아오자 내 노동력을 놀릴 수 없었던 엄마는 시내에 가서 중간 크기의 병아리를 몇십 마리나 더 사왔다. 아, 우리 가족은 어디로 이사를 하든 그곳에서 양계농을 꾸렸던 것이다.

엄마와 외할머니는 닭 기르는 것을 유난히 좋아했다. 우리 집이 6평 정도밖에 안 됐을 때도 닭을 키우자고 고집부렸다. 우리는 아파트에 입주해서도 닭을 길렀고, 유목민을 따라 사방의 들판을 전전하면서도 양계를 게을리 하지 않았다.

문제는 우리 집에 닭고기를 좋아하는 사람이 아무도 없다는 것이었다. 달걀 또한 거의 먹지 않았다. 닭은 길러서 뭐하는지 모르겠다.

아커하라촌에서는 정착 유목민의 생계를 돕기 위해 해마다 무료로 병아리를 나누어 주었다. 사람들은 자신들이 병아리를 기를 수 있는지 따져 보지도 않고 무료라는 말에 혹해 병아리를 받아 갔다. 닭을 기르는 것과 양을 기르는 것은 달랐다. 공짜로 받아 온 것에 전력을 쏟기도 쉽지 않았다. 결국 수많은 병아리가 며칠을 버티지 못하고 죽었다. 그해의 기나긴 겨울을 견뎌 낸 병아리는 몇 안 되었다.

그 이듬해, 엄마는 가게 입구에 닭을 산다는 팻말을 내걸었다. 곧바로 마을 사람들이 마지막 생존자들을 우리 집으로 보내왔다. 닭이 아니라 전쟁에서 막 돌아온 패잔병처럼 보였다.

하나같이 등에도 날개에도 겨드랑이에도 털이라곤 없었다. 마침 여름인지라 털이 빠진 곳은 모기한테 물려서 벌겋고, 더덕더덕한 상처 딱지는 소름 끼칠 정도였다(아커하라는 내가 경험한 곳 중 모기가 가장 많은 지역이었다. 그 밀도를 형용하자면 '시꺼멓다'라는 단어가 적합할 것이다. 그야말로 시꺼먼 모기 떼가 들판과 풀덤불 속을 날아다녔다).

게다가 몇몇 병아리는 추운 겨울을 보내면서 발톱에 동상이 걸려 두 다리만 남아 있었다. 녀석들은 밤에 닭장에 올라갈 수가 없어서 차가운 바닥에 누워 잠을 자다 보니 어느 순간부터 배 위에서도 털이 자라지 않았다. 운 좋게 살아남은 닭들 가운데 벼슬이 동상에 걸린 닭이 절반이 넘었다.

엄마는 몹시 마음 아파하며 그들에게 벌 받을 거라고 소리를 질렀고, 닭과 병아리를 살릴 수 있을지 없을지를 떠나서 일단 모조리 사들였다. 그런 다음 찢어진 침대보며 늘어진 커튼이며 낡은 옷이며 다 꺼내 와서는 이 벌거숭이들한테 옷을 만들어 입혀 주었다. 엄마는 베테랑 재봉사였다. 이 정도 일은 엄마에겐 아무것도 아니었다.

엄마는 이전에도 개들한테는 피임용 팬티를, 소들에게는 송아지가 젖을 떼도록 브래지어를 만들어 주었다. 모기와 추위를 피하기 위한 옷은 고심해서 만들지는 못했지만, 입혀 놓고 보니 벌거벗은 채로 지내는 것보다는 훨씬 체면이 섰다.

하지만 이 멍청이들은 옷이 자기들을 위한 것임을 몰랐다. 옷을 입히자 형장에 끌려가는 줄 알았는지 놀라서 도처로 뛰어다녔고, 제자리에서 몸을 빙빙 돌며 흔들어 댔다. 그래야 옷에서 벗어날 수 있다고 생각했던 게다. 나중에는 집 울타리의 갈라진 틈새를 비집고 왔다 갔다 했다. 옷이 벗겨지기를 기대하면서. 우리 엄마를 너무 얕본 처사였다.

시간이 지나면서 다들 적응했다. 녀석들에게는 이름이 생겼다. 빨간 옷을 입은 애는 '홍계', 녹색 옷을 입은 애는 '녹계'… 이런 식으로 모두 색으로 알아볼 수 있는 이름이었다.

매일 아침 닭장을 열면 빨강, 노랑, 파랑, 보라 닭들이 한꺼번에 우르르 몰려나왔다. 엄마는 이 닭 부대를 '거지 패거리'라고 불렀는데, 그 모습과 잘 맞아떨어지는 이름이었다. 볏도 없고 눈도 하나 없는 애들이 다리를 절룩거리며 이리저리 걸어가는데 너덜너덜한 옷까지 걸치고 있으니 말이다. 녀석들이 돌아다닐 때마다 마을 사람들은 놀라서 소리를 질렀다. "주여! 이게 대체 뭐야?" 나중에는 마을 사람들도 적응이 되어 본체만체하게 되었다. 외부에서 온 사람들만이 여전히 놀라워할 뿐.

한번은 이곳을 지나가던 운전기사가 알록달록한 무리를 보고는 깜짝 놀라 브레이크를 밟았다. 이처럼 보기엔 이상해도 나름 탁월한 효과가 있는 것이다. 이제 닭들은 낮에는 모기에 물릴 걱정 없고, 밤에는 추위에 떨지 않게 되었다(고비사막은 아침저녁 일교차가 크다).

두 달이 채 안 되어 닭들의 노출된 피부 부기는 점점 가라앉았고, 자홍색에서 연한 살색으로 되돌아왔다. 상처도 금방 아물고 딱지가 앉았다.

가을이 되자 녀석들 겨드랑이 아래 부분에서도 새 솜털이 자라났다. 이듬해, 날개 끝에 여전히 털이 없는 애들을 제외하고는 대부분 닭들의 몸이 털로 덮였다. 그러나 짧은 솜털이 전부였고, 그 이상 단단하고 넓은 깃털은 자라지 않았다.

어쨌든 모두들 잘 살아남았다. 하나같이 다 못생겨서 우리가 감히 먹을 수 없을 뿐이다. 사료를 절약하려고 엄마는 몇 번이나 닭을 잡으려고 했다. 하지만 칼을 들고 녀석들의 흉터가 남은 피부, 기형적인 다리, 비틀어진 닭 볏을 보고 있노라면…

진심으로 메스꺼워서 입을 댈 수가 없었다.

그래서 이 닭들은 이번 생에 모두 천수를 다하며 엄마의 봉양을 받게 되었다. 불행 중 다행인 셈이었다. 엄마는 해바라기를 심으러 들판에 나갈 때마다 닭 부대를 데리고 갔다. 이 닭 부대는 온갖 고생을 다 한 데다 특별히 전투적이어서 들판에 나오니 다들 늑대처럼, 호랑이처럼 보였다.

이들에 비하면 엄마가 키우던 닭들은 양갓집 규수였다. 그 양갓집 규수들도 들판에 풀어놓자 며칠 지나지 않아 드세지더니 결국 도적 떼로 돌변하고 말았다.

내가 모이를 주러 나가면 녀석들은 사방으로 털을 날리며 나까지 삼킬 기세로 폴짝폴짝 뛰었다. 사람들이 이렇게 난리를 쳤다면 매일 두세 번은 심각하게 짓밟혔을지도 모른다.

그중 한 마리가 유난히 흉악했다. 내 몸 어딘가에 살이 조금이라도 드러났다 하면, 잠깐 한눈 판 새에 득달같이 달려들어 물고야 말았다. 예전에는 거위에 물리는 것이 개에 물리는 것에 못지않다고 여겼는데, 닭 주둥이 역시 맘을 놓을 수 없다는 걸 알게 되었다. 그 고통이란! 녀석은 벌레 물 듯이 내 살을 물고서는 절대 놓지 않았다. 다리를 들어 힘껏 발길질을 해도 떼어 낼 수 없었다. 진정한 쌈닭을 만난 것이다.

오리

아커하라에 살 때, 인터넷이 안 되다 보니 생활하는 데에 조금만 어려운 문제가 생겼다 하면 바로 시내에 사는 친구에게 전화를 걸어 귀찮게 했다. 한번은 친구에게 반야(염장한 납작 오리-옮긴이) 만드는 법을 물어보았다.

친구가 말했다.

"내가 어떻게 아냐? 나도 해 본 적 없는데."

"인터넷 좀 검색해 줘."

"반야는 만들어서 뭐하게?"

"장기간 저장하기에 편해서."

"그럼 냉장고에 넣어."

"우리 집에 오리가 서른 마리야. 전부 잡으면 냉장고에 다 안 들어가."

"나눠서 잡으면 되지. 다 먹으면 또 한번 잡고."

"안 돼. 한번에 모조리 다 해결해 버려야 해. 녀석들이 너무 잘 먹어서 돼지 한 우리 키우는 것 같다니까. 사료도 얼마 안 남았어."

"그렇게 많이 키워서 뭐하게?"

"우리 엄마가 오리털로 옷 만들고 싶다고 해서."

"……"

"몇 마리 더 키워야 오리털을 충분히 뽑을 수 있어."

"으이구, 마트 가서 한 벌 사면 될 걸 가지고."

"그러게. 나도 그렇게 말했지. 그런데 우리 엄마 의심병 심하잖아. 마트에서 파는 옷에 좋은 털을 집어넣을 리가 없다고 걱정이시다. 엄마는 당신이 기른 것만 안심이 되나 봐. 게다가 엄마가 직접 재봉도 하시니 못 만들 게 없는 거지."

이상이 바로 우리 엄마가 오리를 기르는 이유였다.

오리를 기르는 일은 일단 놔두고 털 뽑는 얘기부터 해야겠다. 털을 뽑아 보고 나서야 나는 비로소 오리털 패딩이 면직물 옷보다 비싼 이유를 알게 되었다. 털 뽑는 일이 이만저만 어려운 게 아니었다. 얼마나 어렵냐 하면, 십자수를 뜯는 일과 비교해 볼 수 있겠다. 그러니까 "만리강산도萬里江山圖"라는 글자를 수놓은 20미터 길이의 십자수를 다시 뜯어내는 것 말이다. 20미터 길이의 천에 수를 놓는 건 그다지 힘든 일도 아니다.

닭털을 뽑으려면 닭을 끓인 물에 담갔다가 뭉텅뭉텅 뽑아내면 된다. 그러나 오리털을 상하지 않게 하려면 한 가닥 한 가닥 일일이 뽑아내야 했다. 먼저 길고 단단한 털을 뽑고 죽은 오리의 몸이 한 겹의 털로 덮여 있을 때부터 한 가닥씩 잡아당겨 뽑는다.

털을 뽑을 때면 온갖 생각이 들었다. 오리의 털이 자라는 원리와 과정, 오리털을 보관하는 방법은 어떤 화학 방정식보다도 복잡하고, 그 어떤 첨단 전자기기보다 정밀하며, 그 어떤 대형 건축물의 설계도보다 더 견고하고 안정적이었다. 이것은 대자연의 수천억 대작 중의 하나였다. 그런데 인간의 옷 한 벌을 만들기 위해 뽑아야 한다니….

오리털은 뽑기 어려웠다. 오리 한 마리의 채 절반도 뽑지 못했는데 털을 잡아당기느라 손가락이 남아나질 않았다. 오리 서른 마리의 털을 뽑고 나면 우리 모녀는 감정적으로 힘들었다.

당시 나는 일도 없고 수입도 없고 살 곳도 없었다. 엄마 집에서 지내려면 시키는 대로 해야 했다. 나는 지금까지도 오리를 길러 다운재킷을 만드는 것이 이치에 맞는다고 생각하지 않지만 그 어떤 발언권도 없었다. 엄마가 하는 일에 절대로 항의할 수 없었다.

어쩌면 털을 뽑는 더 좋은 방법이 있을지도 모른다. 그러나 나는 알 방법이 없었다.

고립된 들판의 작은 마을 아커하라에 사는 우리 엄마는 온갖 어리숙한 방법을 동원해서 다운재킷을 만들었다. 과거에 거친 황야의 산간 마을에 사는 가난한 사람들이 새 옷을 입고 싶으면 그 전에 먼저 면화를 심던 것과 비슷했다. 그들은 면화를 수확한 후 꼬아서 실을 만들고 천을 짠 다음 그걸 이고 산 넘고 물 건너 가서 염색을 했다. 3년째 되는 해에 비로소 새 옷을 몸에 걸칠 수 있었다.

문제는 지금은 21세기라는 사실. 어쨌든 오리털을 뽑았던 일은 지금까지도 마음속에 두려움으로 남아 있다.

집으로 돌아온 해에 엄마가 나를 '오리 사령관'으로 임명한 덕에 크고 작은 오리 서른여 마리를 돌보게 됐다. 나는 하루 종일 긴 막대기를 쥔 채 슬리퍼를 지르신고 개울 따라 오리 따라 뛰어다녀야 했다.

'거위 치는 여자'는 동화나 소설 속에 자주 등장한다. 그러나 '오리 치는 여자'는… 참으로 요상하게 들렸다. 오리들이 온종일 꽥꽥거리는 통에 죽을 지경이었다. 더 심각한 건 서른여 마리나 되는 오리들이 두 무리로 나뉘어 서로 땅을 차지하려고 시끄럽게 다투는데 떼어 놓을 수가 없다는 것이었다. 오리들 사이에 있으면 사령관으로서의 그 어떤 권력도 느낄 수 없었다.

오리를 기르던 첫해, 집 뒤의 개울은 오리들의 천국이었다. 오리 부대는 매일 물속에서 하루를 꼬박 보내다 보니 늘 하얗고 눈이 부셨다. 겨울이 되어 날씨가 추워지면 오리들은 따뜻한 우리에서 지냈다. 장장 반년간의 겨울이 지나고 나면 다들 눈도 코도 분간되지 않을 정도로 더려워져서 20년은 쓴 헌 걸레처럼 보였다.

이듬해 봄, 개울의 얼음이 녹기 시작하자마자 나는 곧장 이 걸레들을 물가로 몰았다. 오리들이 물을 보면 엄청 좋아하리라고 생각했는데, 전부 얼이 빠져서는 물가에 가만히 서 있기만 했다. 기껏해야 한두 마리만 물속에 머리를 잠시 집어넣었다 빼고는 고개를 돌려 깃털을 쪼아 대며 형식적으로 씻는 척을 했다.

아마도 녀석들은 물이 얼마나 좋은 건지를 잠시 잊어버린 듯했다. 며칠 더 기다려 보면 분명 좋아질 거라 생각했는데 착각이었다. 녀석들은 더 이상 물에 들어가지 않고 죄다 가뭄 오리가 되었다. 고작 물가로 달려가 물 몇 모금 마시는 게 전부였다. 이렇게 멍청한 오리들을 본 적이 없다. 나는 이 녀석들을 도와주기로 마음먹었다.

모든 오리들이 보는 앞에서 한 마리를 안아 올린 다음 물속으로 던졌다. 처음엔 분명 당황하겠지만 헤엄치다 보면 자연스럽게 물에 익숙해지리라 예상했다. 하지만… 나는 보고야 말았다. 녀석이 곧바로 가라앉는 것을.

오리가 돌멩이처럼 가라앉았다. 내 평생 처음으로 물속으로 가라앉는 오리를 보게 된 것이다. 오리는 계속 가라앉는가 싶더니 이내 작은 머리가 수면으로 떠올랐다. 물속에서 필사적으로 몸부림을 쳤지만 아무리 노력해도 머리만 나올 뿐이었다. 그렇게 긴 목이 보이지 않았다.

다행히 날개는 움직일 수 있었는지 아등바등 머리를 쳐들고 물 밑에서 죽을힘을 다해 발차기를 하며 간신히 물기슭으로 올라왔다. 알고 보니 오리들이 물을 잊은 게 아니라 자기들의 체중과 지방 비율의 변화를 너무나 잘 알았던 것이었다. 겨우내 한가하게 먹고 뒹굴거리다가 이 사단이 난 것이다.

다시 오리 잡는 얘기를 해 보자. 도살업자는 우리 엄마다.

"털옷을 벗고 무명옷을 입어라. 털옷을 벗고 무명옷을 입어라."

엄마는 주문을 외면서 칼을 내리쳤다.

'털옷을 벗고 무명옷을 입어라.' 이것은 외할머니가 가축을 잡을 때마다 외던 말이었다. 이번 생에는 짐승이었으나 다음 생에는 인간으로 태어나라는 주문이자 위로의 말이었던 셈이다. 이 주문은 외할머니가 엄마에게 남긴 중요한 유산으로 도살할 때 잠시나마 엄마의 마음을 편안하게 해 주었다. 도살을 마친 엄마는 침통해했다.

"피가 낭자하네. 정말로 피가 낭자한 하루였어."

예전에 엄마는 두려움 없이 가축을 잡았는데, 무슨 일이 있었던 건지 언제부턴가 가축을 잡지 못했다. 꼭 그 일을 해야 할 때면 다른 사람에게 부탁해서 처리하곤 했다. 도와줄 사람을 찾지 못해 어쩔 수 없이 직접 잡은 적도 있지만 나중엔 또 손도 대지 못했고, 그다음에는 마음을 다잡고 잡았고… 이런 일을 숱하게 반복했다.

엄마는 외할머니의 주문을 떠올린 뒤에야 다시 칼을 들었다. 이제 서른여 마리의 오리 중 네 마리만 남았다. 오리의 사체가 잔뜩 쌓였다. 이때부터 나는 구역질이 나서 오리는 먹고 싶지도 않았다.

오리 네 마리는 운 좋게 살아남았다. 그중 두 마리는 몸에 마비가 왔는데 엄마가 지금까지 잘 돌보고 있다. 우리 집의 가축들은 일단 생사의 고비만 넘기고 나면 안심하고 만년까지 편안하게 지낼 수 있었다.

해바라기 밭 주변의 오리들은 다운재킷이 아니라 수로 때문에 이곳에 배치되었다. 엄마는 어디에 머무르든지 간에 주변의 유한한 자원을 충분히, 끝까지 이용하는 사람이었다.

마지막으로 한마디만 더 하자면, 들판에서 오리를 기르는데서 오는 가장 큰 수확은 오리들의 꽥꽥거리는 소리가 아닐까 싶다. 오리 우는 소리는 닭 울음소리나 개 짖는 소리보다 훨씬 우렁차고 강한 생명력을 가졌다. 적막한 들판에서 오리들이 만들어 내는 한바탕 소란이 귓가에 들려오면 큰 기쁨이 느껴지곤 했다.

토끼

우리 집의 토끼는 개와 마찬가지로 사람 껌딱지였다. 늘 사람 주변에서 서성였다. 그중 한 놈은 잠시도 곁을 떠나지 않고 온종일 붙어 지냈다. 엄마가 밭에 일하러 가면 그 먼 길을 끝까지 따라왔다. 엄마가 토끼를 달래며 말했다. "너 어서 돌아가. 아직 한참을 더 가야해." 토끼는 주위를 두리번거릴 뿐 엄마 말은 듣지도 않았다. "너 신발도 안 신었구만. 그렇게 먼 길을 달려도 발 안 아프냐." 토끼는 별 관심 없다는 듯 귀를 흔들었다.

엄마는 앞을 향해 걷고 토끼는 왼쪽으로 뛰었다 오른쪽으로 뛰었다 하며 뒤따랐다. 독립적이고 생기발랄하며 자신감이 넘치는 녀석이었다. 그 빨간 눈을 감으면 이 세상에 남은 보석 한 알이 사라지는 것 같았다. 엄마는 기분이 좋았다. 아름다운 생명체가 자신의 뒤를 따른다고 생각하면 삶의 고단함과 슬픔이 잠시 뒤로 물러났다. 엄마는 자연스레 토끼의 걸음걸이를 흉내내며 걸었다.

토끼와 엄마 사이의 애틋함은 고독이 만들어 준 것이 아닐까? 드넓은 은하계가 지구를 따라 돌듯이 토끼와 엄마도 지구 한 끝자락에 자리한 해바라기 밭에서 방황하고 있었다. 서로가 서로에게 없어서는 안 될 존재였다.

엄마는 싸이후에게도 애틋한 존재였다. 그 애틋함은 엄마가 주는 안정감에서 오는 것이었다. 안정감은 언제나 어디서나 함께하고 싶은 간절한 마음이기도 했다. 싸이후는 토끼도 애틋하게 여겼다. 엄마가 태어난 지 얼마 되지 않은 토끼를 보여 주었을 때, 싸이후는 꿈결에 무언가를 만지듯 아주 천천히 입으로 살짝 새끼 토끼를 건드렸다. 이 생명체가 자기 자신이라도 되는 것처럼 그렇게 애틋할 수가 없었다. 싸이후도 이 세상에 태어나서 살아가는 모든 존재가 아름답다는 걸 아는 듯했다.

토끼는 굴을 파서 그 속에서 지낸다. 만약 토끼를 닭처럼 들판에 풀어놓는다면 지하에 거대한 토끼 왕국을 세우지 않을까? 그런 상상을 할 때면 나는 우리 집 토끼들이 집을 나가 돌아오지 않을까 걱정되었다. 실제로는 토끼를 기르면 기를수록 그 수가 급격히 늘었다. 그 첫 번째 이유는 엄마가 밥을 잘 줬다. 해바라기유를 짜고 남은 기름 찌꺼기, 밀알 부스러기와 옥수수 알, 우리가 먹던 채소 이파리가 토끼 차지가 되었다. 토끼들은 날이 저물기가 무섭게 집으로 돌아와 만찬을 기다렸다. 두 번째 이유는 토끼가 엄청난 번식력으로 한 달 동안 굴 하나가 찰 만큼 새끼를 낳는 바람에 기하급수적으로 그 수가 늘었다. 엄마는 녀석들이 해바라기 싹을 뜯어먹을까 걱정이었지만, 토끼들은 똑똑해서 해바라기 싹은 건드리지도 않았다. 이 싹을 뜯어먹으면 지금까지의 만찬은 사라지리라는 걸 아는 듯했다.

해바라기 꽃은 파종부터 수확까지 세 달이 걸렸다. 그 세 달 동안 어린 토끼는 어른 토끼로 자라 새끼를 낳았다. 토끼들에게 해바라기는 영원한 존재나 다름없었다.

우리에게 해바라기 밭이 영원한 존재가 아닌 적이 있던가? 세 달이 지나면 해바라기가 만들어 낸 것들이 우리를 살아가게 하는 자양분이 되어 주었다. 그렇기에 해바라기의 아름다운 모습은 결코 우리의 기억에서 잊히지 않고 우리 삶 속에서 언제까지나 함께할 것이다.

나는 이 남루한 집을 바라볼 때마다 문 앞의 흙길, 흙길 모퉁이에 핀 한 떨기 봉선화… 이 모든 사소한 것을 기억해 두려고 애썼다. 미래의 언젠가 틀림없이 이 순간을 떠올릴 것임을 알고서 마지막까지 욕심을 부렸다.

토끼는 아무런 근심걱정이 없었다. 토끼가 나를 들판의 깊숙한 곳으로 데리고 가면서 한 번씩 뒤를 돌아보았다. 나는 토끼를 내 마음속 깊은 곳에 담아 두고 싶었다. 토끼는 왼쪽으로 뛰었다 오른쪽으로 뛰었다 하며 물러서는 것 같았다. 나를 바라보는 토끼의 빨간 눈은 아이러니하게도 시리도록 차가웠다.

무성한 해바라기 밭에서 길을 잃은 토끼는 밤새도록 집에 돌아오지 못했다. 엄마는 잠을 이룰 수 없었다. 옷을 걸치고 게르 밖으로 나가 온 사방에 대고 고함을 쳤다.

"토끼야! 토끼야!"

그 밤은 유난히 길고 어두웠다. 해바라기 밭은 어둠 가운데서도 가장 짙은 어두운 강처럼 보였다. 토끼의 털과 눈에서 흐르던 밝은 빛이 가라앉아 버렸다. 꿈속에서 누군가가 토끼를 안고 갔다. 엄마의 고함에 멈칫했을 뿐 이내 뒤도 돌아보지 않고 가 버렸다. 그는 그렇게 아랑곳하지 않고 그 아득한 길로 사라져 버렸다.

이튿날, 토끼가 돌아왔다. 새하얗고 차분하고 새로운 모습으로. 들판의 낮과 밤은 다르다. 해바라기 밭의 빛과 어둠은 분명 서로 수억 광년 쯤 떨어져 있을 것이다. 유일하게 토끼만이 자유롭게 이 사이를 오갔고, 유일하게 토끼의 길만 막힘없이 열려 있었다.

우리는 낮에 토끼를 따라 이리저리 돌아다녔다. 하지만 밤이 되면 녀석은 사라져 버렸다. 토끼만이 지나갈 수 있는 문 앞에 서서 나는 이 거대한 몸뚱이와 마음의 짐 때문에 울상이 되고 말았다.

우리는 이곳을 떠나기로 결정했다. 엄마는 게르를 철거하고

양철 연통을 토막토막 분리해서 공터에 던져 놓았다. 토끼들은 이별이 다가온 줄도 모르고 갑작스러운 변화에 푹 빠져들었다. 연통이 동굴이라도 되는 양 기어오르기도 하고 그 안으로 들어가기도 했다. 얼마 지나지 않아 토끼들은 모두 까매졌다. 흰 털의 흔적은 조금도 찾아볼 수 없었다.

어느 나이 지긋한 토끼 한 마리는 엉덩이가 너무 컸던 나머지 연통에 끼어서 나오지를 못하고 처량하게 울부짖었다. 토끼는 말을 못 하는 줄 알았는데, 소리도 지를 수 있다는 걸 처음 알았다. 엄마가 그 소리를 듣고 달려와서 크게 웃고는 서둘러 연통을 세워 세게 내리쳤다. 한참이 지나서야 녀석은 그 안에서 나올 수 있었다.

마을

이번 이사는 말도 못하게 번거로웠다. 닭, 오리, 토끼, 개까지… 엄마가 해바라기 밭에서 멀지 않은 곳에 나를 위한 임시 거처로 흙벽돌집 단칸방을 마련해 준 덕에 처음 이틀간의 난감한 수고를 덜 수 있었다.

엄마는 나를 오토바이로 데려다주고는 낡은 끈에 묶인 오래된 열쇠를 찾아내 자물쇠를 열고 들어갔다. 방 안에는 낡아 빠진 나무 침대와 벽돌 화로밖에 없었다. 창틀에는 유리가 아닌 찢어진 비닐 천이 씌워져 있었고, 천장도 없어서 굽고 휘어진 서까래가 그대로 드러나 있었다. 여기에 뭐 지킬 게 남았다고 자물쇠까지 잠가 두었는지. 문밖에 빗장이 걸려 있을 뿐 다른 잠금장치는 없어서 집 안에서는 문을 잠글 수가 없었다. 그나마 문이 안쪽으로 열리면 막대기로 받쳐 더 열리지 못하게 막을 수 있지만, 문제는 문이 바깥쪽으로 열려서 손쓸 방도가 없었다. 엄마는 뚝딱뚝딱 한바탕 소란을 피우더니 문틀 안쪽에 대못을 박고는 어디서 주워 온 끈을 문 손잡이에 묶었다. 엄마는 한 번 더 문단속 잘 하라는 당부를 하고는 오토바이를 타고 떠났다. 나는 엄마가 마을에서 사라져 가는 것을 눈으로 배웅했다.

방 안으로 돌아와 침대 가장자리에 한참을 멍하니 앉아 있다가 짐을 풀었다. 아무것도 없는 침대 위에 이불과 요를 깔았다. 방을 치우고 싶었지만 빗자루가 없었다. 바닥은 그 어떤 마감도, 가장 싼 붉은 벽돌조차 깔지 않은 맨 흙이었다. 벽에는 석회도 바르지 않아 밀짚 쪼가리가 섞인 조잡한 벽토가 그대로 드러나 있었다.

침대 머리 맞은편 벽 위에는 빨간색 글자가 두 줄로 쓰여 있었다. "죽어도 사랑해. 더 이상 나를 아프게 하지 마." 이전에 이곳에 살던 한족 사람이 쓴 모양이었다. 외로운 젊은이였나 보다. 이곳은 카자흐스탄 사람들만 모여 사는 들판 깊은 곳의 아주 외지고 조용한 마을이다. 이런 동네에 세 들어 사는 사람이라면 주인을 따라와 공사 현장에서 일하는 노동자이거나 우리처럼 농사짓는 집의 고용인이었으리라.

나는 이불 안으로 파고들어가 그 두 문장을 쳐다보다가 스르륵 잠이 들었다. 자다 깨길 반복하다 보니 날이 밝을 때까지 몽롱한 상태가 계속되었다. 언젠가 이 침대 위에서 나처럼 잠 못 들고 뒤척였을 누군가의 인생을 떠올려 보았다.

이튿날, 나는 마을을 한 바퀴 둘러보았다. 딱히 지킬 건 없었지만 집을 나서기 전에 문을 걸어 잠갔다. 이 마을은 우룬구강 상하류 지역의 대다수 마을과 마찬가지로 유목 마을이었다. 여름이 되면 건장한 노동자는 전부 북방의 깊은 산속 목장으로 들어가고, 농가에는 한 두 명만이 남아서 꼴 재배지를 지켰다. 그래서 여름 내내 마을은 아주 조용했다. 관례에 따르면 모든 농가는 꼴 재배지 말고도 몇 평의 농경지를 받을 수 있었다. 그러나 대부분의 유목민은 농사에 익숙지가 않아서 외부인에게 땅을 세 주었다. 우리 집의 소작지도 이렇게 얻게 된 것이다.

마을은 조용하고 휑했다. 나는 마을 어귀부터 끝까지 걸으며 마을의 유일한 잡화점에서 딱 두 명의 사람을 보았다. 이 두 술꾼은 술잔을 들고 담 밑 그늘진 곳의 기다란 나무 걸상에 말없이 마주 앉아 있었다. 내가 다가가자 그들은 술 마시기를 멈추고 한참 동안 나를 묵묵히 살폈다.

상점의 나무 문은 이상하리만치 좁고 심하게 뒤틀려 변형되어 있었다. 창문은 낮고 작았으며 창틀 위에는 녹색 페인트가 얼룩져 있었다. 흙담장은 만든 지 오래되어 아랫부분이 깊게 패어 있었다. 집 전체가 땅 밑으로 30센티미터 정도 움푹 꺼져 있어서 안으로 들어서자마자 계단 아래로 내려가야 했다. 나는 한참을 주저하다가 문을 밀고 들어갔다. 상점 안은 아주 어두워서 한참을 서 있고 나서야 겨우 적응되었다. 나무판으로 만든 계산대와 매대가 보였고, 물건은 얼마 없었다. 뜻밖에도 물푸레나무 머릿기름 같은 오래된 제품이 있었다. 나는 몇 안 되는 제품을 둘러보다가 결국 아무것도 사지 않고 나왔다.

저물녘이 되어서야 엄마가 오토바이를 타고 나를 데리러 왔다. 나는 이불을 말아 오토바이 뒤에 묶고는 방을 열쇠로 잠갔다. 자물쇠를 잠그는데 마음속에 이별의 슬픔이 북받쳤다. 이상했다. 이 방에서 겨우 하룻밤 지냈을 뿐인데, 이 마을에 단지 반나절을 머물렀을 뿐인데도 아주 익숙한 뭔가가 느껴졌다.

새 집

마을을 출발한 엄마의 오토바이는 먼지 흩날리는 흙길을 따라 북쪽으로 내달렸다. 저 멀리 하늘 아래에 반짝이는 넓은 수역이 한눈에 들어왔다. 엄마와 나는 탄성을 질렀다. 가슴이 확 트였다. 그 순간 내가 꽉 막힌 채로 지냈다는 걸 깨달았다.

저수지에 도착하자 오토바이는 댐 위로 올라가 호수 기슭을 따라 바람을 맞으며 한참을 달렸다. 서쪽의 갈대밭으로 들어서자 전방의 푸른 숲에 수력발전소의 기계실과 직원 기숙사가 보였다. 기계실은 수문 옆에 바짝 붙어 있었다. 수문 아래로 폭포가 떨어지면서 만들어 낸 강이 동쪽에서 서쪽으로 흐르고 있었다. 강 저편으로 끝없이 오르락내리락 이어지는 사막이 보였다. 모래 언덕은 깨끗하고 매끄러웠다. 그 한가운데로 황혼의 노을빛이 드리웠다.

이쪽 언덕은 좁고 길게 이어지는 들판이었고 들판의 남쪽이 우리 해바라기 밭이었다. 밭 주변에는 키가 큰 미루나무와 낮고 무성한 사막대추나무 숲이 있었다. 엄마는 오토바이를 세우고 동쪽 숲으로 들어가더니 직원 기숙사 근처 공터에 발끝으로

원을 그렸다. "집은 이곳에 짓자." 순간 무엇 때문인지는 모르지만 가슴이 벅차올랐다.

엄마와 나는 숲에서 날이 저물 때까지 이삿짐 트럭을 기다렸다. 신호가 불안정해서 아저씨에게도 운전기사에게도 전화 연결이 되지 않았다. 우리는 점점 초조해졌다. 어둠 속에서 짐 정리하는 것도 걱정인데다 차가 고장 나서 무슨 일이 난 것은 아닌가 불안했다.

날이 아주 캄캄해질 때까지 기다렸다. 별이 총총 박힌 밤하늘이 점점 환해질수록 우리는 더 불안해져서 조용히 동남쪽 방향의 어둠 속에 시선을 고정시켰다.

또 한참이 지났다. 정신이 혼미해지는데 갑자기 날카로운 불빛이 어둠 속에서 밝게 비췄다. 불빛이 점점 더 밝아지면서 차의 엔진 소리가 들렸다. 우리는 그제야 안도의 한숨을 쉬었다.

달이 뜨지 않은 밤, 별이 총총하게 떠 있는데도 다섯 손가락이 제대로 보이지 않았다. 우리는 손전등을 켜고 조심스럽게 차에서 짐을 내렸다. 운전기사는 뭐가 못마땅한지 자꾸 짜증을 내며 아저씨와 다투고 있었다. 엄마는 이게 없네 저걸 놓고 왔네 하며 계속 투덜댔다. 듣고 있자니 피로감이 몰려왔다. 나는 기계적으로 움직이며 짐을 이리저리 옮겼다. 대낮의 희망과 열정은 완전히 사라지고 없었다.

갑자기 밤바람이 불어오자 사방에서는 날카로운 소리가 들려왔다. 기온이 뚝 떨어졌다. 우선 이불부터 찾아서 쉴 자리라도 만들어 놔야 할 것 같았다. 하지만 눈앞에는 새까만 한 무더기 물건이 여기저기 두서없이 널브러져 있을 뿐이었다. 엄마는 분노에 찬 지적질을 멈추지 않았고, 운전기사는 마지막 보따리를 던져 주고는 차에 올라타 문을 쾅 닫고 가 버렸다. 차가 떠난 뒤 바람은 더 거세졌고 주위는 더 어둡고 휑하게 느껴졌다. 우리는 침묵 속으로 빠져들었다. 손전등의 불빛은 희미해지고 있었다.

미래의 집은 그저 미래에나 우리를 보호해 줄 모양이었다. 지금 나에게 집이란 고작 너저분하게 어질러진 바닥이 전부였으며, 그 순간 내가 처한 고생스럽고 정신없는 상황은 영원히 끝날 것 같지 않았다.

낯선 곳

엄마가 수력발전소 직원 기숙사 뒤편 백양나무 숲에 게르를 세우기로 결정한 첫 번째 이유는 지대가 평평하고 토양이 건조해서였다. 두 번째 이유는 정부기관과 거리가 가까워서 안심이 되었기 때문이다. 결과적으로 엄마는 안심이 된 반면에 정부기관 간부들은 난감해졌다. 잊지 마시라. 우리 집에는 신발 수집가 쵸우쵸우가 있다는 사실을….

녀석은 사람 많은 곳에 오자 흥분에 휩싸인 채 솜씨 자랑을 시작했다. 이곳에 온 지 일주일도 채 안 돼서 우리는 수력발전소 직원들에게 노여움을 사고 말았다.

수력발전소 직원들은 보름에 한 번씩 교대로 출근했다. 이는 사람 중심적인 제도였다. 이렇게 황량하고 적막한 곳을 견뎌 낼 사람이 얼마나 되겠는가. 직원들은 보름이라는 기간을 어찌어찌 잘 견뎌 내면 기분 좋게 신발을 빨아 공터에 말리면서 깔끔한 모습으로 도시로 돌아갈 준비를 했다. 그런데 신발이 순식간에 사라졌다. 그들은 신발을 찾아 사방을 헤맸지만 결국 슬리퍼를 끌고 도시로 돌아갔다.

쵸우쵸우는 슬리퍼까지 가져갔다. 직원들은 맨발로는 돌아갈 수 없으니 결국 범인 잡기에 발 벗고 나섰다. 그때 쵸우쵸우의 범행 현장이 발각되지 않았다면 이 사건의 진상은 드러나지 못했을 것이다. 모두가 합심해서 개를 뒤쫓았다. 한참을 쫓았지만 결국엔 놓쳐 버렸다.

하지만 도망가 봐야 부처님 손바닥 안이었다. 모두가 우리 집으로 몰려와서는 씩씩거리며 엄마에게 따졌다.

"저놈이 물고 달아났어요. 잽싸게도 달아나네. 돌멩이를 던져도 물고 안 놔줘요."

나와 엄마는 그 얘기를 듣자마자 놀라고 화가 나서 쵸우쵸우를 불렀다. 엄마는 고함을 질렀다.

"쵸우쵸우! 고기 있다!"

녀석은 순식간에 왔다. 개는 돌아왔는데 신발은 없었다. 심문을 해도 쵸우쵸우는 입을 열지 않았다. 우리는 온 들판을 찾아 헤맸다. 찾은 신발도 끝내 찾지 못한 신발도 있다. 어쨌든 우리 집 체면이 이만저만이 아니었다.

"앞으로는 신발 간수 잘 하세요. 절대 밖에다 넣어놓지 마시고…."

엄마가 민망한 목소리로 말하자 직원들이 화를 내며 말했다.

"당신네 개나 간수 잘 하쇼."

엄마도 인정하는 바라 사과를 했고 바로 고개를 돌려 개를 된통 혼냈다.

사람들이 돌아가자 엄마는 나한테 불평을 늘어놓았다.

"얘를 어떻게 간수해? 자기들이 우리 집 개 좀 한번 간수해 보시지."

그러고는 이 멍청한 개한테 고기를 던져 주었다. 고기를 미끼로 녀석을 돌아오게 했으니 약속을 지킨 것이다. 그렇지 않으면 앞으로 녀석은 속아 주지 않을 테니. 이러니 엄마가 개 버릇을 잘못 들였대도 억울해할 게 없었다.

이곳은 외지고 조용했지만 남쪽의 들판에 비하면 꽤 번화한 편이었다. 성省에서 운영하는 버스 노선도 가까웠고 우룬구강도 가까웠다. 주위에 크고 작은 마을이 서너 개는 되었는데 제일 가까운 마을이 3킬로미터 떨어진 곳에 있었다. 막다른 지역(유일한 길이 저수지에서 끝난다)이다 보니 돌아다니는 가축을 찾으러 오는 이 말고는 사람을 보기가 힘들었다. 오히려 다른 마을의 개가 자주 싸이후를 찾아오곤 했다. 아쉽게도 체급이 맞지 않아 일이 성사되지는 않았다.

엄마는 걱정이 태산이었다. 번화한 지역으로 옮긴 뒤부터 불안이 심해진 것이다. 온종일 쉴 새 없이 도둑 걱정에 강도 걱정을 하며 투덜거렸다. 사실 엄마는 누구보다도 잘 알았다. 이렇게 가난한 동네에는 도둑도 강도도 얼토당토않다는 것을. 나쁜 사람도 없을 뿐더러 유난히 좋은 사람이 많았다. 이 작은 동네의 사람들은 뭐든 열심이었고 서로를 진심으로 대했다.

처음 이사 온 날 밤, 우리는 노천에 짐을 풀고 누워 밤새도록 뒤척였다. 그 소리가 상당히 소란스러웠는지 이튿날 날이 밝자마자 발전소 직원들이 게르 짓는 걸 도우러 왔다. 일손이 많아져서 금세 일이 마무리되었다. 그때 엄마는 상당히 들떠 있었다. 앞으로 사람들과 잘 지내며 살 수 있으리라는 예감이 든 것이다. 쵸우쵸우가 우리 얼굴에 먹칠만 안 했더라면 말이다.

나는 수력발전소에서 구체적으로 어떤 일이 일어나는지 알지 못했다. 다만 발전소 직원들이 아주 한가롭다는 건 확실히 알았다. 모두가 친절하다는 것도. 우리 게르가 너무 누추해서 그들의 동정심을 불러일으켰는지도 모르겠다. 여자 직원 한 명이 자주 놀러왔는데 매번 구운 빵이며 만두를 가지고 왔다. 우리가 평소에 먹는 게 변변찮아 보였나 보다.

이사 온 지 사흘째 되던 날 발전소 소장이 찾아왔다. 직원 기숙사에 빈 집 하나가 있는데 무료로 살아 보겠냐는 제안이었다. 당연히 들어가지요. 마침 추석이 다가오고 있었고 날은 하루가 다르게 추워지고 있었다. 낮에는 괜찮아도 저녁이 되면 온도가 급격히 떨어졌다. 이불을 두 겹으로 덮어도 부족했다. 갈수록 아침에 일어나기가 힘들었다. 게르는 바람을 막아 주기는 했으나 지붕이 없는 거나 매한가지였다. 우리가 기뻐하자 소장은 약간 난처해하며 말했다.

"그런데… 그래도… 일단 가서 보셔야죠."

가서 보고 나니 그의 마음이 이해가 됐다. 그 집은 아주 오랫동안 텅 빈 채 방치되었다. 문과 창문은 온전했지만 겨울에 인근 마을 사람이 줄곧 우사牛舍로 사용했던 터라 시멘트 바닥에는 소똥이 굳어 있었다. 나는 괜찮다고 말하고 집으로 돌아와 삽을 메고 가서는 대청소를 시작했다. 그러나 두 시간이 채 안돼서 포기하고 말았다….

한 겹을 파내면 또 한 겹이 나왔다. 파고 또 파도… 내 전투력을 과대평가했던 것이다. 사람들은 기숙사 복도를 지날 때마다 호기심 가득한 눈으로 쳐다보고 갔다. 한 시간 뒤에 다시 지나갈 때는 동정의 눈빛으로 바뀌어 있었다. 내 몸은 온통 땀범벅에 얼굴은 먼지로 뒤덮였다. 점점 지쳤고 갈수록 외로워졌다. 바닥을 파내면서 생각했다. 여기는 아마도 영원히 내 집이 될 수 없을 것이라고. 그래서 이렇게 나를 거부하는 것이라고.

문득 나를 제외한 이 세상 모든 사람이 부러워졌다. 이웃의 직원도 마을의 술주정꾼도 심지어 우리 집에서 고용한 단기 일꾼까지도. 그들의 일상은 안정돼 보였고 일하는 것도 아주 여유롭고 편안해 보였다. 이 사람들의 눈에 비친 나는 어떤 모습일까? 안경을 쓰고 하루 종일 더러운 작업복을 입은 채, 할 수 없다는 걸 분명히 알면서도 여전히 그 일을 위해 노력하고 있는 나는… 고집이 세고 또 연약한 나는….

나는 포기하고 말았다. 추우면 추우라지. 저 멀리서 우리 집 게르가 오래전부터 기다리고 있었던 것처럼 느껴졌다.

손님

이사 오고 며칠 지나지 않아 우리 게르는 이곳에서 아주 당연한 존재가 되어 있었다. 100년 전부터 이 자리를 지켜 온 것처럼 느껴졌다. 우리 집을 찾아온 첫 번째 손님은 술주정꾼이었다. 어디서 왔는지도 모르겠고 왜 왔는지도 모르겠다.

외지인인 우리에게 일 없이 찾아오는 사람은 없으리라 생각했다. 그런데 이곳에 사는 사람들에게는 손님으로 다른 집에 방문하는 것이 밥 먹고 잠자는 것처럼 일상의 한 부분이었다. 일이 있든 없든 상관없이 말이다.

첫 번째 손님은 술은 고주망태가 되도록 마셨어도 반드시 예의는 지키는 술주정꾼이었다. 그는 발전소 직원의 채소밭에서 아직 다 익지 않은 토마토를 몇 개 훔쳐서는 방문 선물로 정중하게 내 손에 건네주었다. 나는 한족의 사고방식으로 예의 바르게 거절했다.

"아이고, 미안하게 뭐 이런 걸 다… 이렇게 안 하셔도 되는데…."

그래 봐야 토마토 몇 개인데 계속 거절하는 것도 예의가 아니기에 예의상 세 번 사양한 다음 토마토를 받았다. 하지만 나는 이미 그를 화나게 만들었다. 그는 술냄새를 풍기면서 자기를 무시한 거 아니냐고 고함치며 따지고 들었다. 그의 진심 앞에서 예의상 하는 사양은 전혀 필요치 않았다. 놀란 나는 얼른 토마토를 받았다. 그러고는 부리나케 침대 앞 낮은 탁자 옆에 그를 앉히고 차를 대령했다.

우리 집에 있는 건 우롱차뿐이었다. 밀크티는 없었다. 게다가 비스킷 말고는 차와 함께 낼 그 어떤 먹거리도 없었다. 그는 전혀 개의치 않았다. 우리는 말없이 마주하고 앉았다. 그는 묵묵히 차 두 잔을 마시고는 술을 달라고 했다. 내 분명 이럴 줄 알았다! 그때 나는 집에 혼자 있어서 그가 원하는 대로 해 줄 수 없었기에 곧바로 사과하면서 거절했다. 진지하게 우리 집에 왜 술이 없는지도 설명했다. "우리 집에는 술 마시는 사람이 없어요. 아저씨는 고혈압이고 엄마는 심장이 안 좋고…."

그는 내 말이 끝나기도 전에 다리를 뻗더니 침대 밑의 물건을 발로 찼다. 나는 깜짝 놀랐다. 그것을 숨기기에는 이미 늦었다. 그는 호기심에 차서 허리를 굽혔다. "뭐가 엎어졌지? 뭐야? 술병이네?" 엄마가 술병을 숨겨 둔 것이었다.

엄마는 매일 저녁을 먹을 때마다 술을 몇 모금 마시면서 피로를 풀었다. 그 순간은 엄마가 하루의 노동을 마무리하는 행복한 시간이었다. 겨울을 나는 동안 엄마가 마신 술이 백주 25킬로그램이었다. 이 숫자는 아주 정확했다. 엄마가 한 해의 겨울이 시작하기 전에 25킬로그램짜리 술을 벌크로 사면 봄이 시작될 즈음엔 바닥이 보였다.

이 술주정꾼은 생각지도 않은 상황에 기뻐하며 나의 거짓말을 용서했다. 그는 내 거짓말이 그에게 무례를 범한 거라고는 생각하지 않았을지도 모른다. 다른 사람 말의 진위 여부를 판단하려고 해 본 적이 없을지도 모른다. 이런 거짓말을 수도 없이 들었을 테니 말이다.

그래도 다행인 건 그 술병에 술이 얼마 남지 않았다는 것이었다. 그는 반병을 다 마시고 나를 붙잡고는 지겹도록 실없는 소리를 한참 되풀이하다가 마침내 일어나 작별을 고했다. 내가 크게 한숨을 돌리려는데 그가 갑자기 반격을 가했다. 재차 사과하면서 자기가 술을 많이 마신 것 같다고 말하더니 내 침대 위로 몸을 던지고는 잠들어 버렸다.

내가 뭘 어찌할 수 있겠는가. 아무런 방법이 없었다. 문을 닫고 산책을 나오는 수밖에. 두 시간 후에 돌아와 보니 그 사람은 이미 가고 없었다. 북쪽 작은 숲속에서 그가 부르는 노랫소리가 들려왔다.

사람이 자주 드나드는 곳(열댓 명의 발전소 직원이 다지만)에 위치한 게르에서 생활하다 보면 내 일상이 다 노출되는 것 같아 불안했다. 고개를 숙여도 고개를 들어도 자유롭지 않았다.

그렇긴 해도 모두가 쾌활하고 마음씨 좋은 사람들이었고,

초라하고 남루한 우리 집을 따뜻하게 바라봐 주었다. 고된 삶의 현장인 우리 쉼터로 서슴없이 걸어 들어와 주었다. 내 마음속에 뭔지 모를 이상한 감동이 일었다. 우리 게르에 찾아와 손님이 되어 주는 모든 이에게 감사했다. 술주정꾼이든 발전소 소장이든 상관없었다.

추석에 소장이 우리 집에 찾아와서는 발전소 식당에서 점심을 먹자고 초대했다. 그들은 명절에 보너스도 받고 식사도 평소보다 더 잘 나온다고 했다. 이날은 닭도 한 솥 끓였단다.

"다 이웃 아닙니까. 다 함께 명절을 쇠는 거지요."

무척 감동했지만 엄마와 아저씨가 밭에서 일하고 계시고 나만 집에 있던 참이라 정중히 거절했다. 혼자서는 그 낯선 분위기 속으로 들어가고 싶지 않았다. 그날 밤, 우리는 맛있는 요리를 만들어 먹으며 둥근 달 아래에서 명절을 보냈다. 소장도 초대해서 함께 기쁨을 나눴다.

소장은 카자흐스탄 사람이었다. '문화대혁명' 시기에 태어나서 이름이 '거밍革命(혁명)'이었다. 풀네임은 '거밍피에커'. '피에커別克'는 카자흐 남자 이름에 자주 붙는 단어라고 했다. 정부 기관 간부인 거밍의 중국어는 아주 매끄러웠기에 모두가 즐겁게 이야기를 나눌 수 있었다.

거밍은 자기 고향이 칭기즈칸에게 항복했던 역사적인 장소라는 얘기를 들려주었다. 당시 그 마을이 칭기즈칸에게 항복하면서 모든 부족 사람의 엉덩이에 인장이 찍혔고, 노예가 되어 칭기즈칸을 따라 전쟁에 참전했다고 한다. 지금까지도 마을 사람들의 엉덩이에는 인장의 흔적이 남아 있다는데 물론 농담이었다. 그 뒤로 거밍의 마을은 분할되어 칭기즈칸의 여덟째 아들에게 돌아갔다고 한다. 나는 칭기즈칸의 여덟째 아들이 누구인지 모르는데도 갑자기 아주 거대하고 무거운 역사가 미미한 존재인 사람 몸 위에 남긴 흔적이 느껴졌다. 전설 속의 이야기와 역사적 사실의 세부가 서로 뒤엉켜 분간할 수 없었다. 그럼에도 선조들에 관한 이야기와 면면히 계승된 한 부족의 역사에 관한 희비는 고스란히 보존되어 있었다.

카자흐스탄 사람은 어릴 때부터 자기 위로 9대 조상들 이름을 외운다고 한다. 모든 사람은 자신의 역사를 제대로 알아야 하기 때문이다. 평범한 농민이든 가난한 농민이든 목장에서 흔히 볼 수 있는 검게 그을린 유목민이든 낡은 옷을 걸친 유목민이든 그들 뒤에는 조상들이 까마득하게 버티고 서서 그들의 말 한마디 행동 하나를 다 지켜보고 보호해 주고 있는 것이다.

그러나 우리처럼 족보에 오르지도 못하고 자신의 역사도 모르는 도망자의 후손(나는 할아버지와 외할아버지의 이름조차도 알지 못한다)인 한족은 어떤가. 우리는 출신에 신경 쓰지 않고 이리저리 돌아다니며 대충 마음 가는 대로 살아가고 있다. 게르 역시 아쉬운 대로 뚝딱 하고 만든 것이다 보니 어쩌다 손님이 찾아올라치면 그 누추함에 안절부절못했다. 이곳에 오래 머물지 않을 예정이기에 사람들과의 관계도 우리에겐 큰 의미가 없었다. 여기를 떠나고 나면 다시는 볼 일 없는 사람들일 뿐이었다. 이 마을은 농사를 짓다가 때가 되면 떠나는, 그저 스쳐 지나가는 곳일 뿐이었다. 특별한 목표 없이 남들 사는 모습 대로 뒤처지지 않게 맞춰 가며 하루하루 그냥 흘러가게 놔두는 삶인 것이다. 앞에 무엇이 있는지도 모른 채로. 정신을 차린 술주정 꾼만도 못하게.

화로

　남쪽 들판 한가운데에 있던 해바라기 밭에서 지낼 때 우리에겐 석탄 1톤과 LPG 한 통이 있었다. 저수지 쪽으로 이사를 왔을 때 석탄은 이미 얼마 남지 않은 상태였다. LPG 역시 반 통밖에 없었다. 다행히 저수지 근처는 수풀이 우거져서 도처에 부러진 나뭇가지가 널려 있었다. 우리는 땔감을 때서 밥을 해 먹기 시작했다. 적지 않은 돈이 절약되었다. 대신 나의 노동량이 늘어났다.

　땔감을 줍는 내 모습이 어떨지 모르겠다. 발전소 직원들은 내가 숲속에서 혼자 일하는 것을 봤다 하면 반드시 멈춰 서서 내 쪽을 바라보곤 했다. 직원들과 나 사이의 거리가 그리 멀지도 가깝지도 않아서 나를 참 곤란하게 했다. 그에게 달려가 아는 체 하자니 거리가 좀 멀고 모른 척 하기엔 너무 가까워서 철저히 무시하기가 어려웠다. 손에서 일을 놓고 그와 마주 선 채 그가 먼저 시선을 돌릴 때까지 기다리는 수밖에 없었다.

　나는 숲속에서 일할 때 큰 두건으로 온몸을 두툼하게 싸맸다. 강가 바람이 세고 나는 추위를 많이 타고 또 지나가는 사람들이 나를 알아볼까 두려웠기 때문이다.

발전소 직원 기숙사와 식당에 가본 적이 있다. 소박하고 깔끔하게 정리 정돈이 잘 되어 있어 안심하고 생활하기에 충분한 곳이었다. 뭔지 모를 질투심이 생겨났다. 나는 땔나무 한 무더기를 한곳에 쌓으면서 생각했다. '이 낭패하고 구질구질한 생활은 그저 잠깐이겠지'라고. 그러나 다시 생각해 보니 아주 오래전부터 지금까지 쭈욱 이렇게 살아온 것 같았다. 나는 지금까지 쭈욱 '잠깐' 이렇게 살아온 것만 같았다.

우리가 잠시 머물고 있는 집으로 돌아왔다. 나는 땔나무를 내려놓고 게르를 한 바퀴 돌았다. 방은 어질러져 있고 입구에는 잡동사니가 아무렇게나 널려 있고 닭들은 정신없이 왔다 갔다 하고 있었다. 나는 게르 주변을 걸으면서 정원 울타리는 어떻게 둘러놨는지, 정원 문은 어디에 냈는지, 강가로 통하는 길은 어떻게 깔았는지를 관찰해 보았다. 그리고 만일 우리가 오랫동안 이곳에서 살아가야 한다면 어떻게 이 집을 관리해야 할지를 구상해 보았다.

그러나 다음 달이면 떠난다. 지금 유일하게 할 수 있는 일이라곤 방을 정리하고 문 앞의 공터를 한 번 쓸고 방금 주워 온 땔나무를 세어 가지런하게 쌓아 두는 것이었다. 예전 같았으면 땔나무를 문 앞에 던져 놓으면 그만이었다. 사실 땔나무를 가지런하게 쌓든 아무렇게나 널어놓든 무슨 소용인가. 결국은 모조리 태워 없앨 것을.

나는 땔나무를 가지런히 놓고는 몇 발 뒤로 물러서서 몇 초 간 감상했다. 그러고는 그것들을 가지고 집 안으로 들어가 불을 피우고 밥을 짓기 시작했다.

땔나무를 때는 게 석탄을 때는 것보다 비용은 절감되지만 사용하기에 편리한 건 석탄이다. 땔나무를 땔 때는 계속해서 아궁이를 살피며 장작을 지켜봐야 한다. 게다가 땔나무는 연기가 심해서 화로를 잘 닦지 않으면 밥을 할 때마다 연기 때문에 눈물 콧물이 범벅이 되곤 했다. 어디 그뿐인가. 땔나무를 태우고 남은 재는 석탄재보다도 훨씬 많았다. 석탄을 땔 때는 하루에 한 번 재를 청소했지만 땔나무를 때면서는 하루에 적어도 세 번은 청소를 해야 했다. 물론 부지런한 사람에게는 뭣이 그리 대수겠냐만 게으른 사람에게는 정말로 귀찮은 일이었다.

땔나무든 석탄이든 나는 이 화로라는 물건이 참 좋았다. 사실 따지고 보면 가스레인지가 사용하기에 가장 편리하지만, 나는 가스레인지를 좋아할 수가 없었다. 점화 스위치를 돌리기만 하면 불꽃이 튀었다. 다시 한 번 돌리면 불꽃이 사라졌다. 말도 못하게 편리했다. 내가 화로를 떠나 생활한 지도 이미 오래되었다. 심지어 이제는 라디에이터와 가스레인지에 많이 의존하고 있다. 하지만 그래도 여전히 화로가 좋다.

기억 속의 그 숱한 겨울밤, 나는 추위 때문에 잠에서 깨어나곤 했다. 화로는 이미 꺼졌고 방 안의 한기가 딱딱한 뭔가로 내 몸을 압박하듯 덮쳐 왔다. 솜옷을 휘감고 침대에서 내려와 화로를 열어젖히면 불씨 한두 개만이 희미하게 반짝이고 있었다. 급히 재를 쏘삭거리고는 분탄 몇 덩이를 조심스럽게 불씨 위에 올려놓고 화로 뚜껑을 열어 공기가 통하게 해 주었다. 곧바로 연기가 모락모락 피어올랐다. 처음엔 환영처럼 보이던 불꽃이 점점 선명해졌고 서서히 온몸으로 열기가 전해져 왔다. 그렇게 화로 안의 불꽃을 바라보다 보면 시간이 훌쩍 흘러 버렸다. 이제 불꽃은 내 안에서 더 밝게 타오르고 있다.

북방 엄동설한의 깊은 밤, 화로는 내가 살았던 낮고 어두침침했던 집의 심장이었다. 따뜻하고 편안하고 쿵쾅쿵쾅 뛰는 그런 심장이었다. 겨울밤에는 불을 쬐면서 책을 읽다가 화로 위에 올려 둔 찐빵을 뒤집었다. 찐빵은 금빛으로 노릇노릇 익어 가다가 살짝 갈라졌는데 그 안에서 새하얗고 부드러운 소가 나왔다.

어두운 밤, 석탄은 까맣고 집 안의 들보 위는 더 어두컴컴해서 그 깊이를 알 수 없었다. 내 손바닥 위에 놓인 찐빵의 하얀 빛이 그 어둠과 대비되면서 세상 만물과 대립하는 것처럼 보였다. 찐빵의 구수한 냄새는 세상의 끝없는 추위와 맞서고 있었다.

나는 홀로 게르 안에서 저녁을 준비했다. 밀가루를 반죽하고 방망이로 밀고 전병을 한 장 한 장 만들어 냈다. 양손은 어떤 대단한 변화를 가져오지는 못할지라도 한 사람의 생명을 유지시킬 수는 있다. 다행스럽게도 식량이 대지 한가운데서 생산된 덕분에 음식이 화로 위에서 탄생한 것이다. 전병을 찍어 낸 다음 물 한 주전자를 끓였다. 나는 불을 끄고 화로 뚜껑을 닫고서 집에 돌아와 밥 먹을 사람을 기다렸다.

고 요

수력발전소 인근 들판에서 일어나는 일 중 가장 기이한 풍
경은 산토끼의 출몰이었다. 이곳으로 이사 온 뒤 싸이후와 쵸
우쵸우는 토끼를 잡느라 아주 바빠졌다. 녀석들은 온종일 매복
전과 포위섬멸전을 벌이면서도 토끼를 단 한 마리도 잡지 못했
지만 흥미가 줄어들기는커녕 외려 더 늘었다. 휴전하고 집에
돌아가야 할 때면 숨을 몰아쉬며 허겁지겁 목만 축이고는 곧장
나와 엄마에게 달라붙어 끙끙거렸다. 우리를 자기들의 장기전
에 끌어들여 토끼잡이를 더 하고 싶다는 신호였다.

지척에 널린 게 토끼였다. 토끼들은 깡충 뛰어오르거나 힘
껏 달리며 자유롭게 들판을 누볐다. 바람이 불면 풀잎이 흔들
리고 토끼 그림자도 덩달아 함께 흔들리는 듯했다. 토끼로 가
득한 들판은 어떤 모습일까? 생기 넘치는 풍경일까? 아니면
시끌벅적 소란스러울까?

딱 그 반대다. 아주 고요했다. 그 어떤 침묵이 토끼의 침묵
보다 더 클 수 있을까. 들판은 늘 고요했지만 토끼가 나타난 뒤
에야 이전의 침묵이 얼마나 몽환적이고 허무한 것이었는지를

알게 되었다. 그렇게 고요한 들판에서 바람이 불어와 풀잎을 흔들면 내 마음도 덩달아 일렁였고 흩어지는 구름을 보고 있노라면 순간 기분이 멍해졌다.

토끼가 나타나면 주변의 모든 것이 또렷해졌다. 공기가 점점 팽창하는 게 느껴지면 내 마음도 살짝 긴장되고 고막 역시 조금 팽팽해지는 것 같았다. 동시에 텅 빈 듯한 목구멍에서는 '아' 하는 소리가 가볍게 새어 나왔다. 그 소리는 곧 세상에서 가장 견고하고 확실한 무언가가 되었다. 순간 나는 온몸이 무거워져서 한 걸음도 움직일 수가 없었다. 그런데 토끼는 오히려 가볍게 깡총깡총 뛰면서 앞으로 나아가고 있었다. 토끼의 가벼움과 지금의 고요는 어딘지 모르게 닮아 있었다.

이때, 또 다른 토끼 한 마리가 나타났다. 두 번째 토끼는 커다란 돌멩이를 뒷다리로 딛고 선 채 꼼짝도 않고 주위를 살피고 있었다. 깊은 정적이 흘렀다. 세 번째 토끼가 나타나면서 고요는 더더욱 깊어졌다. 토끼가 점점 모여들수록 고요는 더 거대하고 투명해졌다. 그 고요가 얼마나 깊은지 고개를 살짝 드는 나의 미세한 동작도 엄청나게 크게 느껴질 정도였다. 방금 전에 내뱉은 '아' 하는 탄식은 사라지지도 적막 속에 녹아들지도 못하고 여전히 공기 중을 배회하며 고요 속에 걸려 있었다.

나는 이 들판의 적막에 수없이 압도당했지만, 내가 느낀 감정의 만 분의 일도 말로 표현할 길이 없다. 그 고요 속에 서 있던 내 마음은 복잡했고 혼란스러웠고 조급했으며 욕심으로 가득 차 있었다. 고요한 들판에서 수도 없이 느껴 온 그 적막에 나는 그만 말문이 막히고 말았다. 이 들판을 그토록 찬미해 왔건만, 여전히 이 들판과 내가 아무런 관계가 없음을 증명할 그 어떤 확실한 이유도 찾을 수 없었다.

산토끼의 눈동자는 파란색인 줄 알았는데 이곳 토끼들의 눈동자는 빨간색이었다. 곧 그 이유를 알게 되었다. 원래는 발전소 직원들이 이 토끼들을 키웠는데, 금세 그 수가 감당할 수 없을 정도로 늘었단다. 어쩔 수 없이 각자 풀을 찾아 먹도록 토끼들을 풀어 주었더니 녀석들은 점점 산토끼처럼 생활하며 결국에는 굴을 파고 거기에 새끼를 낳았더란다.

엄마는 이 산토끼들이 해바라기 밭을 망칠까 걱정이었다. 해바라기 씨가 완전히 다 익기 전에 어떻게든 토끼 요정들을 막아야 했다. 하지만 나는 다가오는 겨울이 걱정되었다. 아직 날이 따뜻하고 초목도 무성했지만 엄동설한이 닥치면 이 녀석들은 또 어떻게 살아간단 말인가? 진짜 산토끼가 아니기 때문에 혹독한 환경에서는 녀석들이 살아남기 어려울 것 같았다. 토끼가 뛰어다녔던 들판의 고요한 정경은 어쩌면 토끼들이 만들어 낸 생명의 마지막 모습일지도 모르겠다.

수력발전소 근처로 이사 온 뒤로 우리 집 토끼들은 더 이상 밖으로 나가지 못했다. 엄마가 녀석들이 산토끼한테 해코지라도 당할까 봐 걱정했기 때문이다.

나는 매일매일 클로버를 한 광주리씩 뽑아다가 토끼들을 먹였다. 하지만 토끼들이 너무 빨리 자라고 쉴 새 없이 새끼를 낳는 바람에 한 달도 채 안 돼서 내가 준비해야 하는 클로버가 두 광주리로 늘었다. 이곳은 발원지와 가까워서 식생이 풍성했지만 토끼들의 번식력을 당해 내지는 못했다. 일주일 뒤에 그 인근에는 클로버가 한 뿌리도 남지 않았다. 나는 해바라기 밭의 북쪽과 서쪽까지 가서 풀을 뜯어야 했다.

이곳에는 참새도 많았다. 엄청난 수가 빼곡하게 무리를 이루어 한 나무에서 다른 나무로 우르르 날아다녔다. 어쩌다 이곳을 지나는 기러기 떼도 가지런하고 장엄하게 맑고 깨끗한 하늘을 날아갔다.

강의 북쪽 모래언덕은 풀이 한 포기도 자라지 않아 반질반질 빛났다. 그곳에 갔을 때, 보드랍고 매끄럽게 흩날리던 모래가 내 발걸음을 따라 천천히 움직였다. 모래언덕 꼭대기에서 보는 하늘은 모래언덕 아래에서 보는 하늘보다 훨씬 더 파랬다. 저 멀리 강변에서는 물오리가 꽥꽥 울어 댔다. 숲속의 초지에서는 실새삼이 자라고 있었다. 실새삼은 독초의 일종이지만 나는 그것이 싫지 않았다. 섬세하고 정교한 잎, 옅은 금빛 가지, 순백의 작은 꽃이 피는 실새삼을 노래한 시도 있다. "그대가 겨우살이면 나는 새삼꽃." 그러고 보면 이 실새삼 꽃이 상징

하는 사랑은 이 시구에만 있는 게 아니라, 지금 눈앞의 아름답고 유약한 모습에서도 고스란히 느껴졌다.

　나는 낫으로 클로버를 한 아름 베고 실새삼도 뜯었다. 그때 근처를 지나가는 산토끼들이 내 시선을 사로잡았다. 나는 가만히 있었다. 바람이 거친 소리를 내며 내 귓가를 스쳤다. 머리카락이 휘날리며 온 얼굴에 부딪혔다. 이 세계가 세차게 휘몰아치는 거대한 강의 물결 속으로 가라앉는 느낌이었다. 풀 한 광주리를 뽑고 몸을 곧게 폈을 때, 내가 지금 당장 해야만 하는 일이 어쩌면 억만 년 후 이 대지의 운명과 아주 밀접하게 연결되어 있다는 생각이 들었다.

휴대폰

내 싸구려 산자이 휴대폰은 예쁘지도 않고 무겁고 화면 한쪽이 깨졌지만, 그 생명력만큼은 끈질겼다. 물에 몇 번이나 빠뜨렸는데도 건져 내면 잘 작동됐다. 한번은 몇 시간 동안이나 물에 잠겨 있었는데도 말리고 나니 쓰는 데 전혀 문제가 없었고 배터리도 멀쩡했다. 촬영 기능도 뛰어났고, 사진의 색감도 실제 색감보다 훨씬 드라마틱했다.

스피커의 음질도 깨끗하고 안정적이었다. 혼자 들판에서 클로버를 캘 때면 휴대폰 스피커에서 흘러나오는 익숙한 선율 덕분에 큰바람 속에서도 마음이 편안했다. 이 휴대폰에 의존하는 나를 발견할 때면 깜짝 놀라곤 했다. 나는 항상 휴대폰을 가지고 다녔다. 나에게 전화를 거는 이가 없어도 신호가 안 터지는 곳에 가더라도 말이다.

나는 사진도 찍고 음악도 듣고 문자메시지도 확인했다. 나는 해바라기 밭에 푹 빠졌고 고독 속에 빠졌고 해바라기 밭과 고독 이외의 세계에 빠졌다. 휴대폰은 나에게 어떤 열쇠 같은 중요한 존재였다.

어느 날 휴대폰을 잃어버렸다. 풀을 베고 집에 돌아와서 휴대폰이 없다는 것을 깨달았다. 순간 이 휴대폰과 관련된 과거의 모든 시간이 전부 사라진 것만 같았다. 이 휴대폰 없이는 미래로 한 발자국도 더 나아가지 못할 것 같았다. 내 방대한 과거와 미래가 휴대폰과 연결되어 있었다. 어쩐지 내 자신이 그토록 나약하더라니.

내가 늘 풀을 베러 가는 들판에서는 신호가 안 잡히기 때문에 벨소리로 휴대폰을 찾기란 불가능했다. 그렇다고 원래 왔던 길을 되돌아갈 수도 없었다. 사방에는 갈대가 무성하고 들풀이 어지럽게 피었고 들판의 높낮이도 고르지 않았다. 무엇보다 아예 길이 없었다. 풀을 베다 보면 고개 한 번 들 새 없이 클로버를 따라 더 멀리까지 가곤 했다. 한 광주리 가득 베고서 고개를 들면 내가 어디에 있는지 알 수 없었다.

엄마도 아저씨도 휴대폰 찾기는 어려울 거라 말씀하셨다. 풀 한 포기 나지 않는 곳에서도 작은 휴대폰 하나 찾기가 모래사장에서 바늘 찾기처럼 어려운데, 온통 풀 천지인 이곳은 오죽할까. 나뭇잎이 우거진 이곳에서는 참빗으로 빗질을 한다 해도 소용이 없었다.

나도 알았다. 그래서 휴대폰과 영원한 이별을 준비하는 마음으로 사흘간 그 일대를 헤매고 다녔다. 때로는 그 안의 사진이, 때로는 문자메시지가, 때로는 내려받은 노래 한 곡이 생각났다. 다시 한 번 휴대폰을 떠올렸을 때는 그 슬픔이 어느 정도 옅어졌다. 그러나 이 '상실'은 이제 막 시작일 뿐이었다.

유일한 위안은 이런 외진 곳에서 잃어버렸으니 영원히 누군가가 주워 갈 일은 없다는 것이었다. 최소한 올해는 그럴 리가 없었다. 우리 가족과 곧 이곳에 다다를 유목민과 그들의 소와 양을 제외하고는 더 이상 이곳에 발을 들여놓는 이는 없을 것이었다. 발전소 직원들도 일없이 이곳으로 오는 일은 없었다.

해바라기를 수확하고 게르를 철수하면 눈이 온 대지를 덮을 테고, 겨울 내내 이곳은 세계와 단절될 것이다. 2년 후, 3년 후… 누군가가 휴대폰을 줍는다 해도 그때쯤이며 그것이 무엇인지 알아보지도 못할 것이다. 어쩌면 그때는 이 휴대폰이 세상에서 퇴장했을 뿐 아니라 휴대폰이라는 것 자체가 이 세상에서 사라졌을지도 모른다.

시간이 얼마나 흐른 뒤의 일이 될지는 모르겠다. 휴대폰을 주운 사람은 이게 무엇인지 알지 못할 것이다. 내가 어떤 노래를 좋아했는지도, 그 안의 사진이 내게 얼마나 소중한 순간이었는지도, 그 안의 전화번호가 나에게 어떤 의미인지도, 이 세상에 어떤 사람이 존재했었는지도 모를 것이다. 결국 이 세상과 나를 연결하던 물건이 영원히 사라지고 말 것이다. 휴대폰을 주운 사람은 호기심 어린 눈으로 휴대폰을 살펴보다가 바로 던져 버릴 것이다.

강가의 바람은 무척 셌다. 특히 한밤중에는 게르를 날려 버릴 듯이 불어 댔다. 광풍 속에 서 있으면 바람이 부는 쪽으로 비틀거리며 계속 나아갈 수밖에 없었다. 온 천지는 거센 바람 소리로 가득했으며, 거대한 강의 물결이 천지 사이를 지나고 있었다. 다행히 우리는 돌 말뚝에 단단히 묶인 게르 덕분에 안전했다.

이런 바람은 보통 한두 시간이면 잦아들었다. 바람이 멈추면 세상은 온통 먼지로 뒤덮여 사람들은 기침을 해 댔다. 잠잠해진 뒤에 밖으로 나가 보면 바람은 이미 저 하늘 위로 사라져 있었다. 강물은 별이 총총한 하늘로 올라가 거꾸로 흐르는 듯했다. 광풍이 한바탕 휩쓸고 간 밤하늘은 찬란하게 빛났다. 은하수가 쏴아 하는 소리를 내며 흘렀다. 큰바람이 지나간 하늘은 맑은 날의 하늘보다 눈부시고 찬란했다.

나는 또 휴대폰을 떠올렸다. 바람이 풀과 나뭇잎을 흔들면 휴대폰도 이런 하늘을 바라보겠구나, 생각했다. 휴대폰도 아름다운 풍경을 놓치지 않으려고 할까? 휴대폰도 하늘의 별을 보며 촬영 기능을 켤까?

바람이 잦아들고 나니 비가 올까 걱정이었다. 나는 매일 구름의 변화를 살피며 휴대폰을 덮고 있을 이파리들이 영원히 그 휴대폰을 지켜 주기를 남몰래 소망했다. 설령 내가 그 휴대폰을 영원히 찾을 수 없게 될지라도.

휴대폰을 찾으러 다니면서 쵸우쵸우가 숨겨 놓은 온갖 물건을 발견했다. 갈대밭과 모래톱에 널려 있는 돌무더기 사이에 신발은 말할 것도 없고 가족들의 털바지까지 있었다. 어떤 털바지의 바짓단은 쵸우쵸우가 너덜너덜해지도록 물어뜯어 놓았다. 그래도 일찍 발견했으니 망정이지, 곧 기온이 뚝 떨어질 텐데 입을 옷도 없을 뻔했다.

이뿐이 아니다. 평범하지 않은 무늬와 형상이 새겨진 예쁜 돌도 많이 주웠다. 내가 발견한 모든 아름다운 것은 하나같이 무거웠다. 나는 빈손으로 집을 나섰다가 무겁게 집으로 돌아왔다. 호주머니는 물건으로 가득한데 마음속엔 여전히 아쉬움이 남았다. 나는 돌멩이 하나하나를 손에 쥐고 살펴보았다. 신비로운 돌멩이를 바라볼수록 궁금증이 커졌다.

돌무더기 안에서 휴대폰을 찾았다. 휴대폰은 가장 아름다운 흑백 돌멩이 가까이에 붙어 있었다. 이 돌멩이가 내 휴대폰을 찾아 준 것만 같았다. 아주 오래도록 내 휴대폰을 지켜 준 것만 같았다. 오랫동안 햇볕에 달궈진 휴대폰은 아주 뜨거웠다. 얼마나 많은 개미와 도마뱀이 호기심을 뒤로한 채 이 위를 지나다녔을까.

나는 한 손에는 휴대폰을, 다른 한 손에는 돌멩이를 쥐었다. 처음엔 감동이 밀려오더니 점차 행복감이 차올랐다. 그러다 문득 허망해졌다.

돌멩이

나는 돌멩이를 좋아한다. 내가 '좋아한다'는 이유로 돌멩이는 예쁜 것과 안 예쁜 것으로 나뉜다. 내가 '좋아한다'는 이유로 세계는 살짝 균형을 잃었다. 다행히 나의 '좋아하는' 힘은 미약해서 현실 세계에 영향을 주기에는 역부족이었다. 기껏해야 돌멩이 두 개의 운명에 영향을 미칠 뿐이었다. 나는 한참 동안 돌멩이 두 개를 비교해 본 뒤 하나를 포기하고 다른 하나를 가졌다. 그런데 내 것이 된 돌멩이는 정말로 내게 속하는 걸까? 그렇지 않았다. 그저 잠시 나와 함께하게 된 것일 뿐 오롯이 내 것이 될 수는 없었다.

좋아하는 마음과 욕심의 다른 점은 무엇일까? 홀로 광풍 속을 걷다가 강기슭 맞은편의 금빛 모래 언덕을 바라볼 때면, 더없이 짙푸른 가을 하늘에 떠 있는 반투명의 둥근 달을 바라볼 때면… 그동안 스스로 굳게 믿어 왔던 것들이 어쩌면 사실과는 다를 수도 있겠다는 생각이 들었다.

훨씬 더 황량한 겨울 목장에서 생활할 때, 나는 여가 시간이면 사막을 산책하며 아름다운 돌멩이 찾기에 빠져들곤 했다.

한 유목민이 천연색 돌멩이를 가지고 노는 나에게 말을 걸었다.

"돌멩이가 돈이 됩니까?"

내가 대답했다.

"돈은 안 되지만 예쁘잖아요."

그는 못 믿겠는 눈치였다.

"이런 일들은 당신들 한족이나 알지요. 당신들은 보기만 해도 어떤 돌멩이가 값이 나가는지 알잖아요. 몇백 킬로미터나 되는 길을 운전해서 이곳 고비사막까지 와서 돌멩이를 주워 가고 말이죠. 우리는요, 대대손손 이곳에서 양을 치며 수많은 돌멩이를 밟고 지나가기나 하지 아무것도 몰라요. 별수 없죠, 우리는 아무것도 모르니까요. 우리가 주운 돌멩이를 내다 팔 줄도 모르고."

그는 소수의 사람들이 돌멩이에 관한 어떤 비밀을 쥐고 있다고 굳게 믿었다. 그는 내 돌멩이 하나를 집어 올려 유심히 살펴보더니 자신의 운명을 개탄했다.

"저는 그저 돌멩이의 색깔이 좋을 뿐이에요. 보세요. 아주 붉잖아요."

내가 이렇게 말해도 그는 믿지 않았다.

엄마가 등에 돌 두 덩이를 지고 나를 보러 아러타이시로 왔다.

"이게 뭐야?"

내가 묻자 엄마는 흥분을 감추지 못하며 대답했다.

"고. 비. 옥."

내가 또 물었다.

"나더러 그걸로 뭐 하라고?"

엄마가 말했다.

"너한테 주는 게 아니고 그냥 너한테 보여 주려고 가져온 거야."

엄마같이 외진 땅에 사는 촌사람조차도 돌멩이를 팔기 시작한 것이다. 북방 지역을 오가는 216국철이나 217국철은 황량하고 광활한 도로를 지나는데, 그 도로변에 거의 100미터 간격으로 돌멩이를 파는 노점이 세워졌다. 온통 먼지로 뒤덮인 돌멩이는 겉으로 보기엔 평범하기 짝이 없지만, 쪼개는 순간 투명하고 환상적인 모습이 드러났다.

나는 소위 '가치'라는 것은 겉으로 드러나는 아름다움이 아니라, 숨겨진 모습에 있다는 생각을 했다. 그들은 이런 돌멩이를 '고비옥戈壁玉'이라고 불렀다.

이곳에는 고비옥이 정말 많았다. 엄마는 쓰촨으로 돌아가기 전에 고향 친지며 친구들에게 어떤 특산품을 사다 줄지를 고민했다. 실용적이면서 체면도 세울 수 있는 물건이라야 했다. 고민 끝에 엄마는 우리 집 담장 아래 지반에서 돌멩이 한 덩이를 뜯어냈다. 엄마는 그 돌멩이를 안고 옥석을 가공하는 시내의 석공소를 찾아가서 100위안을 들여 팔찌를 만들었다. 그러고는 고향으로 가서 사람들에게 팔찌를 나누어 주었으니 마음 넉넉하기가 이를 데 없었다. 사람들은 팔찌를 차고 흐뭇해하다가도 언뜻언뜻 미심쩍은 듯한 표정을 내비쳤다.

솔직히 말해 액세서리로서 고비옥은 전혀 예쁘지 않았다. 빛깔과 광택도 지저분하고 조잡했다. 비록 이름에는 '옥玉'이 붙었지만 진짜 옥은 아니었다. 옥은 훨씬 더 매끄럽고 섬세하며 보드라운 광택이 났다.

들판에서 고비옥은 확실히 아름답고 눈부셨다. 하지만 들판을 떠나고 나면, 순수한 파란 하늘과 거친 대지를 떠나고 나면, 그 아름다움도 순식간에 사라져 버렸다.

아러타이에서 가장 멀리 떨어진 도시인 하이난성의 싼야에서 나는 우리의 고비옥을 본 적이 있다. 사람들이 길거리에서 한 수레 가득 쌓아 놓고 팔았다. 각종 액세서리가 세 개에 10위안이었다. 플라스틱 제품처럼 어떤 특징도 없고 저렴했으며, 다 비슷비슷해 보였다.

이 들판에는 정말로 고비옥이 많은가? 돌멩이를 하나하나 세다 보면 어쩌면 이 광활한 들판을 채우고도 남을 것 같았다. 온 천지가 돌멩이로 가득 차서 발에 차일 정도였다. 우리 집 담장 아래에도 엄청나게 쌓여 있었다. 엄마가 담장을 무너뜨려 모조리 다 팔찌로 만든다면 몇만 개는 팔 수 있으리라. 한쪽에 서는 고비옥이 산을 이루고 바다를 이루었지만, 다른 한쪽에서 는 대지에 구멍이 숭숭 뚫리고 있었다.

이제 시작에 불과했다. 사람들은 휴일에 나들이 가는 셈치 고 교외로 나가서 돌멩이를 주우며 놀았다. 그들은 차를 도로 변에 세우고 행운을 기대하며 대지 위를 샅샅이 뒤졌다. 나중 에는 이 일에 전문적으로 나서는 사람들도 생겼다. 그들은 더 먼 곳으로, 더 깊은 곳으로 들어갔다. 대지 구석구석을 뒤지며 돌을 그러모았다. 처음에는 자그마한 트랙터를 몰고 들판으로 갔고, 나중에는 굴착기를 몰고 들어갔다. 어쩌면 미친 듯이 돌 을 캐낸 결과가 '세 개에 10위안'이었으리라.

길거리에서 산책하던 어린 연인들이 웃고 장난치며 액세서 리 세 개를 골랐다. 그걸 들고 집에 가서는 액세서리의 신선함 이 사라지자마자 구석에 처박아 둘 것이다. 그건 그저 예쁘지 도 비싸지도 않은 물건일 뿐이었다.

하지만 나는 이 평범하고 작디작은 옥석 조각들 속에 웅장 하고 기구한 역사가 있음을 안다. 나는 이 돌멩이가 대지진을 겪으며 부서지는 것을 보았다. 억만 년 동안 바닷물에 세차게 부딪치는 것을 보았다. 바닷물이 마른 뒤에는 진흙에 묻힌 채 썩어 가는 것을 보았다. 돌멩이는 바람에 쓸리고 햇빛에 그을 리다가 어느 날 평범한 하류 변의 흙구덩이에 박히게 되었다.

나는 돌멩이에 대한 마지막 기억 하나를 소환했다. 땅이 무자비하게 파헤쳐지고 돌멩이처럼 생긴 동굴이 무너지는 것을 보았다. 벌레들이 사방으로 뿔뿔이 달아나고 식물의 희고 보드라운 뿌리가 뜨거운 햇볕 아래 그대로 드러나는 것을 보았다. 굴착기가 끊임없이 땅을 파헤치며 돌멩이를 들춰냈다.

집이 무너져 궁지에 몰린 개미들은 입에 알을 물고 여왕개미를 엄호하며 갈팡질팡했다. 개미집이 무너진다는 건 한 왕국의 멸망을 의미했다. 수억만 개의 개미집과 벌레굴이 섬멸되면서 수억만 미물의 경악과 원한이 천지 사이를 떠돌았고, 결국 갈 곳을 찾지 못하고 고비옥에 들러붙었다. 고비옥의 빛깔과 광택 위에도, 미세하게 갈라진 모든 틈새에도 들러붙었다.

그래서 고비옥의 색깔이 어둡고 칙칙했던 것이며, 그래서 고비옥으로 만든 액세서리는 단 한 번의 충격에도 부서져 버렸던 것이다. 하지만 이 도시의 어느 누구도 한밤중의 거리가 왜 이토록 슬프고 아득하게 느껴지는지 몰랐다. 고비옥을 무더기로 쌓아 놓고 파는 노점을 지나면서도 그 이유를 알지 못했다.

작년의 가뭄으로 농사뿐 아니라 목축업도 막대한 타격을 입었다. 한 나이 지긋한 유목민이 가슴 아파하며 원망을 토로했다. "돌멩이를 주워 가서 그래. 이게 다 그 돌멩이를 주우러 온 자들이 망친 거라고." 그는 돌멩이를 주워 간 것이 대지의 생태를 바꿔 놓았고, 돌멩이가 기후변화와도 밀접한 관계가 있다고 생각했다. 이 유목민의 생각은 한족이 말하는 '풍수설'과도 비슷했다. 비록 미신이긴 했지만 엄마는 일말의 주저함도 없이 그의 말에 동의했다. 엄마 역시 흉년의 피해자였기에 재해에 관한 이러한 해석을 전적으로 받아들였다.

사실 엄마 역시 돌멩이로 돈을 벌겠다는 환상을 품은 사람이었다. 고비사막에 살았던 엄마는 외지에서 온 차들이 남쪽 들판으로 깊숙이 들어가서는 차에 돌멩이를 한가득 채워서 돌아가는 것을 볼 때마다 끓어오르는 욕망을 억누를 수 없었다. 엄마는 너무 가난했기에 지인들을 꼬드겨서라도 트럭을 빌려 고비옥을 캐내고 싶었다. 다행히 아무도 엄마의 제안에 관심을 보이지 않아서 농사를 택한 것이다.

하지만 들판에서 해바라기를 심는 것과 돌멩이를 캐는 것이 뭐가 다른가? 모두 약탈이었다. 굴착기로 약탈하고 대량의 화학비료로 약탈하는 것이다. 대지라는 스펀지를 단단히 틀어쥐고는 마지막 한 방울까지 짜내며 갈취하는 것이다.

나는 여전히 돌멩이를 좋아한다. 강가 공터에 쭈그리고 앉아 돌멩이를 하나씩 줍기도 하고 뒤집어 관찰하기도 한다. 돌멩이 하나하나가 저마다 다른 모양과 색을 지닌 것에 연신 감탄한다. 내가 고개를 숙이고 눈앞에 놓인 돌멩이들의 세계로 깊이 빠져들 때, 지구의 또 다른 끝자락을 천천히 날아다니는 바닷새는 작년까지 수면 위로 튀어나왔던 암초를 더 이상 볼 수 없었다.

　나는 돌멩이 한 개를 주워 들었다. 돌멩이가 놓였던 자리에 구불구불하고 가느다란 길이 보였다. 갑작스레 빛에 노출된 벌레들은 당황해서 어찌할 줄을 몰랐다. 나는 이 벌레들의 운명을 바꿔 버렸다. 어쩌면 계절과 기후와 강설량을 바꿨을지도 모르겠다. 지구가 더워졌다. 빙하가 녹고 설선이 후퇴하고 해수면이 상승했다. 나는 바닷새들이 쉴 새 없이 암초를 찾아다니다가 지쳐서 추락하는 것을 목도하였다.

　여기 내 발 아래에서, 세상에서 바다와 가장 멀고 대륙의 가장 깊은 곳에 위치한 이곳에서, 나는 아름다운 돌멩이를 보았다. 그러나 감히 그것을 만질 수가 없었다.

우룬구에 관하여

우룬구강은 강을 가장 필요로 하는 지역을 흐른다. 무수한 강줄기가 있는 북쪽과 달리 남쪽에는 우룬구강이 유일했다. 우룬구강은 남쪽 들판의 유일한 보호구역이었으며 최후의 피난처였다. 영양은 언제나 무리를 이루어 우룬구강으로 향하는 길 위를 분주하게 달렸다. 까마귀는 조용히 강 한가운데의 키 작은 나무 위에 앉아 있었고, 수달은 물살이 약한 강굽이에서 고개를 내밀고 있었다.

우룬구강은 동쪽의 빙하로부터 시작되어 서쪽의 거대한 호수로 흘러 들어간다. 상고 시대의 망망대해가 점점 육지로 변하면서 남긴 마지막 한 방울이 우룬구호를 이룬 것이다. 평온하고 드넓은 호수는 억만 년 전의 평온함과 다를 것이 없었다. 맑고 푸르며 드넓게 펼쳐진 우룬구호는 이 척박한 대지 위에 존재하는 사물 같지가 않았다. 그 호수 한가운데에 떠 있는 작은 섬은 빽빽한 숲속 깊은 곳에 새알을 품고 있었다. 섬은 그 새알의 따뜻한 기운으로 만들어진 것 같았다. 섬 위로 무리를 이룬 백조와 갈매기가 낮게 배회하고 있었다. 호수 바닥의 커다란 물고기들은 영원히 멈춘 채 움직이지 않았다.

갈대밭은 드넓고 모래밭은 눈부시게 하얬다. 저 멀리 겹겹이 쌓인 잿빛의 고생물 화석과 빽빽하게 들어찬 붉은 대지가 보였다. 그보다 더 먼 곳에는 산이 첩첩이 솟아 있었다. 그것은 지구상에서 가장 젊은 산맥이었다. 가장 젊은 산과 가장 오래된 물이 모두 여기에 있었다.

내가 차를 타고 거대한 강물 옆을 지나가는 모습은 천 년 전에 낙타 무리를 따라 이곳을 지나간 사람들과 다르지 않았다. 물에 가까워질수록 기억도 점점 분명해졌다. 지난 천 년 동안의 모든 일이 떠올랐다. 그러나 차가 이곳을 벗어나면서 기억이 점점 옅어졌고 이내 사라졌다.

차가 갑자기 속력을 내면서 영혼과 육체 모두 너무도 허약해진 나를 데려갔다. 나는 대지 위를 흐르는 강물이 한곳으로 모이는 광경에 감탄했다. 끝없이 아득한 강 가까이에 세운 마을과 그곳에 사는 사람들의 용기와 낭만에 또 한 번 감탄했다.

나는 이 들판을 걸어 다닐 때마다 감탄에 휩싸였다. 심지어 호주머니마저 감탄으로 가득 찬 듯했다. 이러한 감동이 다 사라지고 아무것도 남지 않게 되면 우리의 삶도 순식간에 사라질 것이다. 이 거대한 세계 앞에서 너무도 미미한 존재일 수밖에 없는 나를, 차는 힘도 안 들이고 데려갔다.

내가 다시 이 들판 한가운데의 거대한 강물에 가까워졌을 때, 강물이 내 마음속에서 사정없이 몰아치며 사방으로 흩어지는 듯했다. 광풍이 세차게 불었다. 내 몸과 영혼은 너무 가벼워져서 똑바로 서 있지 못하고 휘청거렸다. 나는 비틀거리며 아주 높은 기슭에 서서 이 순간에 완전히 빠져들었지만, 끝내 내 마음에 기쁨이 찾아오지는 않았다.

광활하고 깊은 우룬구 하곡은 계절이 바뀌면서 물이 다 말라 바닥을 드러냈다. 텅 빈 바닥에는 원래 물길이 있었다. 그토록 넓은 강바닥에 마지막 하나의 물줄기만 남아 흐르고 있었던 것이다. 나는 높은 곳에 올라 기슭을 굽어보며 태곳적 물이 다시 흘러오는 모습을, 천군만마가 옛길을 따라 사방팔방에서 돌격해 오는 광경을 상상해 보았다.

그러다 고개를 들고 바라본 우룬구호의 서쪽 하늘과 만나는 수평선은 영원처럼 평온하고 아득했다.

붉은 옷을 입고 소를 모는 여인이 큰 소리로 노래를 부르면서 이곳을 지나가고 있었다. 그녀는 나와 가까워지면서 나를 향해 수줍게 웃었다. 그녀는 다시 멀어져 갔다. 순간 그녀에게 하고 싶은 수많은 얘기가 떠올랐다. 하지만 말을 꺼내기가 부끄러웠다.

꿀벌

엄마는 순수하고 사교성이 좋은 편으로 아는 사람이든 모르는 사람이든 누구에게나 상냥하고 친절했다. 엄마의 사교 기술 중 하나는 한 사람의 직업을 호칭과 연결시키는 것이었다. 그러면 힘들게 사람 이름을 기억하거나 실수할 걱정을 할 필요가 없었다.

석탄 캐는 사람은 석 사장님, 벽돌 굽는 사람은 벽 사장님, 토끼 키우는 사람은 토 사장님… 토 사장은 어이가 없어서 못 들은 척하곤 했다.

이웃의 농사짓는 사람들은 깡그리 '땅 사장님'으로 통했다. 양봉하는 사람은 당연히 벌 사장님이 되시겠다. 올해 우리 밭에 수분하러 온 벌 사장님은 남방南疆 사람이었다. 꿀벌을 데리고 까마득하게 먼 길을 온 것이다. 그는 북쪽 우룬구강에 드넓은 해바라기 밭이 있는 것을 어찌 알았을까? 이곳에 마침 꿀벌이 부족하다는 걸 어찌 알았을까?

내가 공연한 걱정을 하는지도 모르겠다. 어쨌든 수만 마리 꿀벌을 데리고 대지를 유랑하는 것은 가히 '용기 있는 행동'이라 할 만했다.

꿀벌은 해바라기 개화에 아주 중요한 역할을 한다. 매년 이 맘때가 되면 꿀벌 수분을 위해 이웃한 토지끼리 연합하여 벌 사장을 임시 고용했다. 작은 정원에 해바라기 몇 그루를 심었을 뿐이라면 그저 이웃하는 해바라기끼리 꽃받침을 맞대어 몇 번 비비는 것으로 충분했다. 그러나 이렇게 광활한 땅에서 인공 수분을 하려면 엄청난 노동력이 필요했고 인건비도 만만치 않았다. 그래서 작은 꿀벌에 의지해야 했던 것이다.

엄마가 말했다.

"너 꿀벌이 꿀 채취하는 거 본 적 없지? 꽃받침이 노래지면 벌 사장이 와. 그분이 밭에 벌 상자를 한 줄로 펼쳐 놓고 뚜껑을 열면 꿀벌이 '윙윙윙' 하면서 떼 지어 몰려나오는데 정말 굉장해. 온 하늘이 다 벌 천지야. 온 하늘이 다."

하지만 올해의 해바라기 수확이 참담하리만치 형편없으리라는 것은 기정사실이었다. 우리 땅을 포함한 남쪽 들판의 대부분의 땅은 이미 버려졌다. 땅 사장들은 막대한 손실을 입었다. 게다가 인건비와 화학비료 가격이 크게 올랐고, 병충해가 심해지면서 농약을 사는 데도 돈이 많이 들었다. 그래서 땅 사장들은 해바라기 수분에 투자할 돈이 없었다.

꿀벌을 이용해서 수분하는 게 인공 수분보다 훨씬 저렴했다. 하지만 200평 정도의 땅에 드는 비용이 겨우 20위안이라고 해도 몇만 평의 땅에 드는 비용은 결코 적은 돈이 아니었다. 엄마의 손바닥만 한 땅에도 몇천 위안은 들여야 했다. 무슨 기준인지 모르겠지만 화학비료는 외상 구입이 가능했고 꿀벌을 이용하려면 미리 돈을 지불해야 했다. 순간 모두가 다급해졌다. 엄마는 돈을 받으러 온 벌 사장을 보자마자 줄행랑을 치고 싶은 마음이었다.

엄마는 이 일을 해결하는 자신만의 묘책을 가지고 있었는데, 때가 되면 무조건 떼를 쓰며 버티는 작전이었다. 엄마가 말했다. "땅들이 다 붙어 있고 중간에 영역 표시하는 팻말도 없는데, 어떤 땅은 돈을 냈고 어떤 땅은 돈을 내지 않았는지 어찌 알겠냐? 꿀벌들은 우리 이웃집에 수분하러 온 김에 우리 집으로 날아와서 잠깐 일 좀 하다가 간 거라고. 이 작은 땅에 해바라기가 겨우 이만큼 자란 걸 가지고 돈을 달라고? 몰라. 나 돈 없어. 그 사람이 꿀벌들 다리를 묶어서 이쪽으로 날아오지 못하게 할 재주가 있으면 해 보라고 해?"

엄마가 참 뻔뻔하다는 생각이 들었지만, 따지고 보면 엄마 말이 맞았다.

나중에서야 벌 사장이 그렇게 멍청한 사람이 아니란 걸 알게 되었다. 그는 돈을 먼저 받은 후에 벌통을 열겠다고 했다. 한 집이라도 돈을 안 내면 그는 죽어도 벌을 내보내지 않을 참이었다. 그리되면 벌 사장이 재촉하지 않아도 농사짓는 이웃들 성화에 치이겠지. 돈을 내지 않고 버티다 보면 개화기를 놓치고 말 테니까.

개화기가 하루하루 가까워지면서 땅 사장들도 조급해졌지만 벌 사장 역시 안달이 났다. 그는 돈을 받으러 200만 평 땅을 돌아다니면서 집집마다 들러 차를 마시고 수다를 떨며 하소연했다. 벌 사장이 믿는 구석은 200만 평 해바라기 밭에 개화기가 임박했다는 것이었다. 거기에 맞서 땅 사장들은 꿀벌의 목숨으로 도박할 수밖에 없었다. 벌 사장의 애간장도 땅 사장들 못지않았다. 여기까지 와서 벌통을 계속 닫아 두면 꿀벌들이 얼마 버티지 못할 테니 말이다. 꿀벌들은 어쩔 수 없이 설탕만 먹으며 연명할 텐데, 설탕은 일시적인 허기만 달래 줄뿐 많이 먹으면 독약이나 다름없었다.

결국 어느 쪽이 먼저 타협했는지 모르겠다. 어쨌든 꿀벌이 방사되었다. 엄마 말이 맞았다. "하늘이 온통 벌 천지"였다. 황금빛 해바라기로 찬란한 200만 평 땅 위로 노란 꿀벌이 분분히 날아오르니 '윙윙'거리는 소리마저 청아하게 들렸다. '윙윙' 소리의 농도는 공기보다 진했다. 구멍 사이의 거리가 1마이크로도 되지 않는 작은 그물망이 공기를 뒤덮고 있는 것 같았다.

빛과 공기와 윙윙 소리를 제외한 나머지 모든 것이 이 그물망에 아주 깨끗하게 걸러졌다. 하늘을 가득 채운 꿀벌이 세상을 덮어 버렸고, 윙윙 소리가 다시 한번 세상을 감싸면서, 이 세상은 바람 한 줄기 통하지 않게 꽉 막혀 버렸다. 그렇게 벌 떼가

까만 솥뚜껑처럼 하늘을 가득 메우고 있으니 기압도 변하고 우리 몸도 달아올랐다. 고막부터 시작해 점차 가슴속까지 뜨거워졌다. 날이 어두워지고 잠자는 동안에도 세상이 계속 끓는 듯했다.

엄마는 이 광경을 "하늘이 온통"이라는 말로 형용했던 것이다. 그래, 이 표현이 가장 적합한 것 같다. "하늘이 온통 벌 천지다!" 하늘이 온통이라….

엄마는 신이 나서 말했다. "수분이 끝나면 우린 천연 벌꿀을 살 수 있어. 1킬로그램에 20위안밖에 안 해." 그러고는 한참 생각에 잠겼다가 무엇 때문인지 갑자기 불평을 터뜨렸다. "뭣 땜에 우리가 그 고생해서 씨 뿌리고 꽃 피우고 돈 들여 꿀벌 수분하고, 또 돈을 주고 우리 꽃가루로 만들어 낸 꿀까지 사야 하는 거야?"

나는 문득 우리 가족이 일구던 남쪽 들판의 땅이 떠올랐다. 그곳은 물이 끊겼고, 이번엔 수분도 못 했으니 분명 수확은 꿈도 못 꿀 게다. 엄마가 말했다.

"신경 꺼라. 여기서 뭘 어떻게 할 수 있는 것도 아니잖냐. 안심해. 꽃이 핀 곳에는 자연히 꿀벌이 있게 마련이야. 하물며 우리가 그 땅에 심은 건 기름용 해바라기야. 식품용 해바라기보다 향이 진해서 아무리 멀어도 꿀벌은 찾아갈 수 있을 거야."

그리고 작년의 일을 들려줬다. 작년에는 덧파종도 여러 번

했으며, 그 뒤에는 물 부족으로 고생을 했고, 그다음에는 '라오 토반'이라는 병충해 때문에 한바탕 난리가 났었단다. 경험 많은 농부들은 하나같이 이 병충해가 계속될 거라고 예언했다고 한다.

엄마는 완전히 돌아 버릴 지경이었다. 처음으로 농사를 지은 작년에는 거의 모든 땅 사장이 손해를 봤다. 엄마도 손해를 봤다고 생각했으나, 다행히 우리 집은 농사지은 땅이 4만 평이 채 되지 않아서 괜찮았다. 마지막까지 살아남아 순조롭게 꽃을 피운 해바라기는 얼마 되지 않았지만 그래도 씨는 남겼다. 그러면 그 이듬해에는 돈을 들여 씨앗을 살 필요 없이 다시 씨를 뿌릴 수 있었다. 한참이 지나고서야 엄마는 손해가 아닐 뿐 아니라 뜻밖에도 본전은 뽑았다는 것을 알게 되었다. 그럼에도 해바라기 수확량이 적다 보니 해바라기 씨앗 공급량이 달렸다. 해바라기를 수확한 땅 사장들은 씨앗 가격을 배로 올렸다.

해바라기 가격이 정해지고 며칠간 엄마는 들뜬 채로 지냈다. 밥그릇에 밥을 풀 때도 계산을 할 정도였다. 계산할수록 신이 났다. 200평 땅에서 수확할 수 있는 양을 계산하고, 가격과 판매량, 투자할 금액을 따지고… 처음 계산했던 것과 비교해 보니 아주 중요한 부분에서 비용이 절약된 것 같았다. 이 절약된 부분이 결국 돈을 번 셈이었다. 그런데 어디서 무슨 비용이 절약된 건지 몰라서 엄마는 생각하고 또 생각했다.

그러다 엄마가 갑자기 벌떡 일어났다. 꿀벌! 꿀벌 수분에 든 비용을 잊었던 것이다. 매년 농사를 제일 많이 짓는 농가가 나서서 수분과 관련된 일을 주관하고 벌 사장을 데리고 집집마다 방문해 돈을 걷어 갔다. 그런데 올해는 손해를 본 사람, 아예 농사를 포기한 사람 등 다들 상황이 여의치 않다 보니 이 일을 전적으로 맡아서 할 사람이 없었던 것이다.

엄마는 무척 슬펐다. 간신히 버텨 왔고, 이제야 겨우 한숨 돌리나 했더니 아직 치러야 할 꿀벌 비용이 남아 있었던 것이다. 엄마는 그릇을 던져 버리고 밭으로 뛰쳐나가는가 싶더니 갑자기 큰 소리로 외쳤다. "꿀벌이다!" 이번엔 "하늘이 온통"이라고 표현할 정도는 아니었지만 희미하고 작은 황금빛 꿀벌이 꽃밭을 날아다녔다. 윙윙 소리망의 간격은 50센티미터가 넘었다. 당연히 그 무엇도 걸러낼 수 없었다.

거의 아무 소리도 들리지 않았다. 이번엔 지난번처럼 뜨거워지지도 않았고 감동적이지도 않았다. 꿀벌 수가 적어서 그 모습이 하늘 아래서 보일 듯 말 듯했다. 하지만 그것으로 충분했다. 농사짓는 사람조차도 땅을 포기한 마당에 이 황금빛 요정들은 아직도 수확을 걱정하고 있었던 것이다. 엄마는 땅집 앞에 서서 주위를 둘러보았다. 여전히 사방은 아득했다. 영원히 그렇게 아득하리라.

이 꿀벌들은 누가 키우는 것인가? 어디서 꽃 소식을 듣고 왔을까? 어떻게 이곳을 찾아냈을까? 어떻게 그 드넓은 광야를 건너온 것인가? 여전히 수수께끼로 남았다. 작년에 엄마가 줄

곧 걱정했던 1킬로그램에 20위안 한다던 그 좋은 꿀은 결국 사
지 못했다.

금빛

　꿀벌이 날아오자 꽃받침은 순식간에 금빛으로 절정을 이루었다. 금빛 왕국의 성문이 활짝 열리고 음악 소리가 울려 퍼졌다. 금빛 소리는 점점 켜졌다. 200만 평 땅에 핀 해바라기가 눈부시게 빛나는 가운데 여름이 끝나고 가을이 완연하게 무르익었다.

　외할머니의 고독 찬가가 떠올랐다. "정말 예쁘구나! 사방을 환하게 밝히는구나." 다시 한번 외할머니가 왜 돌아가셨는지를 생각해 보았다. 어떻게 떠나갈 수 있었는지를… 외할머니 보세요. 당신이 버린 세계는 그 무엇도 변하지 않았어요. 할머니가 그토록 좋아하셨던 눈부신 계절은 해마다 조금도 주저하지 않고 어김없이 찾아와요.
　외할머니의 죽음은 또 하나의 강렬한 금빛이었을까?

　여름 끝자락부터 가을 들머리까지 북방의 광활한 대지는 온통 금빛으로 물들었다. 자작나무는 금빛으로도 은빛으로도 빛나며 사방을 환하게 비추었다. 자작나무의 금빛은 붉은빛을 살짝 띤 강렬한 금빛에는 영원히 미치지 못했고, 은빛 역시 푸른빛이 도는 눈부신 은빛이 되지는 못했다. 자작나무는 가을의 강렬한 욕망을 불태우고 있었다.

나무 한 그루가 가을의 절반을 점령해 버렸다. 나머지 절반은 다른 자작나무 한 그루가 차지했다. 수천수만의 자작나무들이 더 있었지만 그것들에 더 이상 가을은 없었다. 수천수만의 금빛 자작나무에서 북방의 대지에서만 느낄 수 있는 강력한 생명력이 오롯이 전해져 왔다.

보리밭의 금빛은 깊은 위안을 주었다. 그것은 식량이 가진 힘이었다. 이곳에서는 보리만이 유일하게 인간과 관계를 맺기에 사람의 운명과 의지, 사람의 용기와 열정이 다 그 안에 들어 있었다. 보리 물결이 넘실대는 밭두렁은 구불구불하게 이어져 있었다. 대지 위에서는 보리밭의 금빛이 가장 빛났다.

가을에 수확한 목초는 마을의 가장 높은 곳에서 빛나던 금빛이었다. 목초를 수확한 사람들은 짐마차를 끌고 들판과 마을 사이를 오갔다. 집집마다 지붕 위에 푸른 짚가리 왕관을 씌워 놓으면 며칠 지나지 않아 금빛 왕관으로 바뀌었다. 나뭇잎이 초록빛에서 금빛으로 변하려면 봄부터 가을까지 멀고 아득한 여정을 거쳐야 했다. 하지만 지붕마다 쌓인 짚가리의 변화는 며칠 새에 다 이루어졌다. 마치 하룻밤 꿈처럼 그 변화는 단숨에 찾아왔다.

고된 노동을 마친 사람들은 피로에 지쳐 잠 속으로 빠져들었다. 잠에서 깨어나면 어느새 가을의 한복판에 서 있었다. 문을 열고 나서면 발아래가 천길 낭떠러지였다. 짚가리는 여전히 높이 쌓인 채 금빛으로 물들고 있었다.

갈대의 금빛은 물기를 머금어 촉촉했다. 갈대는 항상 강물과 별밤과 관련 있다. 갈대의 금빛은 연약하고 애절하며 무기력했다. 갈대의 부드러움 속에는 커다란 비밀이 숨겨져 있었고 갈대의 아름다움은 사람들의 걸음을 멈추게 했다. 사람들은 그곳에서 아스라이 먼 곳을 바라보았고 물새는 길고 짧게 울기를 반복했다.

달이 내뿜는 금빛은 어둠의 금빛이다. 사람들은 달을 보며 고향을 떠올리고 그곳에서의 어린 시절을 추억했다. 사실 달은 밤과 관련 있을 뿐이다. 달은 인간의 모든 그리움을 완강히 거부한다. 그래서 달은 고독했으며 그래서 가장 자유로웠다.

세상에서 가장 작은 금빛은 꿀벌이 가져온 금빛이다. 그것은 끝없이 펼쳐진 금빛 해바라기 밭에 자석처럼 끌리듯 날아온 금빛 파편들이다. 작지만 생기 넘치는 꿀벌은 우리를 금빛으로 인도하는 열쇠다. 꿀벌이 금빛 세상의 문을 열어젖히는 것이다. 꿀벌이 찬란하게 빛나는 이유는 달콤한 꿀을 머금고 있기 때문이다. 벌꿀 역시 금빛이다. 우리들 입속으로 들어가는 모든 벌꿀은 수많은 금빛 꿀벌들에게서 나오기 때문이다. 해바라기 꽃은 이 모든 금빛을 마주한 채 천천히 가장 높은 곳에 자리 잡았다.

가을 들머리의 대지는 곧 하늘과 땅의 균형을 깨뜨리기라도 할 것처럼 엄숙했다. 하늘은 갈수록 더 파래지고 파래지고 파래질 뿐이었다. 대자연의 그 무엇도 이런 파란색을 형용할 수 없었다. 인간의 사물로 이 파랑을 형용한다면, 차 번호판 같은 짙은 파랑이라고나 할까.

북방의 가을이 선사하는 금색과 파란색의 선명한 대비는 아주 오래전부터 이 지구에서 대치해 왔을 것이다. 이 가을의 황금빛과 푸른빛이 만들어 내는 거대한 자연 앞에서 인간은 세례를 받고 정결함을 얻은 듯한 장엄함을 느꼈다.

사막대추나무

　해바라기가 만개하기 전에 사막대추나무가 한발 앞서 풍작을 이뤘다. 엄마는 밭일을 마치고 열매가 주렁주렁 매달린 사막대추나무 숲을 지나다가 큰 가지 하나를 꺾어서 돌아왔다. 열매를 뚝뚝 따서 공터에 던지자 닭들이 일제히 모여들었다. 엄마는 중국인의 영웅 레이펑처럼 흐뭇하게 그 광경을 바라보며 말했다. "이게 바로 참새들의 겨울 식량이란다."

　이곳의 참새들은 얼마나 풍요로운가! 겨울날, 참새들은 잠에서 깨면 솜이불을 들추듯 날개 위의 눈을 털어 내고는 가장 가까운 사막대추나무로 날아가 아침을 먹었다. 머리를 왼쪽으로 돌려 몇 입 쪼아 먹고, 다시 오른쪽으로 돌려 몇 입 쪼았다. 다 먹으면 자리를 옮겨서 먹고 또 먹었다. 참새들은 머리도 들 새 없이 먹느라 반나절이 지나도록 다른 참새들을 보지 못했다.

　참새들이 배를 채우고 나면 그때부터 숲속이 소란스러워졌다. 나들이 나가는 녀석, 서로 인사 나누는 녀석, 싸우느라 바뻔 녀석들로 시끄러웠다. 그러다 모두가 느닷없이 노래를 부르며 시끌벅적 즐겁게 떠들다가 이 나무에서 저 나무로 우르르 날아갔다.

나는 사막대추나무 사이를 걸으며 참새들의 기분을 상상해 보았다. 그 작고 까만 눈동자와 동글동글한 몸뚱이를 떠올려 보았다. 문득 참새들의 짧은 생이 안타깝게 느껴졌다. 하마터면 나의 생 역시 짧다는 것을 잊을 뻔했다.

사막대추나무 숲을 헤쳐 나가다가 포도송이처럼 열매를 아래로 늘어뜨린 나뭇가지가 지그시 땅을 누르는 모습을 봤다. 순간 참새뿐 아니라 나 역시 풍요로워졌다. 내 눈앞에 펼쳐진 풍요로움은 시각적 즐거움은 물론이요 행복한 기억까지 덤으로 주었다. 나는 천천히 걸으며 사막대추나무 열매를 따 먹었다.

싸이후와 쵸우쵸우는 사막대추를 먹을 수 있다는 걸 어떻게 알았을까? 두 녀석은 아래로 쳐진 나뭇가지에 열린 사막대추를 물고는 두세 번 씹다가 씨까지 삼켜 버렸다.

내가 아는 사막대추는 두 종류다. 하나는 회백색으로 고작 황두만한 크기였지만 달짝지근했다. 특히 맨 위 까만 부분에 당분이 가득해서 그 작은 부위를 살짝 쪼개면 눈물처럼 꿀즙이 배어났다. 많은 사람이 좋아하는 이 사막대추는 향기롭고 달콤했다. 아쉬운 점이라면 너무 작았다. 씨를 제거하면 한 겹의 얇은 껍질만 남았다. 작은 열매를 한 입 베어 물면 입술 사이로 진한 단맛이 느껴졌지만 깨끗한 씨만 남았다.

다른 한 종류는 훨씬 크고 예쁘게 생겼으며 붉은빛을 띠었다. 크기가 커서 먹다 보면 나름 씹히는 게 있지만 맛은 형편없었다. 달지도 않고 밍밍했으며 한 입 베어 물면 서걱서걱했다. 이름이 사막대추인 이유를 알 것 같았다.

이렇게 보면 만물이 참 공평하게 창조되었다는 생각이 든다. 나는 어려서부터 이러한 공평에 아주 익숙했다. 하지만 저수지 근처로 이사 오면서 나의 이런 생각은 완전히 바뀌고 말았다. 이곳에서 자라는 사막대추는 다른 사막대추와 달리 세상의 공평 원칙을 철저히 무시했다. 이 열매들은 크기도 하고 달기도 했다. 정말로 크고 달았다. 먹어 보지 않았다면 모래처럼 서걱서걱한, 아주 익숙한 사막대추 특유의 맛이려니 생각했을 것이다. 나는 이 사막대추가 변종이 아닌가 의심했다. 어쩜 이리 크고 달콤하단 말인가.

나는 북방 지역에서 어린 시절을 보낸 사람이라면 이 사막대추에 대한 기억을 하나쯤은 갖고 있으리라고 확신했다. 글짓기 수업 시간에 사막대추를 언급해 보지 않은 초등학생은 없으리라. 나와 엄마도 마찬가지다. 엄마는 어렸을 때 사막대추나무 꽃에 대한 글을 써서 선생님께 칭찬을 받았다고 한다. 이런 문장이었다. "사막대추 꽃이 피었다. 그 향기가 학교 건물 구석

구석으로 퍼져 나갔다."

반세기 전의 일이지만 엄마는 이 구절을 똑똑히 기억했다. 어쩌면 엄마 삶에서 처음 느껴 본 낭만이자 열정 넘치는 표현이었으리라.

나도 어렸을 때 주체할 수 없는 격정을 사막대추나무를 칭송하는 데 쏟아부었다. 지금은 그때의 열정이 사라졌지만 여전히, 무조건적으로, 끝없이 사막대추나무를 찬미하고 싶다.

혼자서 사막대추나무 숲을 지날 때면 온 사방에 주렁주렁 매달린 열매가 서로를 찌르며 환호했다. 그 모습이 꼭 근사하게 차려입고 도로 양쪽에 길게 늘어서서 국가 원수를 환영하는 대중 같았다. 나는 그렇게 환영해 주는 이들의 열정을 위로하고 싶었다.

"여러분, 수고하셨습니다."

사막대추를 먹기 시작하면 멈출 수 없었다. 편도가 텁텁해지도록 먹었다. 이렇게 먹지 않으면 사막대추에 대한 예의가 아닌 것 같았다. 먹다 보니 조금 부끄러워졌다. 사막대추는 참새들이 겨우내 먹어야 할 식량이 아니던가! 하지만 주변을 둘러보니 사막대추가 풍년이었다. 참새들이야 말할 것도 없이 다 먹지 못할 테고, 까마귀 떼가 가세해도 다 먹지 못할 터였다.

나는 사막대추나무 숲을 마음속에 담아 두었다. 언젠가 이곳으로 다시 돌아오기를 꿈꾸며. 가장 사랑하는 친구들에게 이 드넓은 들판 위의 기적을 보여 주면서, 내가 오래전에 느꼈던 고독을 내 친구들도 느껴 보게 하리라.

사막대추나무 꽃은 또 다른 기적이었다. 나는 봄날에 사막대추나무 꽃향기를 맡아 본 사람에게 사막대추 열매에 대해 이야기해 주고 싶었다. 가을날, 사막대추를 먹어 본 사람에게는 기를 쓰고 그 꽃향기를 묘사해 주고 싶었다. 이 두 가지를 경험한 사람만이 사막대추를 진정으로 이해할 수 있을 것이다. 그래야만 이 척박한 중앙아시아 땅에서 자라는 귀한 열매를, 넓은 들판 한복판에 솟아오른 신비로운 나무를, 메마른 대지 위의 최음제를 온전히 느낄 수 있을 것이다.

꽃피우고 열매 맺는 모든 나무는 종의 진화로부터 탄생하는데, 진한 향기를 풍기는 걸 보면 사막대추나무는 천일야화에서 태어난 것이 아닐까 싶다. 금화와 은화 사이에서, 지중해의 오래된 길 사이에서, 천일야화에 나오는 모든 사람의 애틋한 사랑에서 탄생했을 것이다. 사막대추나무는 온몸에 날카로운 가시를 세운 채 스스로를 방어하면서도 언제든 상처받을 준비가 되어 있는 듯했다. 이처럼 충정과 지조의 정서와 관련된 것들은 공격성이 높았다. 장미나 사막대추나무가 그랬다.

사막대추나무는 대지의 가장 척박한 곳에 뿌리를 내리고 몸부림치며 이상하리만치 천천히 자랐다. 제아무리 최선을 다해도 사막대추나무 이파리는 작디작았다. 이파리도 노란 꽃도 열매도 아주 작은 평범한 식물에 불과한 사막대추나무가 꽃을 피울 때만큼은 비범한 에너지를 발산했다.

사막대추나무에 꽃이 피었다. 내가 맡아 본 가장 진한 향기는 프랑스 향수 아니면 사막대추나무의 꽃향기였다. 꽃이 피자 황량한 사막에서 방황하며 꽃피우지 못하던 사랑이 마침내 유랑에 종지부를 찍었다. 사막대추가 무르익자 꽃향기는 열매 속으로 사라졌다. 모든 사랑은 완성된다.

나는 사막대추를 먹으면서 과연 참새도 사랑이라는 것을 느끼는지 궁금해졌다. 참새는 보잘것없는 새다. 한바탕 짹짹거리고 나면 한평생이 다 흘러가 버린다.

까마귀도 사막대추를 먹는다. 까마귀는 체구가 큰 편이니 먹성도 더 좋겠지. 까만 옷을 입은 까마귀를 보면 강렬한 장엄함이 느껴진다. 사람들은 까마귀를 그저 시끄럽고 불길한 존재로 여긴다. 하지만 까마귀가 날아오를 때면 다른 새들과 마찬가지로 비상하는 존재 특유의 호방함이 묻어났다.

까마귀의 사랑은 어떨까?

까마귀가 떼를 지어 날아간다. 멀지 않은 곳에서 기러기가 줄지어 날아간다. 대지 위에 가을 풍경이 즉위식이 열리는 날처럼 성대하게 펼쳐졌다. 이 풍성한 가을날, 나는 사막대추를 먹으며 생각한다. 사막대추로 모두가 겨울을 날 수 있을까?

목욕

싸이후는 목욕을 무서워했다. 하지만 백구인 데다 오랫동안 밖에서 생활하다 보니 목욕을 안 하면 그 결과는 심각했다. 다행히 녀석의 옷은 재생성이 있어서 어디가 더러워졌다 하면 엄마는 그냥 그 부분을 잘라 내 버렸다. 목욕보다 훨씬 편리했다. 덕분에 여름이 다 가기도 전에 싸이후는 비루먹은 개가 되었다. 거기다 온몸에 도깨비바늘이 잔뜩 붙어서 아주 난처한 시기를 지나는 중이었다.

녀석의 뱃가죽은 또 얼마나 더러운지 더 이상 털이 나지 않을 정도였다. 몇 개 안 되는 젖꼭지마저 까만 콩처럼 보였다. 싸이후가 하늘을 향해 반듯하게 누워 광합성을 할 때 그 까만 콩 몇 알이 늙은 암탉의 시선을 잡아 끌었다. 암탉은 싸이후 곁으로 걸어와서 머리를 갸웃하며 의심의 눈초리로 지켜보다가 자신의 판단을 확인하고자 아주 재빠르게… 이보다 더 정확할 수 없게… 맹렬하게 한 입 욕심을 냈다. 아, 싸이후의 그 참담했던 비명 소리를 나는 평생 잊지 못한다.

쵸우쵸우는 정반대였다. 하루에 세 번씩 목욕하는 결벽증

환자였다. 엄마는 매일 쵸우쵸우를 보고 이렇게 멍청한 개는 처음 본다며 욕을 해 댔다. 날씨가 갈수록 추워져 밤에는 벌써 서리가 내렸는데도 녀석은 여전히 꼭두새벽만 됐다 하면 정확히 시간에 맞춰 강에 들어갔다. 그러고는 이리저리 헤엄치며 머리만 수면 위로 내놓고는 그렇게 시원하게 놀 수가 없었다.

"안 춥냐? 이놈의 짐승, 추운지 더운지 분간도 못하는 말귀 안 통하는 짐승 같으니라고."

엄마는 솜옷을 여미면서 궁시렁거렸다. 나는 엄마가 왜 그렇게 화를 내는지 이해가 되지 않았다. 쵸우쵸우가 훔친 신발을 수습할 때보다 더 화를 냈다. 아마도 엄마 당신이 추위를 많이 타기 때문이리라. 다른 사람도, 개도 당신처럼 추위를 탄다고 생각한 것이다.

나는 쵸우쵸우만큼 물을 좋아하는 개를 본 적이 없다. 녀석은 큰 강이든 하천이든 길가의 진흙 구덩이든 상관없이 물만 봤다 하면 필사적으로 뛰어들었다. 물속에 한 번 풍덩 빠졌다가 다시 기슭으로 올라와 온몸이 진흙투성이가 되도록 뒹굴었다. 그러고는 무고한 척 사람에게 달려들었다.

쵸우쵸우는 몸집이 거대하고 흉악하게 생겼다. 늑대와 비슷해 보여서 사람들에게 두려움을 주는 생김새였다. 하지만 멍청한 짓을 할라치면 그 늑대 같은 외모에 주눅 들기는커녕 그저 쫓아가서 한바탕 두들겨 패고 싶을 정도로 사람을 답답하게 만들었다. 쵸우쵸우는 애교 부리는 것도 좋아했는데 그 외양을 하고서 애교를 부리기 시작하면 정말로 사람을 잡았다. 갑자기 덮친 뒤 머리를 들이밀면서 굵고 단단한 두 앞발로 허리를 꽉 껴안고 양쪽으로 세게 흔든다. 꼬리는 곧 하늘 위로 날아갈 태세로 흔들어 댔다. 그럴 때면 어떤 사람도 이 애교 떠는 개에게 측은지심을 느끼지 않는다. 그저 한 손으로 녀석의 앞발을 잡고는 360도 휘둘러서 던져 버리고 싶은 생각뿐이다. 문제는 이렇게 덩치 큰 개를 던질 수 있는 사람이 없다는 데 있다.

아무튼 온몸이 진흙투성이인 쵸우쵸우가 자신을 물 위의 연꽃인 양 착각하고는 나를 덮칠 때마다 내가 지르는 괴성은 발전소 직원들을 깜짝 놀라게 하기에 충분했다.

아마도 수력발전소가 외진 곳에 있어 적적한 데다 발전소 일이 한가하기 때문이리라. 발전소 직원들은 종종 우리 집에 들르기도 했다. 그중 한 젊은 여자는 어찌나 열정적인지 며칠에 한 번씩은 꼭 나를 보러 왔다. 그녀가 나의 어디를 좋아하는지 모르겠다. 나는 또 왜 그녀가 좋은지 모르겠다. 어쩌면 둘 다 외롭기 때문일 것이다. 그녀는 우리 집에 먹을 것이 부족해서 매일 밥상에 무와 배추만 올라올 거라고 생각한 듯하다. 나를 보러 올 때마다 발전소 식당에서 남은 밀전병이나 만두를 가지고 왔다. 어떤 때는 시내에서 산 과일이나 소시지 등등 먹거리를 들고 오기도 했다.

그녀는 우리 집에 올 때마다 나에게 꽃받침을 하나 달라고 했다. 마침 꽃받침이 익어 가는 시기였다. 나는 그녀를 데리고 해바라기 밭 깊숙이 들어가서 가장 크고 꽉 찬 꽃받침 하나를 꺾었다. 싱싱한 해바라기 씨에서는 신선한 호두 맛이 났다. 껍질은 보드랍고 알맹이는 연하고 유분이 그리 많지 않아 담백하고 달콤했다. 우리는 꽃받침을 들고 씨를 한 알 한 알 까먹으며 상대방의 속내를 짐작해 보았다. 상대방의 수입은 얼마고 연애는 몇 번이나 해 봤는지 하나하나 분명해질 때까지.

그녀는 헤어질 때마다 자신의 기숙사에 놀러 오라고 초대했다. 자기 숙소에 욕실이 있어서 목욕할 수 있다는 말도 잊지 않았다. 나는 그녀가 왜 그렇게 열정적으로 목욕 얘기를 꺼내는지 몰랐다. 어느 날 거울을 보고서야 알게 되었다.

나는 한 달이 넘도록 제대로 목욕을 하지 못했다. 수건을 물에 적셔 몸을 닦거나 물을 끓여서 머리를 감은 것이 전부였다. 농사짓는 사람들은 씻는 것에 그리 신경을 쓰지 않았다. 이곳 생활이란 게 낮부터 밤까지 외부인을 만날 일이 별로 없다 보니… 성격도 엄마랑 점점 비슷해져서 경계심도 잘 생기지 않았다.

저수지 근처로 이사 온 뒤로는 물을 쓰기가 그나마 편해졌다. 남쪽의 큰 갈대밭을 통과하면 바로 강이 나왔다. 나는 매일 강가로 가서 물을 길었는데, 너무 더러워서 최소한 하루는 그대로 두었다가 써야 했다.

한번은 밭에 엄마를 찾으러 가다가 나도 모르게 강 하류 쪽까지 걸어갔다. 강을 따라 서쪽으로 1킬로미터 정도 걸었는데, 그곳에서 강의 지류를 발견했다. 지류는 좁고 얕았지만 깨끗하고 완만한 수역이 끝없이 흐르고 있었다. 바닥에는 깨끗한 모래톱이 깔려 있었고, 양쪽 기슭으로 갈대숲과 낮은 관목이 자라고 있었다. 우리가 이곳에 살았다면 얼마나 좋았을까.

추석이 지나고 갑자기 기온이 다시 올랐다. 아침저녁으로는 추웠지만 정오쯤에는 그야말로 '혹서'라 불러도 될 만큼 더웠다. 그럴 때마다 강이 떠올랐고 살그머니 들어가 목욕을 하고 싶었다. 강 주변은 갈대가 빽빽해서 소나 양이 지나다니는 길만 있었다. 마을이나 밭과 멀리 떨어져서 사람이 지나갈 일은 없었다.

어느 날 한낮에 나는 갈아입을 옷과 비누를 챙겨서 작렬하는 햇빛을 받으며 그곳을 찾았다. 우선 물 온도를 확인했다. 뜨거운 태양 아래의 강물이 뼈가 시릴 만큼 차가우리라고는 상상도 못했다. 일교차가 큰 9월이었으니 이 정도는 예상했어야 했다. 이 신장 지역의 물은 빙하가 녹아서 고비사막으로 흘러든 것이고, 그러니 몇백 킬로미터를 흘러왔다고 해도 그 물은 차가울 것이란 사실을 예상했어야 했다. 아무튼 발도 제대로 씻지 못했는데 발이 시려 참을 수가 없었다. 그저 왔던 길로 옷을 안고 돌아가는 수밖에.

그리하여 발전소 직원이 다시 한번 나를 초대했을 때, 나는 바로 그러겠노라 답하고 깊은 감사를 표했다. 나는 옷과 슬리퍼를 가지고 그녀를 따라 목욕하는 곳으로 갔다. 뜻밖에도 목적지는 기숙사가 아니고 그들이 당직하는 기계실이었다. 그곳에 자그마한 공용 목욕탕이 있었다. 직원 수가 적은데다 대부분은 시내로 나가기 전에 씻었기에 평소에는 늘 빈 상태였다. 기계실에는 파이프 같은 대형 설비가 있었다. 그녀는 지하로 통하는 입구의 철문을 열고 나를 어두운 아래쪽으로 안내했다. 계단식 통로는 어둡고 좁고 길었다. 계단을 내려가니 방범용 철문이 보였고, 기계 돌아가는 소리가 들려왔다. 문을 열자 기계 소리가 갑자기 커졌다. 커다란 기계 속으로 빨려 들어갈 것만 같았다. 지하 공간은 아주 크고 어두웠다. 전구가 달려 있긴 했지만 그 빛은 진한 어둠에 묻혀 희미하게 빛났다. 나는 모든 것을 볼 수 있었지만 모든 것이 흐릿했다.

거대한 기계음과 공기의 떨림과 미세한 기류가 어우러져 정신이 산만해졌고, 나는 계단 끝에 서서 마지막 한걸음을 내딛지 못하고 있었다.

기계음은 나의 오른쪽에서 들려왔다. 댐의 밸브 쪽이었다. 거대한 물살이 어둠 속에서 강렬히 기계에 부딪치는 소리가 났다. 빠른 속도로 돌아가는 베어링이 복잡한 과정을 거쳐 물의 위치 에너지를 전기 에너지로 전환시켰다. 전기는 광폭하고 제멋대로이지만 이곳에서 철저히 통제되고 있었다. 전기는 빼곡하게 늘어선 파이프라인을 따라 빠르게 흘러갔다. 전기는 길을 잃고 사방팔방을 헤매기도 하고, 어둠 속에 잠복해 있기도 했다. 나머지는 거대한 기계 속에 봉인된 채 가느다란 파이프 라인을 따라 천만 가구로 흘러 들어갔다.

나는 새삼 인간의 능력이 두려워졌고 인간의 광기에 살짝 오싹해졌다. 이 지하의 어둠이 답답해졌다. 지하실 바닥은 살짝 떨리고 있었고 공기 중에는 기계실 특유의 진한 기름 냄새가 진동했다. 멀미가 올라왔다.

나는 조심스럽게 여자 직원 쪽으로 걸어갔다. 그녀는 구석의 작은 문을 열고 더듬거리면서 불을 켰다. 가까이 가 보니 문 안쪽으로 어둡고 작은 공간이 보였다. 기껏해야 1제곱미터 정도 되려나. 현실감이 느껴지지 않았다. 3, 40년대로 돌아간 것 같았다. 고개를 드니 위쪽에는 전기온수기가 달려 있었다. 여유롭게, 제대로 씻고 싶었는데 이곳에 오래 머무를 수 없겠다고 직감했다. 아주 긴장되고 불안한 마음으로 목욕을 했다. 지하 깊은 곳에서 목욕을 하고 있자니 전쟁 중에 잠시 교전을 멈춘 틈을 타 무언가를 하고 있는 것만 같았다. 씻다 보면 전쟁이 다시 시작하는 것이다. 밖에서는 하늘이 무너지고 땅이 갈라지고 불길이 치솟고 있을 것만 같았다. 그러나 내가 있는 이곳은 어둡고 폐쇄되어 있고, 공기는 기계음에 섞여 고주파로 진동하고, 어디선가 물기둥이 끊임없이 돌고 도는 소리가 들려왔다. 나는 머리의 거품을 문지르면서 귀를 쫑긋 세우고는 지진, 전쟁, 댐 폭발, 전압 누출 등 모든 재난을 경계하며 씻었다.

이토록 불안한 가운데서 목욕을 해 본 적이 없다. 핵 원자로 옆에서 목욕하는 기분이었다.

문득 바로 옆에서 막 생성된 전기 에너지가 물을 따뜻하게 데웠다는 생각이 들었다. '신선한 전기'라니, 갑자기 물맛이 궁금해졌다. '신선한 전기'는 방대한 물의 흐름을 차단하고, 상하류 생태계를 파괴하고, 수많은 물고기의 길을 봉쇄했다. 물고기 떼는 강물을 거슬러 올라가 산란해야 했지만, 댐의 폭포 아래에서 이 봄날을 흘려보내며 끝없이 배회할 수밖에 없었다. 이 모든 것이 '신선한 전기' 때문이었으며, 물의 온도를 높여 인류가 깨끗하게 살아가도록 하기 위해 벌어진 일이었다.

전기 때문에 생태 환경이 파괴되는 것을 보고 있자니 이 세상이 부패하고 죄로 가득한 말세처럼 느껴졌다. 나는 썩어 빠진 세상에서 목욕하고 있었고, 깊이를 알 수 없는 심연을 향해 끝없이 추락하는 욕실에서 목욕하는 것만 같았다. 단지 때를 벗겨 내는 목욕이 아니라, 죄를 씻어 내는 목욕이었다.

목욕을 마치고 빛이 쏟아지는 조용한 땅 위로 나오자 이런 터무니없는 생각들은 멈춰 버렸다. 태양 아래에서 젖은 머리를 말리니 온몸이 가뿐해졌다. 마음 깊은 곳에서 올라오는 감동을 주체할 수 없었다. 목욕하고 나니 확실히 상쾌하긴 하구나.

나의 무지와 무능

이곳으로 이사 온 지 얼마 지나지 않아 비가 두 차례 쏟아졌다. 비가 그치자 온종일 광풍이 불더니 기온이 뚝 떨어졌다. "가을비가 내리면 날씨가 추워진다"고 했으니, 기온이 다시 오를 리는 만무했다. 해바라기가 꽃을 피운 지 얼마 되지 않은 때라 다들 울상이 되었다. 그런데 보름 후에 갑자기 날씨가 더워졌다. 기온이 오르니 모기들도 다시 나타났고 한낮에 가을 바지를 입지 않아도 되었다. 모두가 기뻐했다.

올해는 남쪽 땅뿐 아니라 저수지 부근의 땅들도 순탄치 못했다. 봄에 파종하고 한 달이 지나도록 싹이 나지 않았다. 씨앗에 문제가 있었다. 아저씨는 또 씨앗을 사서 한 번 더 파종을 했다. 그 바람에 우리 밭은 인근의 다른 밭보다 수확이 한참 늦어졌다. 주변의 해바라기 밭에서는 수확을 시작했는데, 우리 밭에서는 아직도 꽃이 피고 있었다. 우리는 좋은 날씨가 며칠 더 지속되기를 바랄 뿐이었다. 최소한 수분이 끝날 때까지만이라도 갑작스러운 한파가 찾아오지 않아야 했다.

그런데 꽃도 추위를 타나? 한파가 오면 다 얼어붙어서 씨를 만들어 내지 못할까?

농사는 세상의 모든 노동 가운데서 가장 안전하고 확실한 것이다. 봄에 파종하고 가을에 수확한다. 물론 다소 고생스럽고 살짝 단조로울 뿐이다. 하지만 대자연은 조종할 방법이 없다. 대자연과 밀접한 관계를 맺고 있는 모든 행위는 다 도박성을 띠고 있다. 날씨에 도박하고 빗물에 도박하고 갑자기 찾아오는 병충해에 도박한다. 농사는 '하늘에 의지해 밥 먹는' 일이다. 설령 지금까지 우리가 거의 모든 것을 변화시켰다 할지라도 경작하는 데 있어 하늘이 정한 운명은 인간이 어찌할 방법이 없다.

우리는 비닐막을 씌워 연약한 새싹을 따뜻하게 해 주고 땅속의 수분을 유지할 수 있다. 농약을 써서 잡초를 뽑고 벌레를 잡고 화학비료를 써서 억지로 작물의 수요를 맞추거나 억지로 토양의 성분을 바꿀 수도 있다. 물살의 방향도 억지로 바꿀 수 있다. 먼 구석에 있는 토지에도 물을 댈 수 있다. 하지만 천만 년 전에도 그랬듯 여전히 요행을 바라며 살아간다.

우박은 모든 것을 망가뜨릴 것이고, 여름에 비가 적게 오면 200만 평의 땅에서 아무것도 거두지 못할 것이다. 농부는 푸른 바다 위에서 돛단배를 타고 사계절 내내 표류한다. 농부는 하늘과 땅 사이에 파묻혀 작물 하나하나가 자라는 모습을 지켜본다. 농사짓기는 이처럼 자연과 자유롭게 관계 맺는 일이라 모든 것을 다 할 수 있을 것 같다가도, 꽃 한 송이와 잎새 하나 같은 사소한 것조차 마음대로 할 수 없다는 한계에 부닥치기도 한다.

　나는 무지하기 그지없었다. 광활한 논밭을 거닐 때마다 대지 위에 사람들이 만들어 놓은 경관에 깊이 빠져들었고 인간의 역량과 야심에 감탄했다. 대지 위의 모든 것이 당연하게 느껴졌다. 논밭에서 자란 식량도 무럭무럭 자라나는 작물도 수확에 필요한 노동도 너무나 당연하게 이루어지는 일이라 여겼다.
　시장에서 산 채소는 아주 정갈하고 단단하게 묶여 있었다. 식당에서 주문한 음식은 그릇에 가득 담겨 있었다. 모든 것이 이미 다 정해진 것처럼. 나는 하루 세 끼라는 어김없는 강탈을 통해 이 평범하고 허약한 몸 안에 존재해 왔다. 밥 한 그릇만으로도 충분했지만 기어이 두 그릇을 먹으면서 말이다.
　나의 하찮은 고민, 느닷없이 밀려오는 슬픔, 어쭙잖게 지키고자 했던 존엄이 느껴질 때면, 마치 내 삶의 존재 이유가 단지 그것들을 무한대로 확대해서 어떻게든 정당화하기 위함인 것 같았다. 나는 부질없는 이 삶을 살아 내면서도 좀 더 오래 살기를 소망했으며, 의미 있는 삶이기를 바라는 헛된 희망을 품었다. 그런데 이 논밭을 마주하고 있는 나는 아무것도 할 수 없었다.
　그저 밭에서 자라는 씨앗과 대지의 풍요를 찬미할 뿐이

었다. 온 힘을 다해 모래 한 줌, 물 한 방울까지 찬미하는 것밖에 달리 할 수 있는 일이 없었다. 나는 열정으로 가득했고, 이를 분출할 출구를 찾아 헤맸다. 출구 하나면 충분했다. 하지만 이 들판은 사방이 꽉 막혀 있었고, 우룬구강은 밤낮없이 무심하게 흐를 뿐이었다. 내 목은 자연을 찬미하느라 쉬어 버렸는데 마음속 공허는 그대로였고 나는 그 누구에도 위로받지 못했다.

외지고 조용한 곳에서 지낸다 한들 내 마음은 여전히 불안했다. 나는 늘 부산스러웠고 탐욕으로 가득 차 있었다. 지금 내가 있는 이 세계와 나는 전혀 어울리지 않았다. 이곳의 푸른 풀은 하늘을 향해 자랐고, 파충류는 대낮에는 해를, 밤에는 달을 따라다녔다. 투명한 강물 같은 바람과 차가운 유성처럼 쏟아지는 비, 모두가 있어야 할 곳에서 의연하게 자기 자리를 지키고 있는데, 오직 나만 가장 초라한 모습으로 안절부절못하고 조급해했다. 내 마음속 깊은 곳의 슬픔을 끄집어내도 눈물 한 방울 나지 않았다. 나의 연약함을 완전히 드러낸 채 이유 없이 가슴을 치고 발을 구르며 미친 듯이 울부짖어 보지만 들어 주는 이가 없었다.

다홍호아

내가 아직 잠에서 깨지 않은 꼭두새벽에 다홍호아가 찾아 왔다. 그녀는 문을 열자마자 내 침대 쪽으로 곧장 걸어오더니, 나무 걸상을 내 얼굴 앞으로 끌고 와서는 털썩 앉아 푸념을 늘 어놓기 시작했다.

손녀의 학교가 내일 개학하는데 아직 학비가 충분하지 않다 는 둥, 남동생이 아파서 시내로 병문안을 가려고 하는데 갈 차 비만 있지 돌아올 차비가 없다는 둥, 집에 소도 한 마리 없고 양 도 한 마리 없고 땅도 없다는 둥 하소연이 끝이 없었다(나는 끼 어들어 말하고 싶었다. 땅은 없어도 도급을 받지 않느냐고. 도급으로 임대료를 낼 수 있지 않느냐고 말이다).

또 그녀는 반경 50킬로미터 내의 동네 식료품점에서는 자기 한테 외상을 주지 않는다고 울면서 하소연했다… 나는 어찌할 도리가 없었다. 그저 침대 위에서 이불을 둘둘 감은 채 고개만 내밀고는 그녀가 어서 불평을 끝내고 돌아가기만을 기다리는 수밖에. 그녀는 나에게 자신의 불평을 늘어놓을지언정 나에게 는 하등의 불만도 없었으니까.

나이가 쉰 정도 된 다훙호아는 머리는 희끗희끗하고 목소리는 괄괄하며 높은 코에 키는 180남짓이다. 팔다리가 굵고 몸집이 튼실해서 한쪽에 서 있으면 든든한 기둥처럼 매우 듬직했다. 세찬 천둥소리도 그녀를 흔들 수 없었다. 안타깝게도 카리스마 넘치는 모습과 달리 다훙호아의 평소 옷차림은 남루하고 우스꽝스러웠다.

다훙호아는 위에는 당당하게 배꼽을 내놓은 채 짧은 조끼를 입고, 아래에는 긴 행주치마 같은 것을 발등까지 늘어뜨려 입었다. 다른 카자흐스탄 여인과 달리 다훙호아는 속치마를 입지 않았다. 그래서 엉덩이 위쪽의 치마폭은 항상 엉덩이 골에 끼어 있었다. 그녀 뒤를 따라 걸을 때면 그 치마폭을 잡아 빼고 싶은 충동을 누를 길이 없었다. 이뿐만이 아니었다. 그녀는 양말을 신지도 않고 맨발에 남자들이 신는 다 떨어진 슬리퍼를 지르신었다. 발가락은 또 얼마나 더럽고 흉측한지 뻐드렁니처럼 살벌했다.

하지만 다훙호아는 노동자 아닌가. 하루 종일 힘들게 뛰어다니느라 바빠서 신경 못 쓰는 걸 뭐라 할 수도 없었다. '신경 못 쓰는' 정도가 좀 심했지만 말이다.

우리가 이곳으로 이사 오기 전에 아저씨는 다훙호아가 살던 마을에 혼자 오랫동안 살았다. 그 마을에서 독신 남자는 직접 밥을 하지 않고 사람들을 찾아다니며 공밥을 얻어 먹는 것이 풍습이었다. 아저씨는 집집마다 한 번씩 돌아가며 방문했는데,

다훙호아네 집은 한 번 가 본 뒤로 다시는 가지 않았다.

다른 건 차치하더라도 그녀 집에서 쓰는 기름은 모든 손님을 혼비백산하게 만들었다. 원래는 노란 기름이 붉은빛을 띠는 걸 보면 그 기름으로 열 번의 여름은 난 것 같았다. 아저씨 말이 그 묽고 부드러운 기름 위에 파리들이 빠져 있더란다. 죽은 파리들은 꼼짝도 안 했고 아직 목숨은 부지한 파리들은 필사적으로 몸부림치고 있었다나. 그 이후로 독신남은 도처에서 밥을 해결하던 것도 그만두었다.

다훙호아에게는 딸린 가족이 많았는데, 그들은 늘 공밥을 먹으며 살아왔다. 그녀는 밥 때가 되면 밖으로 나가 누구네 집의 연통에서 가장 먼저 연기가 나는지를 살폈다. 그러고는 남편, 아들, 며느리, 손자를 데리고 그곳으로 향했다.

다훙호아는 음식을 주는 대로 받아먹었으며 절대 까탈 부리는 법이 없었다. 하지만 음식이 있는 게 분명한데도 그걸 내어주지 않으면 참지 못했다. 예를 들어 어느 집 부뚜막 위에 분명 말린 고기가 걸려 있고 솥에서는 국수가 끓고 있다면, 그녀는 반드시 나서서 일을 도와주다가 직접 고기를 내려 '착착착' 칼로 조각내서는 모조로 솥 안으로 집어넣고야 말았다.

다훙호아는 우리 게르로 들어와서 한 바퀴 둘러보고는 곧바로 침대 밑을 가리키며 말했다. "토마토!" 나는 서둘러 달려가서는 토마토 하나를 그녀에게 건넸다. 그녀는 거부했다. "큰

거!" 나는 되돌아가서 큰 걸로 바꿔다 줬다. 그녀는 그제야 침대 위에 편안하게 자리를 잡고 앉아서 토마토를 베어 먹기 시작했다. 다 먹고 나서는 다시 주위를 둘러보았다.

"엄마는?"

"안 계세요."

"아빠는?"

"역시 안 계세요. 무슨 일이 있으신가요?"

"일 없어요."

말을 마친 다홍호아는 근엄하게 몸을 일으켜 자리를 떴다. 토마토 꼭지가 바닥에 떨어져 있지 않았다면 방금 무슨 일이 일어났는지 절대 몰랐으리라.

다홍호아는 일을 아주 잘했다. 해바라기 꽃받침을 베는 날에는 밭두둑 네 줄을 혼자서 뚝딱뚝딱 해치우는 그녀를 당해낼 사람이 없었다. 나는 겨우 밭두둑 두 줄을 베고는 쫓아가는 형편이었다. 그녀는 꽃받침을 베면서 씨를 까먹는 여유까지 부렸다. 농번기가 되면 이 일대의 농사짓는 사람들은 모두 다홍호아를 단기 일꾼으로 고용하고 싶어 했다. 농번기는 다홍호아네 집에 1년 중 몇 번 안 되는 수입이 들어오는 시기였다.

그럼에도 이 집 사람들은 평소보다 적극적으로 어딜 다닌다거나 하는 법이 없었다. 정오에는 두 시간 정도 낮잠을 즐기고 저녁에는 일찍 귀가하며 평소와 다름없이 한가롭고 편안하게 지냈다.

우리 집에서 다훙호아를 단기 일꾼으로 고용하면 발전소 직원들이 힘들어했다. 우리는 한족 집안이어서 이슬람계 일꾼들에게 맞는 식사를 제공하기가 어려웠다. 게다가 우리 해바라기 밭이 너무 외진 데에 있어서 새참 해 먹을 곳도 마땅치 않았다. 그래서 우리 밭으로 일하러 오는 일꾼들은 대개 점심밥을 싸 가지고 다녔는데, 다훙호아네는 밥그릇과 젓가락만 가지고 왔다. 우리 이웃 발전소의 직원 식당에서는 할랄 음식이 나왔기 때문이다. 나는 다훙호아네 가족이 어떻게 밥 먹는 자리에 끼는지는 모르지만 그들은 매일 정확한 시간에 직원들과 함께 식사를 했다.

처음에는 식당 책임자인 사나가 매일 식당 입구에 서서 소리를 질렀다.

"먹지 마요! 벌써 부족하다고요. 아직 당직자 셋이 안 왔단 말예요."

나중에는 수력발전소 소장까지 합세해서 그녀와 함께 고함쳤다.

"다훙호아! 내일은 오지 말아요. 앞으로는 더 이상 오면 안 돼요. 예산 초과라고요. 예산 초과!"

그러나 다훙호아네 가족은 아무 말 없이 슬그머니 식탁에 둘러앉아 계속 머리를 처박고 먹는 데만 몰두했다. 솔직히 말해서 내가 가장 감탄했던 건 다홍호아의 철면피가 아니라 다홍호아네 가족이 보여 주는 인내심이었다.

계속 다홍호아 얘기를 해 보자. 제아무리 고되고 억울한 인생이라도 정신적 즐거움이 필요한 법이다. 농번기 중에서도 가장 바쁜 이틀간 다홍호아네 가족은 일을 그만둬 버렸다. 이튿날 100킬로미터 떨어진 어딘가에서 아컨탄창阿肯弹唱(카자흐스탄의 전통 문화행사. 공연과 체육대회가 열린다-옮긴이)이 열린다는 것이 그 이유였다. 사람들은 제멋대로 행동하는 단기 일꾼 때문에 분통이 터졌다.

당장 어디서 이 많은 일감을 맡아 줄 사람을 찾으라는 것인가. 시간이 촉박했다. 게다가 남쪽으로 내려오던 유목민들은 이미 우룬구강 북쪽 기슭에 자리를 잡았다. 가축들이 강을 넘기 전에 해바라기를 베고 꽃을 말려야지 안 그러면 여름내 힘들게 일해 놓고 자선하게 된다.

우리 가족은 울화가 치밀었다. 엄마는 길길이 뛰면서 욕을 해 댔지만 소용없었다. 일당을 올려 준다고 해도 소용없었다. 엄마는 분에 못 이겨 이를 악물었다.

"죽어도 싼 인간들! 돈을 준다고 해도 싫대! 정말 변태들 아냐."

보통 엄마는 나한테만 변태라고 욕했다. 나는 엄마를 달랬다.

"그 사람들한테 뭐라 하지 마. 힘들게 사는 사람들인데, 공연도 못 보면 사는 게 무슨 재미가 있겠어?"

엄마가 생각해도 일리 있는 말이었나 보다. 결국 온 가족이 일터로 나섰다.

내리 이틀을 꼭두새벽부터 손가락 하나 보이지 않는 늦은 밤까지 일하니 피곤하기가 말도 못했다. 어쨌든 소 떼가 강을 건너기 전에 모든 일을 끝마쳤다. 그 후 무려 일주일 동안 손바닥이 아파서 밥 먹을 때 젓가락도 제대로 쥘 수가 없었다. 그래도 임금 400위안이 굳은 셈이었다. 침착하고 여유롭게 일하는 다홍호아의 모습을 떠올리면 원망스러운 마음 한편으로는 그녀가 존경스럽게 느껴졌다.

공연을 보러 가는 다홍호아를 보면 해바라기 밭에서 일할 때의 모습은 온데간데없고 다른 사람으로 완벽히 변신해 있었다. 언젠가 아커하라의 시장 거리에서 그녀가 단장한 모습을 본 적이 있다.

다홍호아는 벨벳 꽃무늬 치마에 자주색 스카프를 걸치고 묵직한 액세서리를 치렁치렁 달고 있었다. 목에 건 진주목걸이의 진주 크기는 메추리알만 했고, 머리에 꽂은 은비녀는 반짝거리며 빛났다. 그녀의 피부는 눈처럼 하얬고 눈썹은 새카맸다. 신발은 얼마나 광을 냈던지. 엄마 말에 따르면 "개미가 그 위를 기어가려면 지팡이로 지탱해야 할 정도"였다.

다른 사람이 그렇게 요란하게 몸단장을 했다면 틀림없이 아주 천박해 보였을 것이다. 그러나 다홍호아는 그렇지 않았다. 온몸에 꽃을 꽂았다 할지라도 그녀에게는 압도적인 카리스마가 있었다. 그녀는 복스러운 얼굴에 골격이 크다 보니 조금만 꾸며도 유난히 눈에 띄었다. 게다가 알록달록한 옷을 입은 두 아이의 손을 꼭 잡고서 큰 걸음으로 앞만 보고 걸었다. 그녀에게 사람들의 이목이 집중되는 건 어쩌면 당연한 일이었다.

나는 아직도 다홍호아가 왜 '다홍호아'로 불리는지는 모르지만, 이 이름이 그녀에게 너무도 잘 어울린다는 생각이 든다. 어떻게 어울리는지 설명은 못 하겠다. 어쨌든… '다홍호아.'

아, 좋은 이름이다. '다홍호아!'

고용

해바라기 꽃이 무르익었다. 샛노랗고 자디잔 꽃잎이 분분히 떨어지고 새까만 해바라기 씨가 화심을 뚫고 빽빽하게 머리를 내밀었다. 꽃받침은 겸허하게 고개를 숙였지만 우리는 꽃받침이 태양을 향하도록 만들어야 했다. 그래야 완전히 마를 테고, 말린 후에 해바라기 씨를 털어 내는 게 편하기 때문이다. 우리는 해바라기 꽃을 베기로 했다.

우리는 왼손으로는 꽃받침을 받쳐 들고 오른손으로는 칼을 내리쳐서 꽃받침을 잘라 냈다. 남은 줄기를 1미터 정도의 민둥줄기가 되도록 자른 다음, 꽃받침을 민둥줄기 위에 끼워 넣었다. 해바라기를 벨 때 사선으로 베어 민둥줄기 끝을 날카롭게 만들어야 꽃받침을 끼우기가 쉽다. 말하고 보니 상당히 복잡해 보이지만 '삭삭' 칼질을 두 번 하고 '꽉' 끼우면 된다. 한 그루 베는 데에 몇 초밖에 안 걸린다. 체력을 요하는 일도 아니다.

나는 용맹스럽게 부엌칼을 휘둘렀다. 이 기술은 다른 사람과 비교했을 때 조금도 뒤떨어지지 않았다. 노동의 짜릿함이 느껴졌다. 하지만 겨우 땅 몇 평 베고 나자 팔이 결리고 어깨와 허리가 쑤시면서 건강의 위기가 감지되었다. 이튿날 일을 마치자 노년의 위기가 찾아왔다.

해바라기 꽃받침을 햇볕에 말린 후에는 해바라기 씨를 수확한다. 이 일은 더 간단하다. 줄기에서 꽃받침을 뽑아내고 자루에 담아서 밭 가장자리 공터에 쌓아 두면 끝이다. 다음은 해바라기 꽃을 털 차례다. 넓은 비닐 방수포를 깔고 그 위에 앉아서 밀방망이 크기의 나무방망이를 들고 꽃받침을 엎어 놓은 채 해바라기 씨앗이 다 떨어져 나올 때까지 두드린다. 중노동은 아니지만 번거로운 일이다.

매번 나는 꽃받침을 힘껏 두드리면서 마음속으로 왜 이렇게 해바라기를 많이 심었는지 불평을 쏟아 냈다. 한편으로는 10만 평이 아닌 게 어디냐며 안도하기도 하면서.

언젠가 우연히 본 동영상에서 한 농부가 자전거를 뒤집어서 바퀴가 하늘을 향하도록 하고는 한 손으로 페달을 돌리고 다른 한 손으로는 꽃받침을 들고 돌아가는 바큇살에 가까이 댔다. 와! 그 통쾌함이란! 해바라기 씨가 사방으로 튀었다. 몇 번 돌리고 나니 꽃받침이 깨끗하게 털렸다. 아주 환상적인 씨 털기 방법이었다. 몇 년만 일찍 이 동영상을 봤다면 얼마나 좋았을까.

해바라기를 털면서 내 노년병은 악화되었다. 매일 일을 마치고 나면 피곤해서 밥도 먹을 수 없을 지경이었다. 하필 그 시기에 바람까지 세차게 불어제쳐서 나는 두꺼운 목도리를 두르고 혼자 건조장에 앉아서 일해야 했다. 내 앞에는 꽃받침이 작은 산처럼 쌓여 있고 내 뒤에도 빈 꽃받침 껍데기가 작은 산처럼 쌓여 갔으며 바닥에는 새까만 해바라기 씨가 가득했다. 기계적으로 두드리고 털다 보니 손에는 온통 물집이 잡혔다. '낙숫물이 댓돌을 뚫는다'는 속담이 생각났다. 내가 이틀간 해바라기를 털었던 힘을 한곳에 모은다면 작은 집 한 채의 터를 다지는 것도 가능하리라.

왜 나 혼자서만 일을 했을까? 엄마와 아저씨는 뭐 하러 가고? 아저씨는 여기저기로 일꾼을 찾아다니느라 바빴고 엄마는 아커하라로 돌아가 당신의 잡화점에서 일꾼들에게 줄 돈을 버느라 바빴다.

다홍호아 같은 단기 일꾼을 고용하면 온갖 불만에도 불구하고 그녀의 '능력' 하나로 모든 게 상쇄되었다. 일 잘하는 단기 일꾼은 많지 않을 뿐더러 단기 일꾼 자체도 많지 않았다. 왜 그런지는 몰라도 2년 동안 단기 일꾼의 임금은 갈수록 오르는 반면 일꾼은 점점 줄어들었다. 새로 개간한 땅이 늘어났기 때문인 것 같았다. 땅은 갈수록 넓어지는데 노동력은 도통 늘지를 않았다.

단기 일꾼은 인근 마을에서 왔다. 그러나 들판의 마을에는 원체 인구가 적었다. 여름에는 대부분의 사람이 양 떼를 따라서 북쪽 깊은 산의 목장으로 이동해 버렸다. 집집마다 한두 사람만 남아서 목초지를 관리하며 월동 준비를 했다.

넓은 경작지를 소유한 사람은 농번기에 현정부 소재지에서 일꾼을 모집했다. 우리같이 작은 규모의 땅에 농사짓는 소농이 그렇게 하기에는 비용 부담이 너무 컸다. 이곳은 외진 황무지이다 보니 가장 가까운 도시가 100킬로미터 떨어진 곳에 있었다. 외지 일꾼을 고용하려면 교통비, 식사비 같은 지출은 말할 것도 없고 열댓 명의 숙소 문제도 해결하기가 쉽지 않았다.

해바라기 농사는 한가롭게 할 수 있는 일이 아니다. 바빠지기 시작하면 마음이 급해져서 열받는 일투성이다. 씨 뿌리고, 물 대고, 비료 주고, 농약 치고, 가지 치고, 꽃받침 베는 일은 많은 인력을 필요로 할 뿐 아니라 시간을 다투는 급한 일이었다. 며칠만 늦어져도 해바라기의 수확에 영향을 줄 수 있었다. 이 수만 평 땅의 진척 속도가 비슷비슷하다보니 우리가 바쁠 때는 다른 사람들도 다 바빴다. 우리 집이 급하게 단기 일꾼이 필요하면 다른 집도 사방으로 사람을 수소문했다. 그래서 계속 부딪칠 수밖에 없었다. 몰래 임금을 올리는 등 서로를 궁지에 빠뜨리기도 했다. 일꾼을 고용해야 하는 농번기가 될 때마다 엄마와 아저씨는 고민이 깊었다.

해바라기를 베는 시기에 우리는 미성년자 한 명을 고용했다. 오후 쉬는 시간이 되면 그 아이는 열쇠 꾸러미를 가지고

239

놀면서 아저씨랑 얘기를 나누곤 했다. 열쇠에 달린 플라스틱 카드에는 영화배우 사진이 끼워져 있었다. 아저씨가 물었다.

"이 사람 누구냐? 네 형?"

아이가 숭배하는 얼굴을 하고 대답했다.

"야오밍이예요."

아저씨가 또 물었다.

"그 야오밍이라는 사람 해바라기 벨 줄은 알아?"

아이는 서둘러 해명했다.

"야오밍은 농구선수예요. 정말 대단하죠."

"뭐가 대단해?"

"키가 2미터가 넘어요!"

아저씨가 황급히 말했다.

"그럼 너 걔한데 전화해서 일하러 오라고 해라. 우리는 일당이 80위안이라고."

예전에 나에게 배분된 일은 그저 밥하고 빨래하고 닭 모이 주고 풀 뽑는 것이었다. 이런 일들은 상대적으로 수월한 편이다. 하지만 노동력이 부족한 시기가 되면 나도 다른 사람들을 따라 함께 일터로 나섰다.

엄마는 일하면서 개탄을 금치 못했다. "기계화가 안 되어 있어! 이 몹쓸 곳은 기계화 수준이 너무 낮다고. 그런데 그 수준을 올릴 방법도 없네." 엄마는 항상 시대가 퇴보하고 있다고 불평을 늘어놓았다. "기계화 수준이 30년 전만도 못하다니!" 이 말에는 약간의 자랑도 담겨 있었다. 엄마는 군대 농장의 농업 기술자였다. 토지 경영에 있어 엄마는 아주 눈부신 기억을 가지고 있었다.

농사가 기계화되면 분명 효율이 높아지고 맘고생도 덜할 테고 체면도 세울 것이다. 하지만 엄마가 놓친 것이 있었으니, 기계화 수준이 낮은 덕분에 엄마가 그나마 지금 이렇게 농사를 지을 수 있다는 것이다. 임금도 겨우 주면서 감히 기계화를… 그러니까 엄마가 어떻게 농약 뿌리는 비행기를 살 수 있겠냐는 말이다. 다시 말해서 엄마 성격에 겨우 2만 평밖에 안 되는 땅에 농약을 뿌리겠다고 비행기를 살 리 없었다. 비행기가 하늘에 뜨면 밭의 경계를 구분하기 어려워서 우리 농약을 이웃집 밭에도 뿌릴 테니 말이다.

기다림

 농번기 막바지가 되면 일꾼 찾기도 힘들 뿐더러 우리 집은 일꾼을 고용할 여력도 없었다. 나는 줄곧 농사일에는 힘만 있으면 된다고 생각했다. 많은 부분에 돈이 필요하다고는 생각지도 못했다. 땅을 갈고 비료를 주고 농약을 뿌리고 꿀벌을 빌리는 것까지 다 돈이었다. 농사의 첫 단계인 씨뿌리기와 가지치기부터 마지막 단계인 해바라기 꽃받침 베기와 씨 털기까지 다 돈으로 일꾼을 고용해야 했다. 해바라기 베는 시기기 되면 엄마의 돈은 이미 바닥나 있었다.

 농사짓기 전에 엄마는 여유자금을 마련하려고 새로 지은 집을 팔았고 그 때문에 온 가족이 토끼우리에서 지냈다. 이번에는 내가 집에 올 때 가져온 돈마저 덩달아 나갔다. 내 돈까지 탈탈 털어 쏟아부었는데 이익은커녕 본전 근처에도 못 갔다. 장기 일꾼의 한두 달 임금은 미뤄 볼 수도 있었지만 단기 일꾼의 임금은 당일에 정산해야 했다. 1인당 100위안을 줘야 하는데 외상으로 하자고 하면 듣는 사람도 기분이 상할 게 뻔하고 우리도 차마 입을 뗄 수 없었다.

엄마가 카자흐 남자를 장기 일꾼으로 고용한 적이 있다. 그는 물통이나 옮겨 봤지 선진 농업기술은 배운 적이 없었다. 게다가 이슬람이라 함께 식사를 하기도 불편했다. 우리 집은 원래 돼지고기를 먹지 않아서 자연스럽게 할랄 음식을 먹는 거나 마찬가지였지만 말이다. 하지만 밀크티를 마시며 자란 아이에게 허구한 날 우리 따라 흰죽만 먹게 하는 건 못 할 짓이었다. 우리 집 밭은 규모가 작았다. 장기 일꾼을 고용하면 농번기에는 엄마가 일하기 수월하지만 농한기에는 일꾼이 수월했다. 바쁘지 않은 날이 바쁜 날보다 훨씬 많았다. 엄마는 계산을 해 보더니 당장 그 사람을 잘라 버렸다. 그도 해고당한 게 기쁜 듯했다.

올해부터는 장기 일꾼을 고용하지 않았다. 바쁠 때 이를 악물고 크고 작은 일을 겨우겨우 버텨 냈다. 그러나 갈수록 버티기가 힘들어졌다. 반드시 일꾼을 써야 했다. 반드시 돈을 써야만 했다. 이때 엄마는 당신이 예전에 운영했던 잡화점을 떠올렸다.

아커하라 마을은 작고 인구수도 적었지만 마을 중심지에는 식료품을 파는 상점이 몇 집이나 되었다. 도시의 도매상은 일정 기간이 지나면 한 번씩 마을로 와서 물건을 대 주었는데 상점마다 물건이 다 거기서 거기였다. 우리 상점은 아주 작은 규모여서 물건도 적었다. 지금까지 살아남을 수 있었던 건 엄마의 필살기인 입담 덕분이다. 하지만 농사를 짓느라 지난 반년간 상점 문을 닫고 새로운 물건도 들여놓지 않았다. 다시 상점 문을 열어도 장사가 안 될 게 뻔했지만 그럼에도 엄마는 시도해 보고 싶었다.

꿀벌 수분이 끝나고 해바라기 밭에 물 대기를 기다리는 동안 엄마에게 잠시 짬이 났다. 어느 날 엄마는 오토바이를 타고 아커하라 마을로 돌아갔다. 그날 밤늦게 돌아온 엄마는 반나절 상점을 열어서 80위안어치를 팔았다고 기뻐하며 말했다. 일꾼 한 명의 딱 하루치 일당이었다. 여름에는 사람도 적고 재고도 많지 않아서 80위안어치면 아주 괜찮은 성적을 거둔 것이었다. 80위안어치의 오래된 물건이 가져온 수익이 얼마나 되는지 궁금했다.

"몇 킬로미터 왔다 갔다 했으니 기름 값으로 그 돈 다 들어갔지?"

엄마는 손가락을 꼽으며 계산해 보더니 말했다.

"손해 아니야. 만약 30위안어치만 팔았으면 손해였겠다."

그날부터 엄마의 긴급 영업이 정식으로 시작되었다.

엄마는 매일 오전에 출발해서 날이 어두워져서야 집에 돌아왔다. 매일 몇십 위안어치의 물건을 팔았다. 가장 적게 팔았을 때도 2, 30위안은 되었다. 겨우 기름 값을 번 것이다. 어느 날은 장사가 유난히 잘돼서 거의 200위안을 벌었다. 엄마는 신이 나서 저녁 내내 노래를 흥얼거렸다.

"이틀 연속 장사가 잘되면 나는 이틀 동안 상점에 안 나갈 거다."

엄마는 다음 날부터 이틀간 날이 어두워지도록 1위안도 벌지 못했다. 전날 번 돈을 고대로 까먹은 것이다.

엄마는 억울해서 죽을 지경이었다.

"이틀을 허탕 쳤어. 진즉 알았더라면 안 갔을 텐데. 밭에서 쥐안이 너를 도와 일이나 할걸."

응? 뭐라고? 나를 '도와' 일한다고? 이게 어떻게 가능하지. 농사가 내 일인가?

그럼에도 이튿날이 되자 엄마는 밀전병 두 장을 품에 넣고는 온몸을 두껍게 싸매고 세찬 바람을 맞으며 잡화점으로 출발했다. 행운을 기대하며.

엄마에게 가장 고단한 일은 매일 몇십 킬로미터를 왔다 갔다 하는 것보다 고객과의 입씨름이 아닐까 싶다. 갈수록 장사가 힘들어졌다. 유목 지역에서는 돈이 양 떼에게 달렸기 때문에 여름에 마을에 남은 사람들은 사는 게 빠듯했다. 물건을 살 때마다 치약 짜듯이 필사적으로 가격을 흥정했다.

보통 이런 대화가 오갔다.

"이봐요, 주인장. 딱 한마디만 할게요. 이 바지 20위안에 주세요."

245

"20위안? 손님이 말하는 게 애들 바지인가?"

"21위안."

"29위안 아래로는 안 돼요."

"23위안! 더 이상 말 맙시다."

"28위안. 사려면 사고 안 사도 화 안 낼게요."

"됐어요, 됐어. 딱 잘라 23.5위안. 우린 다 친구 아닙니까."

"친구도 밥을 먹어야 해서요."

"딱 잘라서 23.8위안."

엄마는 자를 집어 들고는 손님을 때렸다.

수력발전소에서 강가를 따라 난 도로를 걸어가다 보면 아커하라가 나왔다. 도로의 상태가 좋고 차량도 많지 않아서 운전기사는 이 길로 들어서면 미친 듯이 액셀을 밟았다. "끼이익" 사고가 빈번하게 일어났다.

길가에 있는 마을에서는 가축 관리를 느슨하게 했다. 종종 소 떼가 도로 중간에 모여 군중집회를 열었다. 도로 한가운데에 누워서 잠을 자는 소도 있었다. 차가 와도 아랑곳하지 않고 클랙슨을 요란하게 눌러도 소용없었다. 운전기사는 어쩔 수 없이 차를 세우고 시동을 껐다. 차에서 내려 발로 소 엉덩이를 걸어차고 막대기로 소의 배를 툭툭 쳐야 겨우 지나갈 수 있었다. 저녁이 되면 이 도로에는 더 많은 소가 모여들었다. 길가에는 가로등이 없어서 자동차 등을 켜도 도로 상황을 제대로 파악하기가 어려웠다.

예전에 이 도로 위에서 엄마와 아저씨가 밤에 오토바이를 타고 가다가 도로 중앙에 누워 있던 검은 소와 부딪혔다. 엄마와 아저씨는 멀리 튕겨 나갔다. 다행히 헬멧을 쓰고 있어서 크게 다치진 않았다. 멍이 들고 살갗이 조금 벗겨지고 며칠 동안 걸으면서 절뚝였지만 말이다.

소는? 소는 일어나서 냅다 도망쳤다고 한다. 다친 데가 없으니 도망칠 수 있었을 것이다.

나는 매일 두 곳을 왔다 갔다 하는 엄마의 여정이 마음에 걸렸다. 이런 내 걱정이 무색하게 엄마의 귀가 시간은 조금씩 더 늦어졌다. 매일 저물녘이 되면 나는 밥을 해 놓고 식지 않도록 화로 위에 올려 두었다.

날이 어두워지자 별들이 점점 모습을 드러냈다. 마음이 불안해져서 2분마다 밖으로 나가 동남쪽을 바라보곤 했다. 엔진 소리가 희미하게 들려오면 바로 하던 일을 다 내려놓고 뛰어나갔다. 싸이후와 쵸우쵸우 역시 긴장한 채로 엄마를 기다렸다.

이 개 두 마리는 낮에는 줄곧 밖에서 뛰어다니느라 그 모습을 볼 수가 없지만 황혼녘이 되면 집으로 돌아왔다. 개들도 얌전하게 문 앞에 앉아서 동남쪽을 바라보았다. 그 방향에서 바람이 불고 풀이 흔들렸다 하면 쵸우쵸우는 귀를 세우고 경계 태세를 갖춘 채 대기했다. 싸이후는 뒷다리로 서서는 필사적으로 먼 곳을 바라보며 으르렁거렸다.

'걱정'이라는 감정은 어떤 '마음 상태'에 대한 정교한 표현일지도 모른다. 만약 아주 복잡한 환경에서 생활한다면 하루 종일 이것저것 신경 쓸 일이 많아서 친척이나 친구를 마음 깊이 걱정한다고 해도 대부분 금세 잊힐 것이다. 하지만 단순하고 적막한 들판에서 생활하다 보면 아주 조그마한 걱정도 무한대로 커졌다.

나는 쓸데없는 생각을 하면서 한편으로는 그 생각을 애써 누르고 있었다. 개 두 마리와 밤바람을 맞으며 심연 같은 아득한 하늘만 바라보며 서 있었다.

엄마는 오토바이 타는 것을 좋아했다. 야심만만하게도 오토바이 경기에 출전하는 환상을 품고 누군가에게 신청해 달라고 부탁한 적도 있다. 엄마는 이 얘기를 할 때면 화를 냈다.

"나이 초과란다! 그 사람들이 엄마가 나이가 많아서 안 된다더라."

나이 초과라 얼마나 다행인가….

엄마의 오토바이는 배기량이 상당히 크고 이상하게 무거웠다. 타는 것은 차치하고 나 같은 사람은 떠받치는 것도 어렵고 밀어도 밀리지 않았다. 엄마는 용감하고 진지하고 신중한 사람이다. 아득한 고비사막에는 집도 없고 상점도 없다. 시야에 들어오는 거라곤 그저 끝없이 펼쳐진 공허함뿐이다. 나무 한 그루, 사람 하나, 차 한 대 없으며 심지어는 조금 도드라진

흙더미조차도 없다.

이런 상황에서도 엄마는 오토바이를 타고 갈림길에 들어서서 왼쪽으로 커브를 돌 때면 왼쪽 깜빡이를 켜고 오른쪽으로 돌면 오른쪽 깜빡이를 켰다. 나는 웃음이 났다.

"누구 보라고 그러는 거야?"

엄마는 진지하게 말했다.

"누구 보라는 건 아니고 그냥 습관이지."

나는 엄마에게 감탄했다. 엄마는 갈림길에서 모퉁이를 돌며 등의 방향을 바꾸지 않는 사람을 만나면 곧바로 욕을 해 댔다. 상대방이 못 들었다면 엄마는 끝까지 쫓아가서 그 사람 차창 유리에 대고 욕을 했다.

"깜빡이를 안 켜면 네가 어디로 가는지 내가 어찌 알아? 너는 죽고 싶을지 몰라도 난 아직 아니거든!"

아마추어 모범 교통경찰이었다. 하지만 다 소용없는 일이었다. 엄마는 깜빡이는 바꿀 수 있었지만 신호등은 읽지 못했다.

아무튼 하루의 마지막 일과는 기다림이었다. 기다릴수록 그리움은 커져만 갔다. 나는 한밤중에 개 두 마리와 함께 하염없이 먼 곳의 어둠 속을 바라보았다. 환한 오토바이 불빛이 그 방향에서 나타나 주기를 간절히 바랐다. 불빛이 점점 가까워지고 점점 더 환해지기를 바랐다.

그때 문득 나를 기다리던 외할머니가 떠올랐다. 기다림은 고독 사이에 뿌리내린 식물이 아닐까? 고독이 강렬해질수록 기다림은 무성해졌다.

아주 오랜 시간이 지난 후에 도로가 환해지더니 마침내 잠자리 모양의 엄마 오토바이가 나타났다. 드디어 엄마가 돌아온 것이다. 개 두 마리는 하늘을 향해 울부짖었다. 오토바이가 멀지 않은 도로 모퉁이에 나타나자 싸이후와 쵸우쵸우는 지난 50년간 헤어졌다 만난 것처럼 격하게 달려 나갔다. 쵸우쵸우는 키가 크고 다리도 길어서 아주 빨리 달렸다. 작은 대포처럼 순식간에 오토바이를 향해 내달렸다. 엄마는 놀라서 브레이크를 밟으며 욕을 했다.

"죽일 놈의 개! 죽고 싶어?"

쵸우쵸우는 두려움이 없었다. 오토바이가 완전히 멈추지 않았는데도 오토바이 앞머리를 꼭 잡았다. 개의 머리가 엄마 얼굴 위에 닿으며 온 얼굴에 침을 뿌렸다. 엄마는 개를 피하지도 못하고 또 오토바이를 내팽개칠 수도 없어서 나한테 에스오에스를 쳤다.

"빨리 개 잡아! 어서!"

나는 서둘러 개의 목을 잡아당겨서 간신히 엄마를 구출해 냈다.

싸이후도 흥분한 건 매한가지였지만 나름 차분했다. 녀석은 우는 듯이 짖으면서 앞뒤로 왔다 갔다 하며 엄마에게서 조금도 떨어지지 않았다. 엄마의 옷 끝을 붙잡고 좌우로 흔들어 대는 것이 마치 어린애가 애교를 부리는 것 같았다. 엄마는 헬멧과 외투를 벗으면서 싸이후를 달래고 쵸우쵸우에게 욕을 해 댔다.

집으로 들어온 엄마는 가장 먼저 오늘의 업무를 보고했다.

"오늘도 80위안 벌었어. 좋았어. 또 일꾼 하나 고용해서 하루치 일하게 할 수 있겠다."

소몰이

해바라기가 태양 아래서 여물기를 기다리는 동안 아저씨는 매일 사방으로 일꾼을 찾으러 다니랴 자질구레한 밭일을 하랴 바쁜 나날을 보냈다. 엄마는 해바라기를 베고 씨를 털 때 필요한 일꾼의 임금을 벌기 위해 매일 몇십 킬로미터를 오가며 분투했다. 나는 혼자서 게르를 지키며 집안일을 돌봤다. 보기에는 내가 가장 한가한 것 같아도 나는 내가 그 누구보다 더 바쁘다고 생각한다.

먼저 나는 토끼들에게 밥을 줘야 했다. 하루 종일 풀을 뽑고 또 뽑고, 허리 근육에 이상이 생길 정도로 뽑아 댔다. 그다음으로 토끼를 잡아야 했다. 우리 집 토끼들은 모두 능력자라 태어난 지 열흘이 지나면 60센티미터 높이의 토끼장을 뛰어넘을 수 있었다. 나는 겁이 많고 움직이기도 싫어하지만, 언젠가는 나도 토끼를 잡을 수 있는 날이 오리라.

녀석들이 깡총깡총 뛰면서 도망치기 시작하면 그 민첩함이 토끼 같다는 사실을 알아야 한다. 아, 원래 토끼였지. 아무튼 나처럼 운동신경 없는 사람 눈에는 토끼가 도망가는 모습이 '번

갯불' 치는 것처럼 보였다. 빠르기도 빨랐지만 몸집이 조그마해서 어느 구석 틈에 들어가 버리면 도통 잡을 방도가 없었다.

그런데 내가 스스로를 너무 과소평가했다. 3일 만에 토끼를 잡을 줄이야. 나는 토끼 잡는 기술을 완벽하게 몸에 익혔다. 녀석들이 하늘로 도망친다 해도 그 기다란 귀를 붙잡아 데리고 올 수 있었다.

토끼를 먹이고 토끼를 잡는 일뿐 아니라 닭에게 모이도 줘야 했다. 닭 모이 주는 일은 간단하다. 시중에 파는 사료를 사 주면 된다. 밀기울과 다진 밀을 사 와서 거기에 물을 넣어 비비기만 하면 된다. 문제는 우리 집에 돈이 없다는 것… 그래서 나에게는 풀 뽑는 일이 가중되었다. 예전엔 닭 모이를 순사료로 주었지만, 지금은 사료에 다진 풀을 일대일로 섞어서 준다. 문제는 우리 집에 닭이 50여 마리나 된다는 것이다….

그러나 이 모든 일은 소몰이에 비하면 아무것도 아니다. 이 일대에서 우리 집 해바라기 밭 수확이 가장 늦었다. 불행하게도 유목민들이 남하하는 시기가 닥쳐왔다. 이제 막 해바라기를 베고 아직 며칠 말리지도 못했는데 소 떼가 계속해서 강을 건너고 있었다. 그리하여 해바라기 밭 보호 작전이 본격적으로 시작된 것이다.

우선 소가 해바라기 꽃받침을 먹는 모습을 떠올려 보자. 소가 한 입 베고 나면 그 큰 꽃받침이 초승달 모양만큼만 남는다. 녀석이 또 한 입 베면 남은 초승달이 완전히 사라질까? 아니다. 녀석은 고개를 돌려 그 옆에 있는 꽃받침을 베어 물고 새로운 초승달을 만들어 낸다. …정말 미워 죽겠다.

해바라기 밭은 넓고 해바라기는 높이 솟아올라 있어서 소 한두 마리가 숨어드는 건 물론이고 한 무리가 숨어도 발견하기 힘들었다. 녀석들에게 이곳은 안전하고 편안했으며 태양도 피할 수 있는 장소였다. 모두들 배가 차지 않고는 절대 후퇴하는 법이 없었다.

넓은 해바라기 밭에서 소몰이를 하려면 인내심을 가지고 200만 평 땅을 한 바퀴씩 돌아야 했다. 소를 찾았다고 해서 바로 몰아서는 안 되고, 모든 소를 한데 몰아넣고 난 뒤에 다시 몰아야 한다. 그렇지 않으면 방금 막 한 녀석을 몰고 다른 소를 몰려고 할 때 방금 몰아넣은 녀석이 다시 천천히 빠져나왔다. 다시 그 녀석을 한쪽으로 몰면 다른 녀석이 빠져나와 꽃받침을 우적우적 씹어 먹었다. 게다가 이리저리 도망치게 하는 것은 녀석들의 소화를 돕는 꼴이었다. 그러고 나면 더 많이 먹었다. 나는 먼저 소 한 마리를 다른 소가 있는 데로 몰고, 다시 이 두 마리를 세 번째 소 쪽으로 몰고… 그렇게 몰고 또 몰 수밖에 없었다. 소를 몰면서 아직 제대로 꽂지도 않은 꽃받침을 얼마나 많이 들이받았는지 모르겠다.

쵸우쵸우가 나를 돕는다고 합세했다. 녀석은 내가 간신히 소들을 한곳에 모아 두고 나면 갑자기 튀어나왔다. 녀석이 보기에 공을 세울 때가 온 것이다. 멀리서 쏜살같이 뛰어와서는 다짜고짜 크게 울부짖으며 소들에게 달려들어 겨우 몰아넣은 소들이 다 도망가게 만들었다. 나는 어쩌면 좋은가? 개한테 욕을 해 대며 처음부터 다시 할 수밖에 없었다.

생각해 보면 학교 다닐 때 800미터 달리기 대회에 나갔던 것 말고는 내 평생 이렇게 격렬한 육상경기에 참가해 본 적이 없었다. 간이 아파 왔고 목구멍이 타들어 가는 듯했고 편도선에는 염증이 생겼고 폐는 자칫하다간 터질 것 같았다. 이런 지경이 되어도 잠시 멈추고 쉴 수 없었다.

소들은 똑똑하기가 이를 데 없어서 일단 내 체력이 자기들보다 못하다는 걸 알고 나면 나를 가지고 놀았다. 내가 뛰면 자기들도 뛰고 내가 멈추면 자기들도 멈췄다. 그러고는 바로 내 앞에서 꽃받침을 베어 먹으며 동정을 살피고 도망갈 유효 거리를 가늠해 보았다. 지금이야 그때의 상황을 떠올리면 그저 웃음이 나지만, 당시에는 소들을 잡아서 구워 먹고 그 가죽을 덮고 잠들고 싶을 정도로 화가 났다.

아저씨는 훨씬 더 분개했고 무자비했다. 나는 소몰이를 할 때 기껏해야 돌멩이를 던지거나 손에 긴 막대기를 들고 쫓아갔다. 그러나 아저씨는 머리끝까지 화가 나서 부엌칼을 던졌다. 아저씨에게 포기란 없었다. 한 손에 부엌칼을 들고 바짝 쫓아가서는 소를 향해 휘둘렀다. 제대로 맞추지 못하면 다시 뒤쫓아 가서는 칼을 쳐들고 달려들어 휘둘렀다.

나는 간이 콩알만 해졌다. 아저씨의 고혈압과 뇌출혈을 걱정하면서 한편으로는 소들이 더 빨리 도망치도록 기도했다. 나무아미타불… 다행히 아저씨가 명중시키는 것을 본 적이 없다.

며칠간 나는 꿈속에서도 소몰이를 했다. 소가 몸에 칼을 맞은 채로 피를 흘리며 도망가는 것을 보았다. 내가 꾼 최악의 악몽에 순위를 매기면 이 꿈이 3위 안에 들 것이다.

소를 한곳에 모는 것도 쉬운 일이 아니었지만 녀석들을 다시 해산시키는 것은 더 어려운 일이었다. 간신히 다 쫓아냈건만 돌아서면 녀석들이 다시 돌아오는 경우가 자주 있었다. 멀리멀리 쫓고 또 쫓아 마을까지 쫓아야 간신히 돌아가곤 했지만… 이 모든 게 전혀 소용없는 일이었다. 내가 집으로 돌아가면 녀석들이 또 왔으니 말이다. 나한테 다리가 있듯이 녀석들에게도 다리가 있었다. 그렇다고 녀석들 다리를 묶어 놓을 수도 없고 길을 막을 방법은 더더욱 없었다. 그러니까 소를 하루 종일 몰아도 헛수고요, 결국 이 모든 일이 다 방목하는 사람들을 도와주는 셈이었단 말이다.

나중에 내가 생각해 낸 필살기는 소 떼를 우룬구강 북쪽 기슭으로 모는 것이었다. 먼저 강가로 몬 다음 돌멩이를 던져서 녀석들을 강 건너로 쫓아 버리는 것이다. 녀석들이 하나하나 물속으로 들어가는 것을 확인하고 다시 강을 건너 기슭으로 올라가는 것을 눈으로 배웅하고 나서야 돌멩이 던지는 것을 그만 두었다. 이제 정말로 다 끝난 셈이었다. 녀석들이 돌아오고 싶어도 다시 물속에 들어가 헤엄쳐 올 가능성은 그다지 크지 않았다.

결국 상류 쪽으로 가서 가장 가까운 다리를 찾아 강을 건널 수밖에 없을 것이다. 강을 건너 다시 무리를 이루어 밭 주변에 다다르면 이미 날은 저물었을 테고 그럼 소 주인이 나와서 소를 집으로 데려갈 것이었다.

엄마는 이 소몰이 작전에 거의 참여하지 않았지만 한번 몰았다 하면 놀랍도록 잘해 냈다. 녀석들을 인근 이웃집의 텅 빈 외양간으로 몰아넣고는 가둬 버렸다. 그 외양간이 누구네 외양간인지, 소는 누구네 소인지 신경 쓰지 않았다.

대지의 힘

소가 가장 좋아하는 것은 해바라기 꽃받침이다. 그렇다면 꽃받침은 틀림없이 최고로 맛있는 것일 게다. 최소한 파릇한 풀보다 맛있고 사료보다도 맛있다. 꽃받침 표면에 붙어 있는 해바라기 씨는 정말 맛있다. 소는 말할 것도 없고 우리 사람들에게도 맛있다.

북방의 대지에서 살아가는 집들 가운데 해바라기 씨를 까먹다가 앞니가 벌어진 사람 한둘이 없는 집이 과연 있을까 싶다. 북방의 겨울, 그 기나긴 밤에 해바라기 씨를 까지 않으면 무얼 하겠는가? 이해할 수 없는 것은 나처럼 해바라기 씨를 좋아하지 않는 사람조차 해바라기 씨를 까먹다가 앞니가 벌어졌다는 것이다. 나는 정말로 씨 까먹는 걸 싫어하는데… 이게 다 씨가 향긋한 탓이다. 씨를 좋아하지는 않지만 한번 까기 시작하면 멈출 수가 없다.

까고 또 까고 깔 수밖에 없다. 씨는 입 안 왼쪽에서 까고 오른쪽에서 껍질을 뱉어 내야 제맛이다. 까고 또 까고 입 안이 헐 때까지 까고 입에서 흰 거품이 날 때까지 깐다. 나는 정말로 씨

까먹는 걸 좋아하지 않으며, 씨 까먹는 일이 아주 드물다. 아무리 해명을 해도 누구도 내 말을 믿지 않는다. 다들 나의 '벌어진 앞니'를 오래오래 쳐다본다. 나처럼 해바라기 씨를 좋아하지 않는 사람조차도 씨 까먹다가 이가 벌어졌는데 씨를 좋아하는 사람은 더 말해 뭐하리.

우리 집 싸이후도 해바라기 씨를 좋아한다.

엄마가 봄에 덧파종하고 남은 씨앗을 침대 밑에 아무렇게나 쌓아 뒀다. 싸이후는 틈만 났다 하면 그 안에 들어가서 바스락거리며 참 맛나게도 먹었다. 녀석은 씨를 깔 줄 몰라 껍질째 우적우적 씹고는 그냥 삼켜 버렸다.

엄마는 짬만 나면 싸이후를 위해 해바라기 씨의 껍질을 까면서 욕을 해 댔다. "으이그, 내가 할 일이 태산인데 이렇게 개님이나 모시고 있어야겠냐." 그러면서도 씨를 한 움큼 까서는 손바닥에 올려놓고 싸이후가 핥아먹게 했다. 싸이후가 신나게 먹는 모습을 보며 엄마도 신나 했다.

어찌 보면 우리 집 개들이 먹는 게 변변찮다는 것일 수도 있지만 이 해바라기 씨가 확실히 좋다는 의미이기도 했다. 토끼와 닭은 더 말할 것도 없었다. 엄마는 꽃받침을 털고 키질과 포장까지 다 하고 남은 불순물 섞인 부스러기를 전부 모아서 토끼와 닭에게 주었다. 모두가 해바라기 씨를 먹으며 행복해했다.

해바라기를 팔기 전에 우리 몫을 조금 남겨 두고 기름공장으로 보냈다. 기름을 짜낸 다음 일부는 상점에서 팔고 일부는 우리가 먹었는데 1년치로 충분했다. 기름을 짜고 남은 기름 찌꺼기도 상태가 좋아서 닭과 토끼는 그걸 차지하려고 맹렬하게 다퉜다.

이렇게 척박한 땅에서 향긋한 먹거리가 자라다니, 땅의 힘을 찬미해야 할 것만 같았다. 물론 그 안에는 분명 화학비료의 영향도 있을 것이다. 하지만 화학비료는 그저 땅의 의지에 따라 작용했을 뿐이다. 인류는 수경재배 기술을 개발할지언정 생명의 생장 규칙을 바꿀 수는 없었다. 이러한 규칙 역시 땅의 의지였다.

엄마는 화학비료를 좋아하지 않는다. 엄마도 여느 농가들처럼 화학비료의 힘을 빌리지 않을 수 없었지만 말이다. 엄마는 젊었을 때 농업학을 공부했는데, 엄마의 선생님이 화학비료를 쓰는 것은 눈앞의 이익에만 연연하는 근시안적 방법이라고 말씀하셨단다. 일시적으로 수확을 늘리고 생산을 보장할 순 있지만 그게 지속되면 30년 안에 토지는 훼손될 것이라고 하셨단다. 엄마는 항상 중얼거렸다. "벌써 30년이야. 벌써 30년이 되었다고?" 우려인지 의혹인지는 알 수 없었다.

나는 '토지가 훼손된다'는 말이 구체적으로 어떤 의미인지는 모르지만 '죽은 토지'는 본 적이 있다. 죽은 토지의 지면은 딱딱하고 하얬다. 밭두렁은 변함없이 한 줄 한 줄 정갈하고 단단하게 도드라져 있어서 멀리서 보면 끝없이 펼쳐진 흰색 빨래판처럼 보였다. 토지 위에는 드문드문 해바라기의 잔여 줄기가 박혀 있었는데, 줄기 역시 하얗게 말라 있었다. 나는 이것이 화학비료 과다 사용 때문인지 무분별한 관개 때문인지 염분이 토양에 축적되어서인지⋯ 어떤 이유로 땅이 버려진 것인지 추측해 보았다.

고비사막은 척박한 땅이지만 이는 생태계가 정상적으로 돌아가는 상태에서 척박한 것이다. 고비사막이 제아무리 황량하다 해도 드문드문 식물이 자라기 마련이다. 칙칙하고 거칠어 보이는 풀일지라도 말이다. 하지만 눈앞에 펼쳐진 땅은 이상하리만치 단단했다. 지표면은 매끈해 보일 정도로 단단해서 풀 한 포기 자라지 않았고 생기라곤 찾아볼 수 없었다. 마치 죽은 피부처럼 대지 위에 붙어 있었다.

그래도 다행인 건 바로 그 지표면이 성긴 토양을 아주 단단하게 눌러 주고 있다는 사실이다. 죽어서도 아이를 품에 부둥켜안고 있는 어머니처럼 말이다. 보통 봄이 되고 강풍이 불면 농경지들이 성긴 토양을 덮어 줘야 할 잔디와 단단한 지각의 덮개를 잃게 되면서 황사의 위험성이 높아진다. 그렇게 되면 수분이 날아가고 결국 땅은 사막화된다.

갑자기 강물의 운명이 생각났다. 북에서 남으로 흐르는 아러타이 지역의 강 하류에는 넓은 호수가 있는데, 오염을 비롯한 주변 환경 문제로 점점 늪으로 변해 가고 있다고 한다. 강물은 그저 죽어 가는 것처럼 보이지만 실은 최후의 승부를 벌이고 있다. 늪으로 변신해 폐 기능을 활성화시켜서 강물에 흘러 들어오는 오염 물질을 여과하고 분해하고자 노력하는 중이다. 위기에 빠진 상황을 바로잡고자 최후의 역량을 발휘하고 있는 것이다.

엄마는 늘 말했다. "이게 자기들 땅이라면 마음 안 아프겠냐고. 만약 자기들 땅이라면 이렇게 놔두겠어?" 토지의 주인만이 진정으로 토지를 아낄 수 있지 않을까? 진정한 농부만이, 대대손손 토지에 의지해서 살아가는 사람만이 진심으로 토지를 이해하지 않을까?

진정한 농부는 몇 년간 농사를 짓고 나면 몇 년은 땅을 쉬게 두었다가 씨를 뿌린다. 또는 몇 년간 해바라기처럼 땅에 무리를 가하는 농작물을 심었다면 그 후 몇 년은 토양을 재생시킬 수 있는 거여목 같은 작물을 심는다. 농경지도 돌아가며 갈아야 하고 목장도 돌아가며 목축해야 한다. 유목민이 끊임없이 이동하는 것은 대지가 충분히 휴식하고 회복할 시간을 주기 위함이다.

나는 북방의 대지가 척박해진 모습을 볼 때마다 가슴이 아팠다. 경작을 했던 토지는 겉으로는 다른 땅과 다를 바 없이 말끔하고 푸르러 보인다. 하지만 들판을 자세히 들여다보면 실상을 알 수 있다. 남쪽의 들판은 사계절 푸르고 식물이 무성하지만 북방의 들판은 식생이 취약해서 보기에도 황량하고 단조롭다는 것을.

그러나 힘이 미약한 토지라 해도 거기서 살아가는 사람들이 생존하기에는 충분하다. 생태계를 파괴하는 약탈자, 우리 인간만 없다면 말이다.

이 대지에는 주인이 없고 경작하는 사람들은 모두 손님일 뿐이다. 우리는 이곳을 1년이나 2년 혹은 3년을 빌렸을 뿐이다. 짧은 시간 내에 최대 수익을 창출하려고 우리는 어쩔 수 없이 기본 경작 원칙을 무시하고 끊임없이 토지를 착취한다. 토지가 사막화 되거나 딱딱하게 굳어 갈 지경에 이를 때까지 계속 착취하는 것이다. 토양 속에는 플라스틱 비닐이 가득하고 밭 가장자리에는 농약병이 잔뜩 쌓여 있다. 이제 우리 인류가 이 땅에서 살 수 있는 날도 얼마 남지 않았다.

우리가 임대해서 사용하고 있는 이 땅은 내리 3년간 해바라기를 심었던 땅이다. 원래대로라면 마땅히 농사를 멈춰야 했다. 2년간 땅에 휴식을 주고 나서 농사를 지어야 한다. 해바라기처럼 땅에 무리를 가하는 작물은 지력을 상하게 할 뿐 아니라 생산량에도 영향을 미친다.

게다가 우리는 이 땅에서 난 씨를 다시 이 땅에 뿌리고 있었다. 이는 근친상간과 같은 이치인데 만일 한 토지에서 자라난 씨앗을 다시 그 땅에 뿌리면 퇴화가 일어난다. 또한 작년 겨울, 드물게 찾아온 따뜻한 겨울로 인해 올 초에 '가뭄이 기정사실'이 되었다는 뉴스가 사방으로 퍼져 나갔다. 그럼에도 엄마는 다시 농사를 짓겠다고 결정했다. 강물에 의지할 수 없었던 엄마는 강우량에 도박을 걸었다.

봄날에 엄마는 나이든 카자흐 노인의 말을 듣고는 춘분에 비가 내리면 1년 내내 강우량이 충분할 것이라고 내다봤다. "노인이 하시는 말씀이니 그래도 믿어야지." 엄마는 도박을 걸 듯 집도 팔고 모든 것을 들판에 쏟아부었다.

과연 올해의 강우량은 너무 많아서 하루가 멀다 하고 비가 내렸다. 그러나 강우량이 많은 만큼 바람도 세게 불어서… 비가 몇 방울 떨어지기도 전에 먹구름이 강풍에 흩어져 버렸다. 비는 내리기 시작하자마자 그쳤다. 손해가 막심하고 토지까지 포기하게 됐지만 엄마는 강가 쪽 땅이 모진 역경을 다 뚫고 마지막까지 꿋꿋하게 버틴 것을 위안 삼았다. 이 상황에선 손해를 보지 않은 게 돈을 번 것이나 다름없었다.

소몰이를 하면서 해바라기 밭을 무사히 지켜 낸 댓가로 나는 완전히 녹초가 되었다. 폐가 터질 듯 숨이 찰 때면 이런 생각이 들곤 했다. 대지가 더 이상 파괴될 수 없을 만큼 한계에 달했으니 이제 우리 인간이 할 수 있는 모든 역량을 동원해서라도 보상해야만 한다고 말이다.

해바라기 수확이 끝났다. 2만 평의 땅에서 겨우 20톤 남짓의 해바라기 씨를 거두었다. 부를 자랑하듯 밭 가장자리에 쌓여 있는 씨로 가득 찬 400여 개의 마대를 보는 것만으로도 기분이 좋았다. 그런데 마대를 운반할 단기간 일꾼을 고용할 여력이 없었다. 해바라기 씨를 구매하러 온 사장이 기다릴 시간이 없다며 성화를 부리는 통에 엄마와 아저씨는 이를 악물고 직접 운반하기로 했다.

해바라기 실으러 온 차가 밭 안쪽으로 들어올 수가 없어서 30여 미터쯤 떨어진 곳에 차를 댔다. 엄마와 아저씨는 400여 개의 마대를 200여 번씩 지고 왔다 갔다 하며 옮겼다. 한 사람당 대략 6, 7킬로미터를 걸은 셈이다. 두 노인네가 20여 톤의 해바라기 씨를 운반하려고 30여 미터를 오갔다고 말할 수도 있겠다. 또는 두 사람이 각각 마대 50킬로그램을 지고 6-7킬로미터를 걸었다는 얘기이기도 했다. 또 임금으로 나갈 200위안을 아낀 것이기도 했다. 하지만 아저씨의 고혈압은… 엄마의 저혈압은….

금빛 찬란했던 해바라기 밭에서 새까만 해바라기 씨가 만들어지는 동안 이 대지는 마지막 남은 힘까지 다 써 버려서 아무것도 남지 않았다. 어디 그뿐인가. 엄마와 아저씨도 남은 체력을 남김없이 짜낼 기세였다.

아름다운 풍경

나는 인적 없는 적막한 대지 위를 걸을 때마다 발아래 토지의 운명을 상상하곤 했다. 걸으면 걸을수록 바람이 거세게 불었다. 점점 우룬구 강변의 가장 높은 곳에 가까워졌다. 그곳에 서자 바람이 세차게 몰아치는 소리가 온 하늘에 울려 퍼졌다. 요란스럽게 불어 대는 강풍 속에 서 있으니 지척에서 나는 소리는 잘 들리지 않았다. 그런데 몸을 살짝 옆으로 돌리고 귀의 각도를 바꾸니 그 요란하던 바람 소리가 잦아들었다. 갑자기 바람이 '휙' 하고 발아래로 스러져 버린 느낌이었다. 귓가가 텅 비고 아주 깨끗해졌다. 머리카락과 치맛자락만이 바람을 타고 높이높이 날아오르며 바람이 여전히 불고 있음을 증명해 주었다. 나의 두 귀만 막힌 것이다.

가장 높은 곳의 소란함과 고요함의 경계선에 서니 마치 내가 소란함과 고요함이 충돌한 산물처럼 느껴졌다. 저 멀리 텅 빈 해바라기 밭에 빈 줄기가 강변을 따라 가지런하고 빽빽하게 서 있는 모습이 보였다. 논밭 가장자리의 수대樹帶는 황무지와 녹지대의 경계선이었다. 길게 늘어선 녹색 수대는 황무지와 녹색지대가 충돌한 산물이었다.

바빴던 수확기가 마침내 끝나 가고 있었고 나는 더 이상 소몰이를 하지 않아도 됐으며 한가한 시간이 늘었다. 매일 나는 게르를 기점으로 해서 여러 방향으로 멀리멀리 걸어갔다. 태양이 서쪽으로 기울 때까지 걷다가 기온이 떨어지면 천천히 돌아왔다. 아주 소박하고 아름다운 풍경을 발견한 뒤로는 그곳 말고 다른 곳으로는 가지 않았다.

그 풍경은 동쪽의 가늘고 깨끗한 강(내가 전에 목욕하고 싶어 한 그 강) 하류의 들판 근처에서 찾아냈다. 그곳에 다다르면 갑작스럽게 단애 지형이 나타나는데, 강물이 흐르다가 갑자기 아래로 떨어지면서 한 줄기 폭포를 만들어 냈다. 폭포 아래쪽에는 물살에 오래도록 부딪히면서 만들어진 소택지가 있었다. 대략 2인용 침대 크기였는데 물이 너무 맑아서 그 바닥이 다 들여다보일 정도였다. 그 주변은 깨끗한 모래땅이었고 모래땅의 가장자리에는 갈대가 빽빽이 자라고 있었다. 그 사이로 아주 가느다랗게 오솔길이 나 있었는데, 그것은 소가 지나다닌 흔적이었다.

혼자서 그 꼬불꼬불하고 좁은 오솔길을 걸어서 갈대밭을 헤치고 나갈 때면 마치 선물 상자를 열어 볼 때처럼 마음속에서 억누를 수 없는 흥분이 일곤 했다. 이렇게 단조로운 들판에서 만난 소소한 우연이 주는 경이로움과 기쁨은 국가 명승지 못지않았다. 그곳은 아주 비밀스럽고 아름다운 곳이었다.

바람이 강해지면서 물가의 갈대들이 세차게 흔들렸다. 나는 순간 가슴이 벅차올라 소리치고 싶었지만 이 절경을 다른 사람도 알 게 될까 두려워 애써 감정을 추스렸다. 이렇게 아름다운 곳에 오니 울고 싶었고 변명하고 싶었고 사과하고 싶었다. 하지만 결국 내 입에서 나온 말은 찬미뿐이었다. 나는 이 자연 앞에서 아무런 죄가 없는 사람처럼 힘껏 찬미했고 귀머거리인 척하며 찬미했다. 높은 곳에서 굳건하게 빛나는 파란 하늘을 찬미했고 세찬 바람을 찬미했으며 눈앞에 펼쳐진 이 비밀스러운 땅을 찬미했다. 이 세계가 내게 응답을 해 주기라도 할 것처럼 찬미하고 또 찬미했다.

하지만 마음속으로는 이 세계가 어떠한 찬미도, 심지어 나조차도 전혀 필요로 하지 않음을 확실히 알고 있었다. 내가 이모든 것을 얼마나 필요로 하는지는 상관없었다. 바람이 점점 잦아들고 세계는 평온해졌으며 내 마음속 흥분도 끝을 향해 가듯이 가라앉았다.

그곳에 가 본 적이 있는 아저씨는 그곳을 이렇게 설명했다. "거기 정말 좋더라. 울타리를 치고 집 두 채를 지어 테이블 몇 개만 놓으면 바로 농가의 즐거움이 시작되는 그런 곳이었어." 그는 아름다운 풍경을 볼 때면 항상 이런 말을 했다. "아주 좋구나, 이게 바로 농가의 즐거움이지." 엄마는 감탄사만 연발할 뿐이었다. "와, 예쁘더라. 정말 아름다웠어. 정말…."

종종 그곳이 우리 세 사람만 아는 곳일지도 모른다는 생각이 든다. 하지만 들판 한가운데로 걸어 나오면 누구라도 그곳을 이미 알고 있을 것 같았다. 그렇지 않다면 저기 앞에서 걸어오는 사람이 어떻게 저런 회심의 미소를 지을 수 있겠는가?

나는 매일 그곳의 아름다운 풍경을 갈망했다. 마음속에 간직한 작은 애틋함은 고양이 수염만큼이나 가볍게 가슴을 건드렸다. 때로는 그곳에서 영원히 사는 모습을 상상해 보지만 이러한 상상은 고양이 수염만큼이나 허약했다. 해바라기 수확을 마쳤으니 이제 나는 영원히 이곳을 떠날 것이다. 다시는 이곳으로 돌아오지 않을 것이다. 갑자기 나의 이 타고난 적응력이 정말 싫어졌다. 낯선 침대와 낯선 방과 모든 낯선 땅이 싫어졌다.

산책

어느 날 밭에서 돌아온 엄마가 그날 만난 고양이 한 마리를 칭찬했다.

"그 녀석 한 걸음도 안 떨어지고 사람을 따라 걷더라. 내가 녀석을 몇 번이나 봤는데 그때마다 그러더라고."

"그게 뭐가 신기하다고?"

"넌 하루 종일 사람이 가는 곳마다 따라다니는 고양이 본 적 있어?"

곰곰 생각해 보니… 본 적이 없었다.

내가 보았던 고양이들은 하나같이 독립적이고 고양이를 따라다니는 건 사람 몫이지, 어디 사람이 앞장서서 개한테 따라오라고 하는 게 가당키나 한가. 아니… 지금 고양이 얘기 중이었지. 그래, 어디 고양이더러 사람을 따라오라고 하는 게 가능하겠냐는 말이다.

내가 본 고양이는 생명의 위협을 받는 게 아니라면, 날씨가 너무 춥거나 다쳤다거나 배가 고프다거나 새끼 낳기 적당한 환경이 아니라거나 할 때에만 사람을 따라다니며 도움을 요청

했다. 그런데 그 고양이는 확실히 그런 상황은 아닌 듯했다. 나도 나중에 녀석을 한 번 본 적이 있는데 과연 신기했다.

그 고양이를 키우는 집은 우리 옆집 땅을 소작했다. 매일 많은 사람이 일하러 갈 때나 일을 마치고 돌아갈 때 서쪽 수로를 지나갔다. 고양이는 자신이 노동자라도 된 양 그날의 수확량이 다른 사람보다 더 많다는 듯이 그 사이를 당당하게 걸어 다녔다. 엄마는 나와 의논을 했다.

"만약 내가 그 집 사람들한테 고양이를 달라고 하면 그 사람들이 줄 것 같냐?"

"새끼 고양이나 되면 모를까. 그 사람들이 이렇게 키워 놨는데 달라는 얘기를 할 수 있겠어?"

엄마는 한참을 생각하고는 말했다.

"그럼 우리 집에 쥐가 있다고 하고 빌려서 며칠 키워야겠다. 맛있는 것을 먹이면 녀석은 돌아가려고 하지 않을지도 몰라. 그때 가서 우리가 키우고 안 돌려주면 돼. 그들은 외지인이잖아. 게다가 그 집 해바라기 수확 시기가 우리 집보다 이르니까 어쩌면 며칠 지나면 고양이를 풀어놓을지도 몰라. 바빠지면 어디 고양이 일까지 신경 쓰겠냐고."

나는 묻지 않을 수 없었다.

"그 고양이가 어디가 그리 좋은데?"

엄마가 말했다.

"녀석이 계속 사람을 따라 걷잖아."

이튿날, 엄마는 그 집 사람들을 찾아가서 더듬더듬 입을 열었다. 결과는 의외였다. 상대방이 바로 고양이를 엄마에게 준 것이다. 엄마는 기뻐하면서도 믿을 수가 없었다.

"이렇게 좋은 고양이를 왜 주는 거예요?"

상대방이 대답했다.

"우리 고양이가 아니에요. 왜 그런지 모르겠는데 녀석이 자꾸 우리를 따라와요. 아무리 쫓아도 가질 않으니."

엄마는 고양이를 잡아채고 바로 그곳에서 빠져나와 집으로 돌아와서는 고양이를 껴안고 뽀뽀하면서 말했다.

"좋아라, 오늘부터 너는 우리 고양이다."

이 고양이는 아마도 사람을 좋아하는 병에 걸렸나 보다. 매일 사람을 졸졸 따라다닐 뿐 아니라 나와 엄마가 하루 종일 만지고 괴롭혀도 가만히 있었다. 음식에 까탈스럽게 굴지도 않고 쥐도 잘 잡았다. 정말이지 아주 경제적인 고양이었다.

하지만 이튿날 본성을 드러냈다. 녀석이 쵸우쵸우를 물어서 이틀간 집에 들어오지 못하게 한 것이다. 그 상황을 내가 직접 보지 않았다면 믿지 않았을 것이다. 쵸우쵸우가 얼마나 사나운가. 덩치도 커서 가젤을 쫓는 일이 녀석에겐 놀이나 다름없었다. 신발을 훔쳐도 끝까지 쫓아오는 사람이 없었다. 그런데 고양이를 맞딱뜨린 쵸우쵸우의 모습은 쥐 같았다.

쵸우쵸우와 고양이가 처음 만났을 때, 대치한 지 1초도 안 돼서 고양이가 '야옹' 하며 달려들어 쵸우쵸우를 물었다. 쵸우쵸우는 놀라서 눈이 휘둥그레졌다. 고양이는 협상의 절차고 뭐고 다 무시하고 어떤 설명도 듣지 않았다. 쵸우쵸우가 어떤 행동을 취하기도 전에 물어 버렸다. 고양이는 아주 매섭고 정확하게 진격했고 한 번 물고 절대 놓지 않았다. 네 발로는 개털을 쥐고 놓지 않았다. 쵸우쵸우는 비명을 지르며 펄쩍펄쩍 뛰었다. 간신히 고양이를 떨쳐 냈지만 고양이는 바닥에 떨어지자마자 다시 달려들어 물었다. 한 입, 한 입, 다시 한 입, 주저하지 않고 조금도 봐주지 않고 분노로 울부짖으며 물었다. 이렇게 사나운 걸 보면 결코 농가에서 키우는 고양이라고는 볼 수 없었다. 호랑이라고 하면 모를까.

나와 엄마는 그 광경을 보면서 어안이 벙벙했다. 쵸우쵸우를 구출해야 한다는 걸 깜빡 잊을 정도였다. 쵸우쵸우는 기선 제압의 기회와 기백을 잃은 채 그저 울부짖으며 체면을 구겼다. 나와 엄마는 간신히 정신을 차리고는 필사적으로 달려들어 고양이 입에서 쵸우쵸우를 구해 냈다. 녀석은 사과는 고사하고 곧바로 꼬리를 흔들며 도망쳐 버렸다.

1차전에서 승리한 고양이는 우리 집에 온 지 사흘째 되는 날 게르를 지나가는 소 한 마리를 물었다. 소의 몸집은 최소한 고양이보다 200배는 컸다… 고양이의 전술에는 변화가 없었다. 외나무다리에서 원수를 만난 듯 눈빛이 이상해지더니 곧바로 달려들어 물었다.

다른 고양이들은 적을 습격하기 전에 먼저 몸을 숨기고 서로 대치하다가 울음으로 경고하고 다시 여러 차례 눈빛을 교환한다. 그리고 어깨를 으쓱하며 이를 드러내고 자세를 취한다. 마지막으로 협상이 결렬되면 비로소 정식 전쟁이 시작된다. 하지만 이 녀석은 절차도 없이, 강호의 규칙과 제네바협약까지 다 무시했다. 개는 고양이에게 쥐처럼 물렸고 소는 개처럼 물렸다. 소는 놀라서 이제껏 들어 본 적 없는 소리를 내며 울더니 간신히 고양이를 떨쳐 내고는 뒷발질하며 쏜살같이 도망갔다. 아, 며칠만 일찍 이 고양이 신을 얻었더라면 소몰이하느라 고생하지 않았을 텐데!

두 차례의 전쟁을 치르고 고양이는 자신의 입지를 확실히 다졌다. 고양이를 보는 엄마와 나의 마음은 참 복잡했다. 털을 어루만져 주려다가도 한 대 툭 때리고 말 정도로 마음이 심란해졌다. 이 녀석이 나중에는 싸이후와 닭까지 괴롭히지는 않을까 걱정되었다. 결과적으로는 고양이는 녀석들에게 그럴 가치를 못 느꼈다. 고양이가 보기에 싸이후나 닭은 자신이 손봐 줄 만한 급도 못 되었던 것이다.

참, 산책에 대해 말하려고 했지. 해바라기 밭에서의 모든 일이 끝나고 해바라기가 팔리기를 기다리는 동안 우리 가족은 매일 저녁을 먹고 산책에 나섰다. 온 가족이 움직였다. 고양이도 싸이후도 담이 큰 토끼도 반드시 따라왔다. 쵸우쵸우는 가장 요란을 떨었고 이 단체 활동에 절대 빠지고 싶어 하지 않았지만 고양이가 두려워 멀찌감치 떨어져 걸었다. 아직 우리 사이에 끼지 못한 닭들도 뒤늦게 따라왔다. 날이 저물수록 밤눈이 어두운 닭은 한참을 아등바등하며 몇 발자국도 나아가지 못했다. 엄마는 닭을 안아 들고는 계속 걸어가면서 말했다.

"오리도 데려갈래? 네 생각에 오리는 못 따라올 것 같냐?"

내 답을 기다리지도 않고 엄마는 자랑스럽게 말했다.

"우리 집에는 없는 게 없어. 봐라. 게다가 우리 집 식구들은 다 착해."

우리 부대는 시끌벅적 둥근 달 아래를 걸었다. 어디선가 바람도 불어왔다. 엄마는 더할 나위 없이 기분이 좋았다. 마치 곡예단 단장이 되어 단원들을 거느리고 도시 순회 공연을 가는 것 같았다. 자유여행단을 이끄는 가이드처럼 확성기에 대고 소리치고 있는 듯했다.

"손님 여러분, 손님 여러분, 모두들 시간 잘 활용해서 사진 찍으세요. 시간 잘 활용해서 사진 찍으시라고요."

나도 이 시간들이 애틋했다. 조용하고 편안하고 마음속은 충만감으로 가득하고 발걸음은 날아갈 듯이 가뿐했다. 산책하는 순간에 우리가 느끼는 희망은 평소의 희망보다 더 부풀어 올랐다.

한참을 걷다가 갑자기 엄마가 물었다.

"네가 사는 도시에 유방 확대 크림 판다면서?"

"유방 확대?"

"그래. 바르면 가슴이 커진다는 약 말이야."

나는 엄마의 가슴을 힐끗 보고는 물었다.

"그걸로 뭐하게?"

엄마는 의기양양해서 말했다.

"이건 내가 떠올린 아이디어인데. 그 크림을 우리 개들 귀에 발라 주면 귀가 서지 않겠냐? 얼마나 신기해."

과연 우리 집의 크고 작은 개 두 마리는 하나같이 다 귀가 축 처져 있었다. 맥없이 쭈그러든 모양새였다.

"고양이 하나도 이기지 못하는데 무슨 귀 세울 체면이 있다고…."

엄마는 하루 종일 걱정이 끊이지 않는 사람이었다. 개의 귀가 서지 않는 것도 신경 써야 했다. 수탉이 암탉을 사납게 밟는 것에도 관여해야 했다. 고양이가 밖에서 들고양이와 싸우면 막대기를 들고 달려가 싸움도 도와야 했다. 매일 피곤해서 숨이 막힐 지경이었고 얼굴에 '부대 이끄는 건 어렵다'는 생각이 여실히 드러났다.

그런 엄마가 이제야 모든 것에서 마음이 편해졌다. 고요하고 느긋한 밤에 온 가족을 데리고 광활한 강변의 흙길을 걷노라면 피난하는 부대가 긴 여정 중에 잠시 사치스러운 편안함을 얻은 것 같았다.

나는 꿈을 꾸었다. 꿈에서 우리가 여전히 달빛 아래서 산책하는 모습을 보았다. 온 가족이 함께였다. 오리도 엉덩이를 흔들며 뒤따르고 있었다. 새로 수확한 해바라기 씨 마대를 쟁여 실은 트레일러도 그 뒤를 따라왔다. 갑자기 외할머니가 생각나서 사방을 둘러보았다. 그러다가 잠에서 깼다.

인간 세상

도시로 돌아온 뒤, 길을 가다가 해바라기 밭에서 알고 지낸 옛 친구를 마주쳤다. 그때 모두가 반가워하며 감동했다. 깊은 우정을 나눈 사이는 아니었을지라도 적막한 들판에서 알고 지낸 사람을 도시의 수많은 사람 사이에서 만나게 되면 자연히 특별한 감정이 드는 것이다. 서로가 서로를 애틋하게 여기고 열정적으로 반기는 것은 지난날 우리가 들판에서 얼마나 고독했는지를 반증한다.

물론 예외는 있다. 딱 한 번 길에서 파하디를 마주쳤을 때는 그리 애틋하지 않았다.

그날 시장 뒤쪽 모퉁이 쪽으로 걸어가는데 쓰레기통 옆에서 한 남자가 담장을 마주하고 길을 등진 채 소변을 보고 있었다. 얼른 지나치려고 하는데 그가 고개를 돌리면서 나를 보았다. 못 본 척 하려고 했지만 이미 늦었다. 내가 그를 알아보자마자 그도 나를 알아봤던 것이다. 그는 이미 나를 향해 웃고 있었다. 나 역시 그를 보고 웃을 수밖에… 그의 웃는 모습이 진지해 보였다. 그는 곧바로 그 작은 물건을 바지 속에 집어넣고 벨트를 조이며 나에게 다가와 악수를 청했다. 나는 부산을 떨며 인사를 건네고 이런저런 얘길 나누면서 그가 내민 손을 못 본 체했다.

내가 파하디를 무시해서 이런 행동을 취한 건 아니었다. 파하디 역시 내 행동에 마음이 상한 것 같지는 않았지만, 그는 내가 얼마나 난처했는지 모르는 게 분명했다. 그런데 나 혼자만 어색해했던 걸 보면 내가 너무 소심한 건지도 모르겠다. 그래. 전부 내 탓이다. 가던 길이나 갈 것이지, 뭐하러 이쪽저쪽 쳐다보며 걸었을까.

저수지에서 가장 가까운 마을에 살았던 파하디는 발전소와 관련된 일을 하는지 그곳에 자주 왔다. 매번 볼일을 마치고는 일부러 직원 기숙사 뒤쪽의 숲속을 지나 우리 게르에 들르곤 했다. 그는 아저씨에게 50위안을 빚지고 있었으며 그게 벌써 20년이 다 되어 간다.

서로 만나면 안부를 나눈 뒤에 아저씨는 빚 독촉을 했다. 그는 진지하게 말했다. "돈 없어요." 그러고 나서야 두 사람은 정식으로 대화를 시작했다. 세상의 모든 채무자는 채권자를 피해 다니지만 우리가 사는 이곳에선 쌍방이 절대적으로 평등했다. 돈 빌린 건 빌린 거고 못 갚는 건 못 갚는 거다. 떳떳하고 당당했다. 누가 누구에게 미안해할 필요도 없다. 빚을 지고 갚지 않는 것이 아저씨를 화나게 했지만 아저씨는 인정할 수밖에 없었다.

"파하디는 성실한 사람이야."

이 성실한 사람은 늘 우리 집에 와서 안부를 묻고 차 한 잔을 다 마시고 잔을 들고 공손하게 작별을 고했다. 그의 이런 태도는 빚 때문이 아니라 깊은 교양에 가까운 습관에서 나오는 것이었다. 그가 우리 집에 오는 것도 특별한 일이 있어서라기보다는 그저 지나가는 김에 예의 차원에서 잠깐 들러서 인사라도 하려는 것이었다. 이러한 예의 역시 빚 때문은 아니었다.

남하하던 유목민이 강을 건너면서 마을로 돌아오는 사람이 점점 늘었다. 잡화점 장사도 갈수록 잘되어서 엄마가 집에 오는 시간이 점점 늦어졌다. 예전에는 해바라기 밭에서 발전소 직원 몇 명과 파하디 말고는 도통 사람 구경을 할 수 없었지만, 이제는 간혹 한두 명의 유목민을 마주치기도 한다. 그럴 때면 나는 그들에게 알은체하고 나서 그들이 소 관리를 제대로 하지 못해서 소들이 하루 종일 우리 밭에 와서 해바라기를 망쳐 놓는다고 하소연을 했다. 그들의 대답은 한결같았다. "우리 집 소 아니에요." 나는 어이가 없었지만, 그 소들이 근처에 없으니 콕 집어 보여 줄 수도 없는 노릇이었다. 아무튼 다들 지나가던 길이었으니 우리 게르에 들러 차를 마셨다.

강을 건너오는 양 떼도 점점 늘었다. 그즈음엔 해바라기 꽃 수확을 마친 밭 가장자리에 마대가 한 포대씩 쌓여 갔다. 가끔 양 떼를 줄기만 남은 해바라기 밭으로 밀어 넣고는 양들에게 널려 있는 씨앗 부스러기를 먹게 하는 양치기도 있었다. 양 떼가 씨앗을 먹는 동안 양치기는 우리 게르에 와서 차를 마셨다. 우리 게르는 들판의 다른 모든 집과 마찬가지로 열정적으로 손님들을 좋아했다.

그때 나는 알았다. 차를 마시는 일은 단지 갈증 해소뿐 아니라 교류와 우정의 의미를 지니고 있다는 것을. 하지만 우리가 차를 마시며 나눌 수 있는 대화라곤 그저 부모님 함자와 사는 곳 정도였다. 그 외에 다른 정보는 기대할 수 없었고, 공통의 화제를 찾는 것은 더더욱 불가능했다. 그럼에도 그들은 그것만으로도 아주 만족해하며 자기소개를 하고 차를 마시고는 이별을 고했다.

며칠간 우리 게르에 여자 손님 몇 명이 찾아왔다. 나는 지금도 그녀들이 왜 왔는지 알지 못한다. 발전소는 사각지대에 있어서 양이나 소를 찾으러 오는 게 아니라면 영원히 지나갈 일이 없는 곳이다. 한껏 꾸미고 옷도 잘 차려입은 걸로 봐서 그녀들이 양을 치거나 소를 찾으러 온 것 같지는 않았다. 발전소에 볼일을 보러 왔다고 하기엔 이 여자들과 발전소 사이에 무슨 업무 왕래가 있는지 모르겠다. 유일한 가능성은 엄마랑 얘기를 나누러 온 것이었다. 이사 온 지 두 달도 채 안 되어서 우리 게르는 이곳에서 당연한 존재가 되었다. 우리 가족이 이 동네 친목 모임에 정식으로 편입되면서 중대한 뉴스나 가십거리가 전부 엄마를 거쳤던 것이다.

우리 엄마의 카자흐어 수준이 별로라고 생각지 마시라. 더 듬거리긴 해도 마을 여자들과 시시비비를 가릴라치면 언어 구사 능력이 순식간에 상승했다. 아무리 어려운 표현이 나와도 조급해하거나 긴장하지 않았다. 그럴 때마다 여자들은 둥그렇게 둘러앉아 머리를 짜내며 언어를 조합하고 카자흐어와 중국어를 사이좋게 섞어 가면서라도 시비를 따졌으면 따졌지 결코 말하기를 포기하는 법이 없었다.

사람들이 돌아가면 엄마는 나한테 대화 내용을 얘기해 주었는데 듣다 보면 견문이 넓어지는 것 같았다. 동시에 이상한 느낌도 들었다. 내가 그녀들과 반년을 같이 살아도 엄마가 그녀들과 10분 수다를 떨면서 얻는 정보보다 많은 걸 얻지 못할 것 같았다. 더 이상한 것은 이렇게 작은 마을에 사는 몇 안 되는 사람들이 멀고 조용한 대지의 끝자락에서 이상한 이야기들을 만들어 낸다는 사실이다.

우리는 해바라기를 무사히 수확했고 또다시 소와 양을 사고 파는 계절이 다가오고 있었다. 우리 삶에 조금 여유가 생겼고, 사람들의 마음도 풍요로워지고 편안해졌다.

우리가 이곳을 떠나기 전에 마지막으로 우릴 찾아온 손님은 해바라기를 사러 온 해 사장이었다. 얘기를 나누던 중에 그는 내가 나이가 많은데도 아직 결혼하지 않았다는 것을 알고 놀라움을 금치 못했고 재차 확인했다. 해 사장이 돌아가고 난 뒤 사람들과 무슨 상의를 어떻게 했는지 모르겠다. 그날 밤, 그가 손전등을 들고 밤길을 뚫고 우리 게르의 문을 다시 두드렸다. 그러고는 다짜고짜 중매를 서겠다고 했다….

해 사장이 나에게 소개하려고 한 사람은 퉈커쉰현의 투루판에 살았다. 그가 원하는 유일한 조건은 여자가 자신이 사는 곳으로 와서 생활해야 한다는 것이었다. 나는 그 말을 듣고 상상이라는 걸 해 보았다.

머나먼 퉈커쉰현에 사는 한 청년이 말할 수 없는 각종 어려움 때문에 점점 나이 많은 남자가 되었다. 또 설명할 수 없는 여러 이유로 주변에서 도무지 적당한 상대를 찾을 수가 없었다. 그 자신을 포함한 많은 사람이 '인연'이라는 것을 굳게 믿었기에 그를 중심으로 하는 네트워크가 만들어졌다. 그 네트워크의 반경이 벌써 800킬로미터에 달했다. 이 800킬로미터는 퉈커쉰에서 우리 해바라기 밭까지의 거리였다.

나는 여전히 사람들 사이에서 살고 있다. 인간은 이렇게 외진 곳으로도 인연의 흔적을 찾아 들어왔다. 꿀벌처럼 집요하고 예민했다. 일에만 빠져 사는 듯 보여도 사람들은 때가 되면 자연스레 찾아오는 감정과 욕망을 맞닥뜨려야 했다. 그렇게 시간이 흐르다 보면 언젠가는 인연도 무르익기 마련이었다. 아, 해사장이 소개해 주고 싶은 사람이 내가 아니었더라면 좋았을 걸 그랬다. 만일 내가 다른 사람처럼 열렬히 결혼을 원하는 여자였다면… 800킬로미터 밖으로 달려가 다른 인생을 살아 보고도 싶다.

하지만 나는 현실에 발을 딛고 있기보다는 늘 어떤 환상 같은 것을 가지고 있다. 나 자신과 이 해바라기 밭이 점점 꿈과 허구 속으로 후퇴하고 있는 것만 같았다. 갈수록 더 많아지는 방문객도 우리를 붙잡을 수 없었다. 풍성한 수확과 진실된 결혼조차도 그곳을 떠나려는 우리를 붙잡지 못했다.

우리가 포기했던 남쪽의 들판이 생각났다. 이제 그 땅은 완전히 꿈속에 파묻혀 버렸다. 나는 몇 번이나 엄마에게 시간을 내서 그곳에 다녀오자고 재촉했다. 엄마의 주저하는 모습은 마치 그 땅이 진짜 존재하고 있는지 아닌지를 생각하는 것만 같았다.

1.

이 시기의 경험을 돌아보면, 내 기억 속에는 그 황금빛 밭으로 가는 무수한 길이 있지만 빠져나오는 길은 하나도 없다. 이 글을 쓸 때 나에게는 글을 시작하는 여러 가지 방식이 있었는데 어떻게 해도 적합한 결말은 찾을 수 없었다. 나는 그 이유가 글이 이야기를 멈추고 싶어 하지 않기 때문이라고 생각한다. 이 글에서 묘사하는 삶이 진정 끝나지 않았기 때문이다. 요컨대 나는 마음껏 감정을 표현했고 미련 없이 뚝 멈춰 버렸다. 나중에서야 내가 당시의 삶에서 가장 중요한 부분을 마주하고 싶어 하지 않았기 때문이라는 생각이 들었다. 어쩌면 능력 문제일 수도 있다. 나는 마주할 능력이 없었던 건지도 모른다.

2.

하지만 오랫동안 이 글을 쓰고 싶었다. 대지와 만물에 관해서 소멸과 영원불멸에 관해서 특히 인간에 관해서. 인간의 염원과 호연지기, 무고함과 탐욕에 관해서. 글을 쓰기 전에는 절박함을 느끼다가도 막상 글쓰기를 시작하자 미궁에 빠졌다. 목적지에 다다랐다고 느낄 때쯤이면 또다시 그곳에서 멀어지곤 했다. 그래서 지금 이 글은 사실 몇 번을 쓰다 말다를 반복하며 돌아 돌아 여기까지 오게 된 기록이다.

3.

이 기록은 대략 10년 전의 일이다. 여기서는 우리 집의 첫해와 그 이듬해 농사 이야기만 썼다. 농사를 짓기 시작한 지 3년째 되는 해에 우리 집은 오랫동안 기다려 온 풍년을 맞았다. 그러나 그해에 아저씨는 마지막 해바라기 씨를 팔고 집으로 돌아오는 길에 뇌출혈로 풍을 맞았다. 지금까지도 회복되지 않아서 혼자서는 움직이지도 말을 하지도 못한다. 이때부터 우리 집은 더 이상 농사를 짓지 않는다.

4.

해바라기는 아름다움과 행복의 상징이다. 열정과 용기가 느껴진다. 나는 글을 쓸 때 이 부분에 집중했다. 하지만 해바라기는 동의하지 않을지도 모른다. 씨앗일 때의 해바라기, 새싹일 때의 해바라기, 막 줄기가 나왔을 때의 해바라기, 꽃이 필 때의 해바라기, 씨를 품었을 때의 해바라기, 최후에 남은 줄기와 해바라기 기름까지, 모두가 동의하지 않을지도 모른다. 해바라기는 꽃을 피우고 찬란하고 장엄한 모습으로 지내는 시간보다 더

긴 시간을 기다림과 인내 속에서 보낸다. 사람에 비유한다면 묵묵히 인내하며 현실을 직시하는 사람과 닮았다. 개에 비유한다면 다른 개에 비해 훨씬 진중하고 판단력이 좋을 것이다. 그러나 사람들은 해바라기의 황금빛 찬란한 순간에만 열광하며 그 외 다른 것에는 관심을 기울이지 않는다. 그래서 나의 글에서도 너무 많은 것들, 해바라기에 대해 사람들이 알지 못하는 것은 말하지 않았다. 내 생각에 그것들은 언급할 가치가 없기 때문이다. 그러나 마음속으론 확실히 알고 있다. 분명한 건 자신의 나약함과 허영 때문이라는 것을.

5.

나는 여전히 농사짓는 삶을 꿈꾼다. 단지 꿈일 뿐이고 실현시킬 방도가 없다. 나는 작은 정원이라도 가꿀 수 있길 바란다. 아주 작은 땅이라 할지라도 고추나 토마토, 채소 몇 포기만 키울 수 있다면. 그리고 고양이 한 마리, 닭 두 마리, 작은 방 두 칸, 탁자 하나, 의자 하나, 침대 하나, 솥 하나, 그릇 하나만 있으면 된다. 그것은 어떤 왕국보다도 완벽한 세계일 것이다.

하지만 현실의 내 상황은, 옷장엔 옷이 가득하고 싱크대엔 그릇과 젓가락이 가득 쌓여 있다. 자질구레한 일들이 나를 둘러싸고 있고 고민이 끊이지 않으며 종일 조바심을 낸다. 어떤 일을 하기 전에는 항상 아직 준비가 안 되었다고 느끼고 모든 일을 끝낸 후에는 또 그것 때문에 전전긍긍한다. 현대인이 느끼는 이러한 초조와 공허는 사람들이 땅과의 인연을 저버리고 땅을 떠났기 때문이라고 생각한다. 마음의 여유를 가지고 단순한 일상을 살고 싶지만 삶은 늘 초조하고 불안하며 목표 없이 흔들리고 있다.

쓰촨에서 어린 시절을 보낼 때, 농부들이 곡식을 가꾸며 같은 동작을 반복하는 모습을 보곤 했다. 예를 들면, 긴 손잡이가 달린 고무국자로 희석한 똥물을 퍼서 농작물에 뿌렸다. 농부는 모든 식물에 골고루 한 국자씩 뿌려 주었다. 광활한 밭 가운데서 그의 존재는 너무도 왜소했고, 대자연 속의 그는 고독하고 허약해 보였다. 그럼에도 그는 묵묵히 자신의 일을 계속 해 나갔다. 나는 그가 분명 천백 년 전의 옛날 사람이 가졌던 그런 평정심으로 일을 한다고 생각했다.

나에게는 이러한 평정심이 부족하다. 밭에서 땅을 일구는 농부와 그 앞에서 고개 한 번 돌리지 않고 일하는 남자는 내가 늘 깊이 부러워하는 사람이다.

6.
작가로서 나에게는 글쓰기가 농사짓는 일과 마찬가지다. 나는 문장 속에 깊이 빠져들어 단어 하나하나를 고민하며 써 내려갔다. 내가 잊지 못하는 일, 늘 마음속에 간직하고 있는 이야기를 글로 쓰고 싶었고, 그것들이 왜 내 기억 속에 자리 잡고 있는지 알고 싶었다. 글쓰기 과정은 굴을 파거나 탐험하는 일과

비슷했다. 쓰고 또 쓰는 과정에서 '아…' 하며 깨닫게 되는 순간
이 많았다. 일찍이 굳게 믿고 있던 것들이 글 쓰는 과정에서 많
이 흔들렸다. 완전히 잊었다고 생각한 일들이 갑자기 펜 끝에
서 되살아났다. 나는 글쓰기에 의지했고 심지어 글쓰기를 믿
었다. 나는 글을 쓰게 된 나의 운명에 만족했다.

7.

마지막으로 책에 실린 사진에 대해 설명해야겠다. 우선 죄
송하다는 말부터 해야겠다. 이 사진들은 해바라기 밭과 관련된
모든 것을 보여 주지는 못한다. 대부분 농사짓기 시작한 첫해
의 풍경과 그 이듬해 아커하라 마을의 모습이다(보충 설명을 하
자면, 나는 아커하라 마을이 세상에서 유일하게 우리 해바라기 밭과
관련된 땅이라고 생각하기 때문이다. 우리는 오래전부터 그곳에서 살
계획을 세웠고, 그 목표 때문에 농사를 지었다). 첫해에 나는 디지
털카메라 한 대를 빌려서 파종 시기의 밭을 찍었다. 많이 찍지
는 못했다. 카메라 배터리가 겨우 두 칸 남아 있었고, 여름 목장
으로 가는 길에는 달리 충전할 방법이 없어 그 두 칸으로 버텨
야 했기 때문이다.

이듬해, 엄마가 태양열 축전지를 구해 왔다. 덕분에 충전은
할 수 있었지만 그때는 카메라가 없었다. 다행히 휴대폰으로도
사진을 찍을 수 있게 되었는데 앞에서 이야기했듯 그 휴대폰을
잃어버렸다. 휴대폰 사진을 백업해 놓았던 하드디스크마저 부

서졌다.

　그 풍경들이 여전히 하드디스크 조각 속 어딘가에서 묵묵히 나를 기다리고 있다고 믿는다. 나는 해바라기 밭에서 지내는 동안 적막하지만 감동스러운 풍경과 마주칠 때마다 휴대폰 카메라 셔터를 눌렀다. 그때의 나는 지금의 나와 별반 다르지 않다. 내 마음속에 차오르던 갈망과 많은 이야기를 꼭 함께 나누고 싶다.

　내 이야기를 듣고 싶어 하는 모든 이에게 감사한다.

　마지막으로 이 글을 발표했을 때 댓글을 남겨 주며 응원과 지지를 보내 준 독자들에게 감사드린다. 나 자신에게도 고맙다는 말을 하고 싶다. 최고의 것을 만들어 내지는 못할지라도, 꾸준히 글을 쓰는 성실함과 끝까지 포기하지 않은 의지에 고마움을 전한다.

2017년 9월 26일

엄마와 싸이후가 걸어가고 남겨진 들판의 흙길은 유난히 공허하다

땅집, 곧 완공이다

들판 위 정신없이 어질러진 우리 집 가운데 서 계시는 외할머니

들판 도착하고 처음 만나는 황혼녘, 외할머니와 쉴 새 없이 일한 엄마는
배고파 죽을 지경이다

들판 생활 시작하고 맞이한 첫 번째 새벽

해바라기 밭 부근, 싸이후 뒤로 조금 떨어진 곳에 들비둘기들이 있다
싸이후는 그 비둘기들을 뒤쫓아갔다가 번번이 실패하자 이제는 포기했다

땅집 입구를 지나던 낙타들

해바라기 밭에서 맞이하는 첫 번째 일몰

황량한 들판 한가운데 있는 큰 호수

우룬구강 북쪽 기슭의 사막, 저 멀리 보이는 엄마

이번 봄에 피어난 유일한 꽃

황량한 들판에서 화석 한 조각을 주웠는데 고대 동물의 뼈 같았다
펜던트로 만들어 보았는데 영 볼품이 없다

바로 이곳에서, 엄마와 나는 장거리 버스에서 내려
또 다른 버스를 기다리곤 했다
올지 안 올지도 모른 채로 기약 없이…

거센 바람이 휘몰아치는 강가의 푸른 들판

천방지축 강아지 싸이후는 늘 두 발로 서서 머리를 쭉 내밀고
한참 동안 먼 곳을 바라보곤 했다. 도대체 뭘 보는 건지 정말 궁금하다

황혼 무렵의 아커하라 마을, 엄마는 이곳에서 오랫동안 잡화점을 했었다

언제부터 해바라기를 좋아했는지 정확히 기억나지 않는다. 나는 가을이 오면 길가의 바람에 흔들리는 코스모스에 가장 먼저 마음을 뺏기곤 했던 소녀였으니까. 그러다 어느 순간부터 내 두 눈에 황금빛 해바라기를 담기 시작했다.

언젠가 군부대 뒷산을 해바라기 동산으로 만들었노라 말한 이가 있었다. 나는 그를 내 멋대로 '피터팬'이라 불렀다. 그가 들려주던 동화 같은 얘기에 매료되었고 한순간 해바라기가 내 마음속에 훅 들어왔다. 끝이 보이지 않는 힘든 시기에 틈만 나면 산을 오르내리며 해바라기 씨를 뿌린 그 사람의 순수성에 끌렸는지도 모르겠다. '어디서든 꽃을 피울 수 있는 사람이라면 분명 마음이 따뜻할 거야.'

리쮀안의 산문집 『아스라한 해바라기 밭』을 만난 건 2018년 가을, 온 가족이 독일로 이민을 갔다가 예기치 못한 일들을 겪으며 그토록 그리워하던 한국으로 돌아온 직후였다. 많이 지친 상태에서 뭔가 새롭게 적응해야 하던 시기에 이 책의 제목을 보자마자 번역을 해 보고 싶다는 생각이 불쑥 솟아올랐다.

해바라기에 대한 짝사랑 때문이라고 할까. 하지만 막상 번역을 하다 보니 해바라기보다 저자에게 마음을 더 빼앗겼다.

세상과 단절된 적막한 고비 사막에서 살아가는 리쮜안의 삶 자체가 주는 울림이 컸다. 고요하고 척박한 땅에서 리쮜안이 마주하는 것들은 하늘이고 바람이고 돌멩이고 해바라기고 강아지며 소였다. 그녀는 그 모든 것들에 생명과 감정을 부여하며 친구가 되었다. 오리의 마음도 들여다보고 낙타의 처지도 되어 보는 것이다. 동시에 인간의 무자비함에 희생되는 것들을 진심으로 애도했다.

그 과정에서 작가가 곳곳에 구축해 놓은 메타포의 세계를 명징하게 해석해 내는 것은 전적으로 번역가인 나의 몫이었다. 어느 날은 번역을 하다가 막힌 문장들을 정리해 리쮜안에게 메일을 보냈다. 고맙게도 리쮜안이 답장을 보내 주었고, 그 뒤로 종종 메일을 주고받았다. 리쮜안은 때때로 자기가 써 놓고도 무슨 뜻인지 모르겠다고 웃곤 했다. 그럴 때면 내가 대신(?) 해석해 주기도 하면서 자연스럽게 친구가 되었다.

어느 날은 나에게 메일을 보내, 7월과 8월이 해바라기가 만발하는 계절이라며 꼭 한번 해바라기 밭으로 놀러 오라고 했다. 나는 여행은 그다지 좋아하지 않지만 리쮜안이 오라면 반드시 날아가겠노라 약속했다.

리쮜안의 글은 '현대 중국 최고의 순수미를 구현한다'고 극찬을 받기도 했는데, 본인의 글만큼이나 순수하고 투명한 사람

이었다. 리쉬안 특유의 따뜻함이 묻어나는 그의 글이 한국 독
자들 마음에도 가닿길 기대해 본다.

김혜경

아스라한 해바라기 밭

1쇄 발행	2020년 11월 25일
지은이	리쥐안
옮긴이	김혜경
편집	함혜숙
교정교열	전은재
디자인	오컴의 면도날
제작	제이오
펴낸이	서준식
펴낸곳	더라인북스
등록	제2016-000125
주소	서울시 마포구 월드컵로 167 3층 (윤성빌딩)
전화	02-332-1671
팩스	02-325-1671
이메일	thelinebooks@naver.com
블로그	blog.naver.com/thelinebooks
페이스북	www.facebook.com/thelinebooks
인스타그램	www.instagram.com/thelinebooks

ISBN 979-11-8840-323-3 03820

이 도서의 국립중앙도서관 출판도서목록(CIP)은 서지정보유통지원시스템 홈페이지
(http://seoji.nl.go.kr)와 국가자료공동목록시스템(http://www.nl.go.kr/kolisnet)에서
이용하실 수 있습니다. (CIP제어번호: 2020047561)